Las yeguas finas

Guadalupe Loaeza

Las yeguas finas

novela

Planeta

Diseño de portada: Ana Paula Dávila
Fotografía de la portada: archivo de la autora
Fotografía de la autora: Jaime Navarro

© 2003, Guadalupe Loaeza
Derechos reservados
© 2003, Editorial Planeta Mexicana, S.A. de C.V.
Avenida Insurgentes Sur núm. 1898, piso 11
Colonia Florida, 01030 México, D.F.

Primera edición: octubre del 2003
ISBN: 970-690-645-2

Impreso en los talleres de Litográfica Ingramex, S.A. de C.V.
Centeno núm. 162, colonia Granjas Esmeralda, México, D.F.
Impreso y hecho en México - *Printed and made in Mexico*

Certificado No. 02-2082

www.editorialplaneta.com.mx

Para mi mamá

*Por lo que la memoria es lo mismo que la
fantasía... Y adquiere estas tres diferencias:
que es memoria, cuando recuerda las cosas;
fantasía, cuando las altera y transforma;
ingenio, cuando les da forma
y pone en sazón y en orden.*

GIAMBATTISTA VICO,
1744

Capítulo 1

$\mathcal{M}$e llamo Sofía, tengo once años y soy una "yegua fina". Así le dicen a las chicas del colegio Francés. Mi mamá y todas mis tías también fueron "yeguas finas". Mi tía Guillermina me contó que cuando estaba en San Cosme, los muchachos del Cristóbal Colón y del Morelos iban a la salida del colegio para ver de cerca a *les jeunes filles*, como llamaban a sus alumnas las monjas francesas. Pero como muchos de ellos no hablaban francés, de tanto pronunciar mal *jeunes filles* terminaron por bautizarlas con el nombre de "yeguas finas". Cuando mi papá era novio de mi mamá, también él iba a buscarla todos los días, pero él sí hablaba muy bien francés y sabía que *jeune fille* no quería decir yegua fina, sino jovencita.

Hoy mi papito despertó a Emilia y a Sofía muy temprano porque teníamos que estar en el colegio a las siete y media de la mañana. Cuando llegamos ya estaban todas las de la clase de mi hermana y la mía, muy formaditas en el patio principal.

11

—Niñas, quiero que se vayan derechito a los camiones, pero sin hablar una sola palabra —nos dice la directora *madame* Marie Thérèse. Hoy se ve más peinada que de costumbre. Le brilla la cara, su frente parece un espejito. Sobre los hombros tiene una mantilla negra que se ve muy usada.

Las chicas de prepa y secundaria caminan sin hablar, como si acabaran de comulgar. Se ven muy serias. En cambio, nosotras, las de primaria, nos portamos muy mal. Nuestras filas son las más desordenadas. Como soy de las más altas estoy formada hasta atrás y la monja no ve que platico con Beatriz. «¿Por qué tu velo está tan almidonado? Hasta parece de cartón.» No me contesta. En cambio, el mío, está todo aguadito. Lo heredé de mis hermanas mayores, por eso tiene tantas lavadas. Cuando llegamos al camión 4 me toca sentarme en los asientos del mero fondo. No me importa, porque a un lado de la ventana está sentada mi adorada seño Mary. Me siento a su lado y le sonrío con los ojos. Más que con los labios me gusta sonreír con los ojos, así hacía Shirley Temple. La seño Mary es la maestra más linda que hay en toda la tierra. En el camino le pregunto qué quiere decir eso de que el colegio está festejando sus bodas de oro.

—Es la fiesta de aniversario por los primeros cincuenta años, y como justamente hoy los cumple el colegio, vamos a la Villa de Guadalupe a dar gracias. ¿Te das cuenta, Sofía, que hace medio siglo llegaron las primeras monjas de Lyon, que está en Francia? Un buen día recibieron un telegrama de un señor muy importante de la colonia francesa llamado Félix Rougier que decía: '¡Venid pronto!' Llegaron el 6 de octubre de 1903 en un barco que se llamaba *Navarra*.

Mientras la seño me platica, veo que Leonor, sentada al lado de *madame* Joséphine, me mira con cara de fuchi. Ha de estar envidiosa porque nuestra seño me está platicando nada más a mí.

Pues que ella platique con *madame* "Dientes de Caballo", al fin que esa monja me cae como patada al estómago. Me gusta poner apodos a las monjas. A *madame* Cécile la llamo *madame* "*Moustache*" porque a leguas se le notan sus bigotitos. *Madame* "*Oh, la, la*", se asusta hasta porque vuela una mosca. *Madame* "*Ail*", la de la cocina, tiene aliento a ajo, pero al francés, que es el que huele muy muy feo. *Madame* "*Perruque*" es la que nunca sale a ninguna parte sin su peluca pelirroja puesta; es muy chistosa porque tiene muchas onditas que cubre con una red finita, finita. *Madame* "*Bonbon*" siempre nos regala, por cada papel que recojamos en el patio del recreo, un caramelo de sabor a frambuesa. Sofía no sabe dónde los compra porque nunca los ha visto en el estanquillo de la esquina de su casa, a lo mejor se los mandan desde Francia. *Madame* "*Claclac*" está todo el tiempo con su *claquoir* tratando de callarnos. A *madame* "*Tristesse*" se le ven sus ojitos muy tristes porque sus papás y sus hermanos se murieron en la primera guerra mundial. *Madame* "*Bou-boule*" es la más gordita de todas, cada vez que camina se le mueven sus *pompas* de un lado a otro. *Madame* "*Pomme*", de todas es la más chapeada. *Madame* "*Pomme de terre*", la más pálida. *Madame* "*Diable*", la más mala. A *madame* "*Louche*" se le va un ojo. *Madame* "*Sou*", como se llama el dinero, es la que cobra las colegiaturas atrasadas. Cuando la monja se presenta en medio de la clase con muchos papeles en la mano, Sofía ya sabe que su nombre está en la lista y que no podrá presentar los exámenes. *Gracias, papitos, por no pagar a tiempo. Gracias por ser tan comprensivos con su hija que es un poco flojita.* Y *madame* "*¡Carrrrrrambas!*", porque es lo único que sabe decir en español, se le cae un libro y *¡carrrrrrambas!*, se tropieza y *¡carrrrrrambas!*, y cuando la tierra tiembla, aunque sea un poquito, entonces grita muy a la mexicana: *¡ay, carrrrrrambaaas!*

Leonor sigue espiándome con sus ojos jalados como si fueran ranuras de alcancía. *¿Qué me ves, cara de pez?* Hago como que no la veo. En el camión la seño me cuenta de las primeras monjas francesas que llegaron a México hace muchos años.

—Yo no las conocí, pero mi mami me ha contado —me platica la seño. ¡Qué bonito dice 'mi mami'! A mi mamá esas cosas le chocan, dice que son cursilerías—. Fíjate, Sofi, que estas hermanas eran muy sacrificadas. Durante la revolución, el colegio Francés fue el único colegio que no cerró sus puertas. También la pasaron muy mal durante la guerra cristera. Como lo clausuraron en 1926, las *madames* tenían que dar clases en las casas de las alumnas, en el comedor o en la sala. La casa del señor Cortina se convirtió como en un verdadero colegio, pero chiquito. Todos los cursos eran en francés. En esa época las alumnas hablaban entre sí nada más en este idioma. Hasta se decían *vous*. También en el recreo tenían que hablar en francés. ¿Qué tu mami no te ha contado de cuando estaba en el colegio? —acaba preguntándome la maestra.

Claro que sí nos ha platicado millones de veces, pero no lo hace tan bonito como mi seño. Cuando platica se le pone una cara como de la Virgen María, mueve sus manos muy bonito y cuando deja de hablar las acomoda sobre sus piernas, como si fueran dos palomas dormidas.

Llegamos a la Villa. Lástima, porque estaba feliz plática y plática con la maestra. Al bajar del camión, sin exagerar cuento hasta dieciséis camiones del colegio frente a la basílica de Guadalupe. Las más grandes están formadas en una valla larga, larga, para que las de primaria pasemos y entremos al templo. Todas llevamos puesto nuestro velo de tul que nos llega abajo de la cintura y el uniforme azul marino, con cuello y puños blancos (me falta el de la manga izquierda, pero como me puse mi suéter, ni se nota nadita). En la entrada de la basílica *madame Tristesse* nos entrega una azucena muy bonita a cada una. Cuando tomo la mía con el guante blanco, me cierra el ojo. Ella es muy buena, seguro se va a ir derechito al cielo. Si se muere en México, ¿se irá al cielo mexicano? Mejor que Dios la mande al francés para que pueda reunirse con sus papás y sus hermanos. ¿Los habrán enterrado con su casco puesto y su fusil en la mano? Hace poquito la seño nos hizo escribir una *dictée* que hablaba de tres ex alumnas francesas del colegio que habían ido a la segunda guerra mundial. La primera, Madeleine, se enfermó en África y tuvo que ser hospitalizada. Su tocaya, Mary Madeleine, manejaba una ambulancia, y Louise era enfermera y curaba a todos los heridos en batalla. A Sofía también le gustaría luchar por su patria, pero no en la guerra, más bien le gustaría irse de misionera con los chinitos. Además, me encanta el arroz.

Madame Claclac trata de poner orden. *«Soyez bien sage»,* nos dice al mismo tiempo que hace sonar su *claquoir*, que es como una cajita de madera que se abre y se cierra como si fuera una castañuela. Esta monja tiene los dientes muy separados. Estoy segura de que le entran chiflones de aire entre cada huequito. Los tiene tan separados que un día se puede morir de anginas, las debería cubrir con una redecita. Todas estamos muy emocionadas.

El templo se ve muy bonito con tantas gladiolas blancas. ¡Cuántas! Seguramente la maestra de aritmética está calculando en su cabeza. ¿Cuántas docenas de flores cabrán en 36 jarrones? ¿Cuánto cuestan 100 gladiolas si la docena vale 5 pesos? Huele a un perfume muy bonito. Dice la seño que es incienso quemado, como el que llevó creo que el rey mago Gaspar al Niño Jesús. Siempre me hago bolas con los nombres de los reyes magos. Al único que reconozco es al negro. En las bancas de adelante están las monjas, los papás de las niñas, las ex alumnas y las maestras. Desde mi lugar busco a mi mamá, pero no la veo por ninguna parte.

Seguro se le hizo tarde otra vez. A la que sí veo en las primeras bancas es a mi tía Guillermina. Está vestida con un traje sastre negro y sobre la cabeza lleva una mantilla que era de mi mamá grande. Se ve que mi tía fue al salón de belleza Esperanza que está al ladito de Vanguardias. ¡Qué chistosa se ve con sus onditas a los lados, parece como de película antigua! Le deben haber puesto mucha laca. En las manos tiene su misal y un rosario bendecido por el Papa. Me encanta su libro de misa, todo gordo y con tapas de marfil. Parece un acordeón. Entre las páginas muy delgadas guarda toda su colección de estampitas. Dice que cuando se muera me las va a heredar. Mi tía colecciona esas estampitas desde que era niña y vivía en Guadalajara. Muchas se las regalaron sus monjas francesas cuando estaba en el colegio. Por ejemplo, la de Santa Teresita del Niño Jesús y la de San José son hechas en Francia, la del Santo Niño de Atocha y la de Judas Tadeo se las regaló su tía Mari, y la de Santa Rosa de Lima se la dio el padre que la preparó para la primera comunión. También ella, como mi mamá, adora a sus mon-jas-fran-ce-sas, como dicen de corridito con mucho orgullo. Cuando Sofía sea grande va a decir: *oh, ¿dónde andarán mis mon-jas-me-xi-ca-nas?*

Todas cantamos el himno del Francés: "A Cristo siempre fiel, este el lema que el colegio nos diooo…" Las chicas más grandes se forman en dos filas largas largas para recibir la Sagrada Comunión. A lo lejos se oye la música del órgano. Me doy vuelta para ver de dónde viene la música y miro hacia arriba. Veo unos tubos muy grandes, dorados. El padre eleva el cáliz con la Santa Eucaristía. Sofía conoce a ese padre. Es el que confiesa a las monjas del colegio. ¿Cómo serán sus confesiones? ¿A poco ellas también pecan? A lo mejor ni pecados tienen y nada más confiesan los de las alumnas más traviesas. Me formo para ir a comulgar. Junto mis dos manos. Camino muy lentamente. Veo mis zapatos blancos muy aseaditos. Cuando me encuentro frente al altar me arrodillo y cierro los ojos con fuerza. Inclino la cabeza. Viene el sacerdote, se acerca a mí y me da la hostia, al mismo tiempo que dice quién sabe qué. *Niñito Jesús, quiero que te quedes en mi corazón y me cuides. No permitas que el diablo se me acerque ni un milímetro,* digo. Miro la imagen de la virgen de Guadalupe y también le rezo a ella. De todos los ángeles, santos y vírgenes del cielo, la que me cae mejor es la Guadalupana. Le ha hecho muchos milagros a mi familia. A Ella siempre le cuento todas mis cosas. Estoy segura de que, cuando le pido algo, luego, luego piensa: «Ah, es la quinta hija de Inés y Antonio. Pobrecita, qué devota es, le voy a decir a mi Hijo, que le ayude». Por eso, cuando me dirijo a ella lo hago como si fuera amiga de toda la vida de la familia: «Tú que la conoces tan bien, haz que mi mamá ya no me grite ni me insulte. Cuida mucho a mi papito y a Inés, a Amparo, a Paulina, a Antonio y a Emilia. Cuida a la seño Mary. Haz que el señor de la oficina de mi papá ya no le haga pasar corajes. Ah, por último, Virgencita, te pido que esa gorda ya no me esté espiando». No digo su nombre porque ella ya sabe quién es.

A la salida de la Basílica busco a mi tía Guillermina y le pregunto por mi mamá. «No tengo la menor idea de dónde está… Creo que me dijo que iba a pagar unas contribuciones y luego se venía para acá.» Mi tía saluda de beso a todas sus mon-jas-fran-ce-sas y a otras señoras muy elegantes. Todas tienen cara de *yeguas finas,* de yeguas chocantes, de ésas que no se mezclan con caballos de rancho. Todas tienen los labios pintados de un rojo muy rojo y la cara polveada con un polvo blanco muy blanco. Más que mamás, parecen fantasmas. La seño Mary viene a buscarme y nos vamos al camión. «Por tantito y te dejamos, Sofi», me dice con cariño. Ya no me toca sentarme a su lado. Llegué demasiado tarde. Ella ya tiene su lugar al lado de *madame* Marie

Thérèse, que usa anteojitos con cristales verdes. Parece cieguita. Es muy delgada. Siempre está corriendo de un lado a otro y le encanta platicar y reírse mucho con todas las seños. También le gusta jugar quemados con las chicas de secundaria. Desde mi lugar veo cómo platican. ¿De qué tanto platicarán? ¿De las niñas que tienen muy mala conducta? ¿De las niñas que no han pagado su colegiatura? ¿O de las muy aplicadas? Mientras tanto nosotras, las de quinto "B", nos portamos requetemal. Todo el tiempo cambiamos de lugar, hasta que me siento al lado de mi mejor amiga que se llama Sarita. Las dos platicamos, nos echamos unas carcajadas y cantamos: *Dos elefantes se columpiaban sobre la tela de una araña. Como veían que resistían fueron a llamar otro elefante…* Las de cuarto "A" son unas hipócritas, ellas ni se mueven, siempre tienen los brazos cruzados y se portan como si fueran unas santitas. *Madame Claclac* está en silencio. No sé si está dormida o está rezando. Se ve muy chapeada. El chonguito que tiene atrás ya casi se le deshizo. Las monjas siempre están chapeadas. Sofía cree que porque comen mucho betabel, porque ni de chiste se pueden poner chapas. *Madame Perruque* reza su rosario moviendo muy rápido sus labios delgaditos, delgaditos. *Je vous salue, Marie, pleine de grace…* Aunque el camión frene, su peluca roja no se mueve ni un centímetro. Está como pegada a su cabeza. A lo mejor nació con ella. ¡Qué chistosa sería una peluquita con nada más un chino como los que usan los bebés! Al llegar al colegio nos vamos a la clase. «Pueden dibujar hasta la hora de la salida», nos dice la seño. Mientras están dibuja y dibuja en su cuaderno, camino hasta el escritorio de la maestra. Toda la clase sabe que soy su consentida. Ella no quiere que lo diga, pero su Sofi sí que lo sabe. Por eso no le caigo muy bien a las demás chicas de la clase, pero sobre todo a esa gorda de Leonor. Me odia. Con Sari no tengo problema, porque dice que ella prefiere ser la consentida del Niño Jesús que de la seño. De todas las chicas ella es mi consentida y esto sí que lo sabe.

—Vengo a platicar tantito con usted, porque ya me aburrí. Ay, seño, me encanta su falda. Mi hermana Inés tiene una igualita. Oiga, seño, ¿es cierto que es pecado mortal morder la hostia? ¿Por qué *madame* St. Louis usa peluca? ¿Cree que duerme con ella o la guarda en una cajita especial para pelucas? ¿Tiene novio? No *madame* St. Louis, ¡usted! ¿A poco le gustaría ser monja? ¿Es cierto que las monjas se casan con Jesucristo y nunca se pueden divorciar de Él?

De repente me doy cuenta de que Leonor me está espiando, como siempre, desde su papelera. Le saco la lengua.

—Oiga, seño, ¿verdad que las gorditas también tienen el alma bien gorda? —pregunto en voz muy alta para que me escuche esa panzona, cara de tragona…

La seño Mary no me contesta. Con una sonrisa en los labios revisa unos cuadernos de quinto año. De seguro se lo pidió la seño Carmen. Son muy amigas y siempre platican en el recreo. Suena la campana. Salimos corriendo hasta donde están los camiones. Sofía va en el 4. Ese no va ni a Polanco ni a Las Lomas. Lástima porque si no estaría en el camión de Sarita. El mío nada más va a la Santa María, a la San Rafael, a la Cuauhtémoc y a la colonia Roma. Sofía le cae muy bien al chofer de su camión. Me dice "Chinita". Cuando se me hace tarde, siempre me espera frente a la casa. Un día mi papá se enojó con él porque no quería esperar más tiempo para que me terminara mi "polla". Nada más eso me desayuno, es leche con huevo crudo batida en la licuadora. Aunque le pongan muchas gotitas de vainilla, sabe a rayos. Voy en el asiento hasta atrás. Ese es mi lugar. Como a mi hermana y a Sofía nos dejan casi al último, me siento allí. No veo a ninguna de mis amigas. Ya se bajaron Socorro y Patricia. Emilia va leyendo el primer libro de francés: *la chaise, la table*... Recargo la cabeza sobre la ventana. Cierro los ojos. Mi cabeza hace bum bum bum contra el vidrio. No me duele, hasta me gusta.

Llegamos a la casa y veo a mi mamá hablando por teléfono. «¿Por qué no fuiste a la misa del colegio?», le pregunto. No me contesta. Está güirigüirigüiri y güirigüirigüiri. Voy a la cocina, veo que la muchacha está haciendo arroz rojo. A mí me gusta más el blanco con rebanadas de plátano macho bien doradito. Mmm. Tengo hambre. Abro el refrigerador, no hay nada más que tres jitomates, la mitad de un aguacate y los restos del guisado de ayer. Emilia se queda platicando con Flavia la muchacha. Subo a mi cuarto. Me acuesto en la cama con todo y uniforme. Miro el techo sin moverme, sin hablar. Soy transparente. Nadie me ve. Bueno, el único que sí me ve porque está en todas partes y en todo lugar es el Niño Jesús. Él sí me ve. Él sí sabe que cada vez que llego a mi casa en un dos por tres me vuelvo invisible. ¿Sabrá por qué no fue mi mamá a la misa del colegio en la Villa? *El que se fue a la Villa perdió su silla... Ahí va un navío cargado de... Doña Blanca está cubierta de pilares de oro y plata, romperemos un pilar para ver a doña Blanca...*

Al otro día, es la gran fiesta del colegio. Ya todas estamos en el salón de actos. Allí es donde se entregan los premios de fin de año. Como único adorno están las banderas de México y Francia. Se ven muy bonitas. Todavía no aparece la reverenda madre superiora. Se ha de estar haciendo su chonguito muy apretado y poniendo muchas horquillas para que no se le deshaga. Como es ya muy viejita debe tener el pelo bien largo. ¿Cómo se verá cuando se lo suelta? ¿Se hará trenzas para dormir? ¿Dormirá con un gorrito? Siguen llegando invitados y muchas mamás. Por fin veo aparecer a *nôtre mère*, como le dicen las grandes. Está rodeada por otras monjas que siempre le están diciendo *oui, ma mère, bien sûr, ma mère.* ¡Qué barberas! La superiora es muy bajita. Parece una niña anciana enana. Pobre, es jorobadita y camina muy despacio. Sofía cree que es una de las monjas que sufrieron hambre durante la revolución mexicana. ¿Habrá conocido a Pancho Villa? Al que seguro debe haber odiado es a Zapata, porque para ella ha de haber sido como dicen *un indien*... Todas nos ponemos de pie. Se hace un gran silencio. Es como si hubiera llegado una reina. En seguida cantamos La Marsellesa. *¡Aux armes, les citoyens! ¡Formez vos bataillons! Marchons, marchons...,* cantan las más grandes. Sofía nada más se sabe las primeras frases, por eso no le gusta cantar este himno. Prefiero cantar el nuestro: «¿Qué no vamos a cantar el himno nacional?», le pregunto a la seño que está justo a mi lado.

—Shhh —me dice muy quedito.

La seño está vestida con un traje sastre azul marino y unos zapatos de charol de tacón alto. Tiene un collar de perlas como el que siempre usa mi mamá. Se ve muy elegante y huele a su perfume Dior. Sofía extraña su falda escocesa con un alfilerzote y sus mocasines como los que usan las artistas americanas en las películas musicales. Sobre la cabeza lleva una mantilla negra. Parece una española, nada más le falta la peineta. Se ve linda. Se parece a la artista que sale en la película *Singing in the rain*, que vi el otro día en el cine Parisiana con mi tía Guillermina. Ay, cómo me gustó. Sobre todo cuando la artista sale de un pastel de verdad todo decorado en rosa y blanco. Cuando cumpla 15 años también quiero salir de un pastel como los que venden en Sanborns del centro. Esa película me encantó. La quiero volver a ver un millón de veces. Finalmente cantamos el himno mexicano. Me pongo más derechita que para cantar el francés. *Y retiemble en sus centros la tierra, al sonoro rugir del león...,* canto muy fuerte.

—Del cañón —me dice quedito la seño.

Las cuatas Vizcaya, que están junto a mí, se mueren de la risa. Cristina, la segunda más aplicada de la clase, me hace con la mano un gesto de que estoy loquita de remate. Sarita se tapa la boca para no echarse una carcajada. La que me mira más feo es Leonor cara de tambor. Tenía que ser ella. ¡Qué mensa, ha de creer que no sé que se dice *rugir del cañón!* Dice mi mamá que no le haga caso a esa gorda inmuuunda, así dice. No le hago caso. Sara me sonríe. Ella sí sabe que lo hice adrede. A ella le platico todo, bueno, casi todo, porque hay cosas que me dan pena. Desde que íbamos a preprimaria somos muy amigas. Cuando estábamos en primero con *madame* "Dientes de caballo", siempre nos regañaba: «Niñas, no quiero que anden de la mano. Ya sé que son muy amiguitas, pero esas cosas no se hacen», nos decía. Nosotras nos moríamos de la risa y la tirábamos a lucas. Un día la monja se enojó tanto que con una aguja grandota nos cosió los uniformes de la parte de las bastillas, parecíamos cuatas pegadas. «Cosidas como están, ahora le dan tres vueltas al patio.» Todas las de la clase nos vieron por la ventana y empezaron a reírse, sobre todo Leonor. Cuando le conté esto a mi papá se puso furioso, hasta le quería hablar a la monja. Las alumnas de segundo de secundaria cantan: *¡Aleluya! Ya nació el Niño Redentor.* Veo cómo a muchas monjas se les llenan los ojos de lágrimas. Me gustaría ser monja para salvar muchas almas y a muchos chinitos, y para pedir por los pecados de mi familia. Si soy monja seguro me voy derechito al cielo sin pasar por el purgatorio. Ay, qué horror el purgatorio, es como el infierno, pero con unas llamas más chaparritas. Pero también queman. Lo mejor es irse, aunque sea de panzazo, directo al cielo, y no esperar siglos y siglos en el purgatorio. Empieza el baile de *Las patinadoras*. Me gusta. Me gusta mucho ese número. Mientras las chicas de séptimo y de primero de secundaria patinan de un lado a otro con sus trajes de Polo Norte y sus manguitos blancos, caen, de no sé de dónde, muchos copos de nieve. El escenario se ve muy bonito todo blanco. Parece como esas tarjetas de navidad que reciben mis papás cada fin de año, a las que me gusta poner paraditas sobre una de las mesas de espejo de la sala. A las que no se pueden parar les hago un hoyito en una de las puntas y las cuelgo del árbol. Cuando la música deja de tocar, vienen los aplausos. Afuera se oye la lluvia. ¡En el patio está lloviendo y dentro está nevando! ¡Qué chistoso! *El patio de mi casa es particular, se riega y se moja como los demás, agáchense y vuélvanse a agachar...*

Llega el momento de la obra de teatro. Quiero ser artista y trabajar en el Teatro Fantástico y ser siempre la princesa. Un día Enrique Alonso y sus actores vinieron a dar un espectáculo al Instituto Francés de América Latina, el IFAL. Como vivo enfrente del instituto, me metí en uno de los camerinos y vi cómo se maquillaba el que siempre sale de príncipe. Con una esponjita se ponía por toda la cara el maquillaje Max Factor y luego se polveaba mucho. Aunque estaba un poquito cacarizo se veía guapísimo, porque con el maquillaje se le taparon todos sus agujeritos. Las chicas que presentan la pieza son de preparatoria. Como está en inglés no entiendo ni papa. Mis hermanas sí hablan muy bien inglés, pero Sofía no. Lo único que sé decir es *I love you, baby* y *I'm singing in the rain*... Luego vienen los bailes folclóricos: el "Jarabe michoacano", "La danza de los viejitos" y "Juan Colorado". Al terminar, las chicas de tercero cantan la "Barcarola" de los cuentos de Hoffman. De repente, una alumna de las graduadas, de las que ya se van, se para y da las gracias de todo el bien que ha recibido del colegio. Todo el mundo aplaude. Cuando la seño Mary aplaude me fijo que se le mueven todas las medallas que cuelgan de su pulsera de oro. Clin clin hace la de la Virgen de Guadalupe, clin clin la del calendario azteca y clin clin su ojo de venado que es negro y está rodeado de oro. La oradora mira hacia la fotografía enmarcada de *madame* Marie Flavie, la fundadora, y cuenta la historia del colegio. Empieza diciendo, mientras eleva los brazos: «*Mère, vous souvient-il?*» Tiene un acento horrible, como el de *madame* Cecilia, que se quiere hacer la muy francesa, pero que no le queda nada porque nació en un pueblito cerca de Jalapa. La chica di-ce despacito los nombres de las cinco religiosas que llegaron desde Francia. *Madame* Marie-Abel. Aplausos. *Madame* Philoméne. Aplausos. *Madame* Charles-Marie. Aplausos. *Madame* Louis-Chanel. Aplausos. Y cuando dice *madame* St. Louis se oyen todavía más aplausos y gritos de *Vive madame St. Louis.* Esta monja es la de la peluca pelirroja. Todo el mundo la conoce y la quiere, porque nunca regaña. Al contrario, siempre está regalando una tableta de chocolate Wong. Estas tabletas las guarda en una caja de latón de chocolate Express. «Si te *porrrtas* bien te voy a *regalarrr* una vaquita», dice con su voz ronquita.

—Cinco valientes religiosas que Francia sembró en esta tierra bendita donde toda buena semilla germina, y de las que *madame* Marie Flavie seguramente se sentirá muy satisfecha desde el cielo. Estas religiosas educaron a centenas de niñas mexicanas infundiéndoles amor por Francia. Ahora ellas son mujeres que caminan siempre con los ojos puestos en María, ¡la estrella de su vida!

Cuando la oradora dice esto me acuerdo que igualito le escribió a Inés su monja cuando ésta se fue del colegio al de Lyon. En un cuaderno muy bonito que tiene con todos los autógrafos de sus compañeras de quinto año, puso: "Inés: camina siempre con los ojos puestos en María, ¡la estrella de tu vida!" A un lado de su firma puso una cruz muy chiquita. Dice mi hermana que esta *madame* era muy buena, casi casi una santa.

La chica oradora recita los nombres de las seis alumnas que también llegaron a México, junto con las monjas: Georgette y

Madeleine Lions, Aimée Dutour, Suzanne Vernier, Marthe Sauvade y Madeleine Mille. Aunque todavía no hablo francés comprendo que *la bonne societé mexicaine* de antes y la colonia francesa estaban felices con la llegada de las monjas porque en esa época no había colegios de religiosas más que el Sagrado Corazón. Comprendo que un 15 de octubre de 1903 se abrieron las puertas de los primeros salones de clase en la calle de Buenavista número 5. Primero fueron seis, después veinte, cincuenta y así hasta llegar a trescientas alumnas. Por eso las monjas tuvieron que mudarse a San Cosme 33. Allí, en la puerta pusieron una placa dorada muy bonita que decía: *College français St. Joseph. Pension de jeunes filles.* Sofía cree que se la robaron porque nunca la ha visto. Vuelven los aplausos: clap clap clap... Empiezo aburrirme un poco: zzz zzz zzz.

—¿Ya viste que *madame* St. Louis tiene chueca la peluca? Cuánto apuestas que en los próximos aplausos se le va a caer al suelo —le digo a Ana María, que está a mi lado izquierdo.

—Ay, chica, tú siempre tan criticona. Te voy a acusar con la seño —me dice con su pelo estirado estirado y peinado con demasiado limón.

Se ve espantosa con su raya en medio.

—Ay, chica, pues tú siempre tan chismosa. Te voy a acusar con el Niño Jesús que todo lo sabe y sabe que eres muy delicadita —le digo.

Lo que también ha de saber el Niño Jesús es que Ana María tiene mal aliento. Su aliento tiene olor a sopa de espinaca. No, no, más bien a sopa de tapioca con huevo crudo, como ésa que nos sirve mi tía Concha (ella también es yegua fina) todos los sábados y siempre que me la como me dan ganas de vomitar.

—Pido un aplauso para *madame* Marie Angèle, nuestra directora, que durante los últimos años ha ido formando el corazón de las que se van.

Todos aplaudimos clap clap clap. De repente, como si el lobo de los Tres Cochinitos la hubiera abierto de un soplido, la puerta del salón de actos se abre de golpe y entra una señora altota, grandota y con una mantilla negra muy larga que le llega hasta debajo de la cintura. Se ve tan importante que parece una montaña gigante. Chucho, el portero del colegio, le lleva el paraguas y su bolsota de cocodrilo. Pobres cocodrilos, ¿por qué terminarán convertidos en bolsas de señoras que llegan tarde? ¿Cómo lo convenció de que la acompañara hasta el salón de actos, él que es tan enojón y cuando llega una niña tarde ni siquiera le abre la puerta, aunque se lo pida llorando y de rodillas? «Ay, Chucho, por favor déjame entrar que me va a matar la monja», le suplican, y él nada más dice que no con la cabeza. La señora de la mantilla luego luego se hace notar. Todo el mundo la ve. Veo a algunas señoras murmurar entre ellas. Parece que están jugando al teléfono descompuesto. Una altota le dice algo a una chaparrita, la chaparrita a una flaquita y así hasta llegar a una que tiene un chongo. La seño Conchita Pontón se pone de pie con cara de fuchi y saluda a la señora que acaba de llegar con cara de fuchi. Con una sonrisita medio hipócrita le señala la única silla vacía que está cerca del piano de *mademoiselle* Barajas, nuestra maestra de canto. La recién llegada dice *non, non, non* meneando la cabeza. Clarito se ve que lo está diciendo en francés. Con un guante blanco que le llega hasta el codo señala los lugares cerca de la directora. Aunque no están vacíos, dice que allí quiere sentarse. Pero la seño Conchita dice no, no, no en español y moviendo la cabeza de un lado a otro. La señora dice *oui, oui, oui* con la suya peinada de salón con sus ondas muy marcadas con pasadores. Una chica de preparatoria va a buscar una silla y se la acerca haciendo mucho ruido. La coloca al lado de un señor de anteojos redondos que creo que trabaja en la embajada de Francia. Antes de pasar a su asiento, la señora de la mantilla larga saluda a lo lejos a otras señoras que también llevan mantillas, pero no tan largas. «No te reconocí», le grita a una gorda que tiene unas chapas muy pintadas. Se parece al payasito que me regaló Sari el día de mi cumpleaños. Después, la señora de la mantilla larga mira hacia donde se encuentra la directora.

—*Je ne trouvait pas de taxiii. C'est pour cela que je suis en retard* —dice muy fuerte y con mucho acento.

—Shhh —dice la superiora poniéndose un dedo en la boca.

Las monjas y los otros invitados la ven con cara de ay, señora, ¿por qué llegó usted tan tarde, no le da pena llegar con tanto retraso a un acto tan importante? En seguida la yegua fina de la mantilla larga, como si nada, se pone a platicar con el invitado de anteojos. Seguro están hablando en francés *rrrrrrrrrrr* sin importarles que la chica del último año de preparatoria siga con el discurso. «Colegio Francés, colegio inolvidable: que siempre te veas coronado de frescos laureles y que tus triunfos perduren a través de generaciones, de años y años…»

Todos aplaudimos: clap clap clap. Nos ponemos de pie y cantamos el himno del colegio. *Un jour, par dessus l'Ocean, Flot changeant, flot mouvant, La France apercevait lointaine la terre mexicaine… Filles de l'ardent Mexique, Sous le soleil du tropique, dans un hymne magnifique, plus doux et fort qu'un cantique, chantons de nôtre College, que la Vierge aime et protége, Chantons de nôtre college.* Desde mi lugar veo que la señora sigue plática y plática con su mon-ja-fran-ce-sa que la conoció cuando era una de las alumnas más aplicadas de su generación. No deja que nadie se le acerque a *nôtre mère* y le habla muy pegadito a la cara. A leguas se ve que nada más la quiere para ella solita. Creo que hasta le está escupiendo. Quién sabe cuántas cosas le estará diciendo. La madre superiora nada más mueve la cabeza *oui, oui, oui*. De vez en cuando se ríe. Se ve que la quiere mucho, que la divierte.

La señora de la mantilla es mi mamá.

La busco a la salida, pero ya no la encuentro. Invitados, monjas, señoras, yeguas finas, maestras y niñas salen todas juntas del salón de actos. Se quedan platicando en los corredores. Como puedo me meto entre los grupitos. *Voy derecho y no me quito, si me pegan me desquito.* Pero no la veo. Afuera sigue llueve y llueve. Como hay mucha gente por todos lados, decido seguir buscándola en el patio del recreo. Corro-llueve-corro-llueve-corro. De repente me topo con *madame* St. Louis. Se ve diminuta debajo de ese paraguas tan grande. Le pregunto por mi mamá (todo el mundo la conoce en el colegio).

—*Je l'ai vue partir dans la voiture de l'attaché culturel de l'Ambassade de France, monsieur Sirol* —me contesta.

A Sofía ya no le importa mojarse. Corro-llueve-corro-llueve. *I'm singing in the rain...* ¡Ah qué bonito huele mi colegio! Huele a gis. Huele a pizarrón recién lavado. Huele a lápiz de colores al que le acaban de sacar punta. Huele a arroz recién hechecito. Huele a libro nuevo. «Sofía, no te estés mojando así», me grita la seño Conchita, pero hago como que no la oigo ni la veo. Por fin llego a las escaleras. Las subo rápido, rápido. Voy corriendo a la clase, pero no hay nadie. Está solita y muy seca. Bajo, de dos en dos, los veintinueve escalones. Corro y corro por el primer patio. Aplasto un caracol: crash. *Aquel caracol, que va por el sol, en cada ramito llevaba una flor. Que viva la gala, que viva el amor, que viva la gala de aquel caracol.* Salto muchos charcos. Esplash esplash esplash. Llego al patio número dos. «Sofía, ¿a dónde vas con esta lluvia? Métete al corredor», me grita *madame* Cecilia. Hago como que no la oigo. Sigo corriendo y veo que de los espiros está chorreando mucha agua. La mesa de concreto donde nos sentamos para comer nuestra torta, está inundada. En este patio los charcos son más profundos. Parecen lagos. ¿Será cierto que cuando llueve es porque Dios está llorando por los pecadores de la tierra? ¡Cuántos pecadores, cuántas lágrimas! Por fin llego al último patio, donde hacemos gimnasia. Es el patio que más me gusta. Me encantan sus arcos y sus columnas. Tiene el mismo estilo que el quiosco de la Alameda de Santa María, donde se conocieron mis papás. Corro y corro hasta llegar a donde están estacionados los camiones del colegio. Pero nada más veo un par de ellos, el 5 y el 3.

—Oiga, ¿no sabe dónde está el cuatro? —le pregunto al chofer del 5. ¡Achuuú!, estornudo antes de que me conteste.

—Ya salió —dice entre mordida y mordida de su torta gigante. No sé qué hacer. *Ay, señor del cuatro, ¿por qué no esperó a su chinita? Ya no le voy a platicar, ni a contarle las películas que veo. Ay, señor del cuatro, qué malo es usted, ¿no que éramos tan amiguitos? Ay, señor del cuatro, para mí ya se convirtió en señor del cero... Seguro la seño del camión le dijo que me dejara, ella me odia, porque un día le dije que se parecía a una de las hermanastras de Cenicienta.* Me regreso. Corro y corro y atravieso de nuevo todos los patios. *I'm singing in the rain...* Paso enfrentito del salón de actos donde todavía hay mucha gente. «Ay, Sofía, te vas a enfermar», me grita *madame* Leticia. No le hago caso. Corro y corro hasta llegar a un grupito de maestras y señoras.

—¿No ha visto de casualidad a mi mamá? —le pregunto a la seño Conchita. Creo que me castañetean los dientes, porque me ve muy feo.

—Hace dos minutos estaba platicando con Mercedes Velasco Zimbrón... Ay, niña, estás empapada. Oye, no te olvides de decirle a tu mamá que todavía me debe lo de tus uniformes.

Corro y corro y entre más corro, tampoco encuentro a Sari. *Sarita, Sarita, ¿dónde estás?* Paso por los baños de primaria, por la tiendita de *madame* St. Louis y llego a la dirección. Toc toc. No hay nadie. Miro por la ventana. Está todo oscuro. Tampoco está la señorita Lolita, la secretaria. Ella es muy buena conmigo. Su novio se llama Carlos y pronto se van a casar. Llevan ocho años de novios. En los corredores veo algunas monjas, maestras y alumnas que se siguen despidiendo y saludando. Esmac esmac suenan sus besos pintados de *rouge*, como dice mi mamá. No quiero que me vean. Tomo mis polvitos para hacerme invisible. Aunque camino muy rápido por entre grupitos de personas, nadie me ve. *No, Leonor, no me puedes ver. Porque tú no puedes ver a las personas invisibles. En cambio Sofía sí te puede ver. Lero lero candelero…* Ella no tiene polvos que puedan hacerla invisible. La pobre es tan gorda que no alcanzaría ni una tonelada. Como soy la única que sí me puedo ver, me fijo que el cuello de mi uniforme está empapadísimo. Ya no está durito. Ya se le fue todo el almidón que le puso Flavia. Está todo arrugado, parece un chicle masticado. También mi uniforme está mojadísimo. Estoy chorreando. Por mi cara caen unas gotitas, pero creo que son lágrimas, porque cuando llegan a mi boca y las pruebo me saben saladas. Es que me da mucho coraje que nunca encuentre a mi mamá. ¿Tendrá también ella los polvitos para hacerse invisible? ¿Cómo los consiguió? ¿Dónde los compró? ¿Con sus marchantes en La Lagunilla? Cada vez que doy un paso, mis zapatos de agujeta azul marino hacen esplash esplash. *Que llueva, que llueva, la Virgen de la Cueva, los pajaritos cantan, la luna se levanta; que sí que no, que caiga un chaparrón; que sí que no, le canta el labrador.* Tengo frío. ¿Y si me muriera de pulmonía? ¿Qué dirían las monjas? Pobrecita, y todo por buscar a su mamá. Pobrecita, era tan buena y tan inocente. Pobrecita, seguro se irá al cielo… ¡Oh, milagro! ¿A quién veo cerca de los baños de secundaria? A mi seño Mary. *Gracias, Niño Jesús. Gra-*

cias, Virgen de Guadalupe. Gracias, angelito de la guarda. Está platicando con el padre Zubieta. *Que me vea, que me vea.* Con mi mano me sacudo todos los polvos mágicos que me puse antes para que no me vieran. Corro hacia ella.

—Ay, Sofía, mira en qué estado estás. Te vas a enfermar.

La abrazo. Nos abrazamos. Me abraza y la estrecho con mis brazos empapados. Toda ella huele a vainilla, huele a champú Lustre Cream, huele a crema Ponds, huele a muégano, huele a nuevo. Está calientita, seca, y su piel es muy suave.

—Es que ya se fue el camión y no encuentro a mi mamá —le digo con un nudo en la garganta lleno de lágrimas con sabor a chamoy.

La seño me arregla el fleco. Saca un pañuelo de la manga del saco de su traje sastre y me seca la cara.

—No te preocupes. Vamos a telefonear a tu casa.

El padre no dice nada. Nada más sonríe. De su cintura cuelga un rosario largo largo. Parece una reata para brincar. En recreo me encanta brincar la reata. Sé entrar muy bien, pero no salir. Siempre me tropiezo. Pero lo que sí sé jugar muy bien es el avión. Quién sabe cómo le hago, pero siempre llego brincando con una sola pierna hasta el "cielo".

—¿Por qué no vamos a la dirección a hablar por teléfono? —me pregunta la seño. Aunque ya fui y vi que estaba cerrada, no le digo nada.

Abrazada Sofía de su cintura, los tres vamos a la dirección.

—¡Qué tiempo! ¿No le parece muy extraño, padre, que todavía siga lloviendo? Ha de ser el cordonazo de San Francisco.

La seño hace toc toc toc. No hay nadie.

—Tengo una idea, Sofía. ¿Por qué no te vienes conmigo a la casa y de allí hablas para que tu mami vaya por ti?

¿Ir a la casa de la seño Mary? ¿Ver dónde vive? ¿Subirme con ella a su coche? ¿Tendrá? ¿Tener todo el tiempo del mundo para platicar con ella solita? Pienso en la envidia que le dará a Leonor. «¡Ay sí, por favor, seño, lléveme a su casa!» Nos despedimos del sacerdote. La maestra me toma de la mano y nos vamos a la clase. De un viejo armario donde guarda las libretas de calificaciones y nuestros cuadernos saca una bata azul nueva, como las que usamos en el recreo. Mmm, huele a nuevecita. También toma un suéter nuevo. No es como el mío, éste tiene el escudo del colegio bordado a un lado. Es igualito al que lleva Sarita. De los caros.

—A ver, Sofi, te voy a quitar tu uniforme… Está empapado. Te estás muriendo de frío, ¿verdad? Espero que no te vayas a enfermar de las anginas. Mañana me traes la bata y el suéter porque si no los regreso me mata *madame* St. Philippe.

La seño me quita la ropa con todo cuidado. Es como si en ese instante hubiera venido un hada madrina y la hubiera convertido en una mamá muy buena. Tengo ganas de abrazarla otra vez, pero me da pena. También me da pena que vea mi fondo y mi camiseta de La Violeta. A lo mejor está viendo que están medio percudidos. Todo me lo retira despacito. Después, con toda la ropa mojada hace un bultito y lo pone a un lado de una pila de cuadernos. Me quita los calcetines. El izquierdo tiene un hoyote en el dedo gordo. El derecho también tiene otro, pero en el talón. *Mamá, ¿por qué nunca me remiendas mis calcetines como hace la mamá de mi amiga Chiqui?* Me seca los pies. Tengo las uñas largas. *Mamá, ¿por qué nunca me cortas las uñas de los pies?* Aunque estoy feliz por todo lo que me está haciendo la seño, me siento triste. *Mamá, ¿por qué nunca estás cuando te busco?* En esos momentos quiero que de una vez me cambie todo: el pelo, los ojos, la nariz y la boca, porque dice mi mamá que tengo los labios como dos bisteces de aguayón. (Si tan sólo me dijera que más bien parecen dos filetes "chemita" como los que siempre come mi papá en Prendes, no me ofendería, pero ¿de aguayón?) Que también me cambie el corazón porque está empapado y todo arrugado. Todo esto lo pienso, pero no se lo digo.

—¿Qué vamos a hacer con los zapatos? También están empapados. Ni modo de pedirle un par a la seño Conchita. ¿Y si te cargo hasta el coche? A ver si te aguanto… ¿Dónde está tu mochila? Bueno, ahora sí, vámonos.

En ese momento me hago chiquita, chiquita. Me hago flaquita, flaquita. Me hago diminuta, diminuta. Me hago como un bebé. Entonces me toma entre sus brazos y vuelvo a oler su perfume como de helado de vainilla, pastel de vainilla y leche malteada de vainilla. Salimos del colegio por la calle de Pino. Ya no estoy triste. Estoy feliz. Estoy seca. Estoy al lado de la seño Mary. *¡Gracias, mamá, por haberme olvidado!*

El chofer y el coche de la seño no son como me los había imaginado. El *chauffeur,* como dice mi tía Concha, no tiene uniforme azul marino con botones dorados ni gorra con visera como el de Pepe, el amigo rico de la historieta de la pequeña Lulú. Este chofer es un viejito que tiene el pelo todo blanco, su camisa y sus pantalones se ven muy usados. Más que chofer, parece zapatero de colonia pobre. El coche no es último modelo. Es igualito a la carcacha de mi tío Luis. Pero todo esto no me importa. ¡Estoy con mi seño!

—¿Cómo te sientes? ¿Mejor? ¡Qué bueno! A mis papis les va a dar mucho gusto conocerte, les he platicado mucho de ti. Mi papá fue a la universidad con el tuyo y mi mami fue al colegio con tu mamá. Yo fui compañera de Inés. Por cierto, ¿cómo están tus hermanas? Se acaban de ir a Francia, ¿verdad?

En el camino le platico muchas cosas. Quiero caerle en gracia. Quiero ser diez veces su consentida.

—Sí, seño. Hace poquito me escribió Inés una carta larga larga. Me encantan sus cartas. Dice mi papá que de grande va a ser escritora. ¿Quiere que se la lea? Allí la traigo en la mochila.

Dice que sí. Tomo la mochila de la parte de atrás del coche. Saco mi libro de historia y busco la carta de mi hermana. La desdoblo, toso un poquito y empiezo a leer con cuidado para no equivocarme y que la seño me ponga 10 en lectura.

—Es un poquito larga, ¿no le importa?

—No, Sofi, no me importa porque hay mucho tráfico y de aquí a que lleguemos a la casa, pues tendrás todo el tiempo que necesites. Te escucho.

—Gracias, seño.

Muy querida Sofía:

Apenas hace dos semanas que estamos en el internado en Lyon y me parece que hace años que se fue mi mamá. Ya les habrá contado a todos cómo estuvo nuestra llegada al colegio con nuestras maletas que apenas podíamos cargar. Ahí nos tienes, a tus tres hermanas, subiendo con unos trabajos la gran escalera detrás de una monja que nos indicó dónde dejarlas, mientras nos despedíamos de mi mamá que se quedó hablando con la directora. Cuando bajamos ya estaba sola en el salón esperándonos para decirnos adiós. Las tres hicimos esfuerzos para no mostrar tristeza, pero mi mamá nos dijo que ni lloráramos porque teníamos mucha suerte de estar en este colegio en Francia. «Ay, niñas, no sean tontas, no vayan a llorar, qué hubiera dado yo por estar en su lugar. Estas monjas las van a formar y les van a dar sentido de responsabilidad. Van a aprender a hablar francés muy bonito y se van a casar muy bien, ya verán. Van a tener armas para la vida», nos decía mientras se abrochaba, medio nerviosa, su abrigo larguísimo de pelo de camello. Después a cada una nos bendijo y nos dio un beso en silencio. Las tres la abrazamos y en esos momentos aspiré su perfume Femme que tanto te gusta y que dices que huele a malvavisco. Me aguanté de no derramar ninguna lágrima para que mis hermanas no se fueran a poner peor, pero tenía un nudo en la garganta. Pensé, es cierto, cuánta gente querría estar en nuestro lugar. Finalmente, Amparo se puso a sollozar como una verdadera María Magdalena. Paulina hacía unos pucheros que hasta risa nos dio y mi mamá aprovechó para irse.

Aquí las religiosas sí parecen monjas y se visten como tales. No como las de México que se visten y peinan como quedadas y nadie sabe que son monjas. Las de Francia tienen sus hábitos y sus cofias como sor Juana Inés de la Cruz. Más o menos entendemos lo que nos dicen, pero no creas que todo. Paulina que, como ya sabes, es muy comunicativa y nada tímida, se atreve a hablar en lo que ella cree que es francés. Por lo menos, le cae en gracia a su maestra. Nos dicen: *les petites mexicaines.* A Paulina le dicen Polín, y a Amparo, Amparó. Mi nombre se pronuncia igual en ambos idiomas. Dormimos cada una en un dormitorio aparte. Enfrente de cada cama hay un lavabo. Aquí las chicas solamente se lavan la cara, el cuello, las axilas y los dientes por la noche. Desgraciadamente, sólo nos podemos bañar en tina (con muy poquita agua y no muy caliente) los sábados, pero apenas nos dan tiempo para quitarnos el jabón cuando ya la monja nos está apurando para que salgamos. No usan desodorante y ni conocen el Mum. Nos tenemos que desvestir y poner la piyama una enfrente de la otra, así que ya me las ingenié para hacerlo sin que se me vea nada. Mi vecina de cama se ríe de mi exagerado pudor. Junto a las camas hay unos burós y enfrente una silla diminuta. Todo es muy austero. Después de que nos lavamos como gatos, la monja nos da la señal para arrodillarnos a un lado de la cama diciendo: «*Au nom du père et du fils et du Saint Esprit*», y en seguida, el Ave María: «*Je vous salue, Marie*». Acabando de rezar nos metemos a la cama y apagan la luz. Aquí empieza mi sufrimiento. Primero, la monja viene hacia mi cama y me dice «*Bonsoir, ma petite Inés, dormez bien*». Yo contengo la respiración porque tiene pésimo aliento y huele feo. Luego me cuesta mucho trabajo conciliar el sueño. La noche me vuelve vulnerable, pienso en situaciones absurdas o preocupantes, me arrepiento de algo que hice o no hice y acabo añorando la casa, la familia, todo lo que dejamos y todas esas cosas. Lo terrible de estos insomnios es que no puedo levantarme, ni prender la luz, ni poner música. Seguramente permanezco despierta sólo unos minutos, pero a mí me parece una eternidad. El tiempo es como un acordeón, se alarga o se acorta según la circunstancia, sobre todo cuando no duermes en tu cama, ni estás en tu país.

Mis hermanas y yo nada más nos vemos en el recreo y es cuando platicamos. Amparo no hace más que quejarse. Le está costando mucho trabajo la adaptación a esta nueva vida. «¿Tienen algo que contar? He pasado un día tan triste y aburrido que tengo ganas de una distracción», nos dijo ayer. Paulina, a la que siempre, según ella, le pasan cosas extraordinarias y le encanta relatar los incidentes de su vida en el colegio, empezó a contarnos que se hizo amiga de una chica que tiene una casa en la playa y ya la invitó para el verano. ¿Te imaginas? Todavía no sabemos qué vamos a hacer en Navidad.

Le dije a mis hermanas que se fijen en todo lo que hacen las francesas para que ya no nos vean tan diferentes y nosotros también nos sintamos mejor. Yo le sonrío a las niñas de mi clase y no me hacen mucho caso. Se me quedan viendo y adivino que no tienen la menor intención de hacer conversación, más bien guardan silencio. Como saben que no hablo francés ni tratan siquiera. No sé si es por penosas o por pesadas o por las dos cosas. Yo creo que sufren de xenofobia (así se escribe, Sofía, con "x" pero se pronuncia como "j"), o sea que no les gustan las extranjeras. Si estuvieran en el colegio en México, ya me imagino todo lo que haríamos para ayudarlas con el idioma y con sus lecciones, les estaríamos convidando de nuestras tortas. Y les diríamos cosas como ¿de dónde vienes, por qué estás en México, vienes de París? Y luego luego querríamos ser sus amigas. ¿A poco no, Sofía? Imagínate la curiosidad que nos daría saber si habían llegado en barco o en avión. Preguntaríamos cosas así. Bueno, pues hace un mes que estamos aquí y nadie me ha preguntado absolutamente nada. ¿Qué no son curiosas o qué?

No te rías, pero le tenemos que hacer una reverencia a las monjas cada vez que las vemos en el corredor o en las escaleras. Amparo hasta exagera. Le encanta. Dice Polín (hay que decirle así) que igual era en México cuando estaba la emperatriz Carlota. Por su parte, Amparo dice que ella no les va a hacer la famosa reverencia, pues ni que fueran reinas. A las monjas les tenemos que decir *madame* como en el colegio en México. Mi profesora se llama *madame* St. Hedwige (se pronuncia Edvich). Es muy buena persona, muy gentil y paciente. A ella sí le entiendo todo porque pro-nun-cia bien y habla des-pa-cio, con mucha paciencia.

Todas las mañanas, obligatoriamente, vamos a misa bien temprano a la capilla, aquí mismo en el internado, dedicada a la Virgen de Lourdes que se le apareció a Santa Bernardita. Ya has oído hablar de ella, ¿verdad? Me levanto con tanto apetito que durante la misa nada más estoy pensando en el desayuno que ya sé que no voy a comer, pero me hago ilusiones. Aunque te diré que aquí el pan y la mantequilla son deliciosos. Eso sí no hay ni bolillos ni teleras sino unos panes largos que se llaman *baguettes*. De desayuno sólo tomamos esos panes con mantequilla que son deliciosos, mermelada y café con leche servido en unas tazotas sin oreja que les dicen *bol*. Todas aquí sopean su pan y ahora yo también lo hago. No nos dan ni jugo de naranja, ni leche sola, ni huevos revueltos, y menos frijolitos. No conocen las tortillas ni los Corn Flakes y no hay pan dulce y menos *hot cakes*. Cómo extraño las conchas de chocolate, las campechanas y las chilindrinas. Y también cuánto extraño la sopa de fideo que hacen en casa de mis papás grandes y las quesadillas de queso de Oaxaca derretido.

Aquí sí que se estudia, mi querida. Nos hacen aprovechar muy bien el tiempo. Fíjate que nadie habla en clase y no hacen ruido con las papeleras. Parecen muy serias y concentradas en lo que hacen. No utilizan plumas marca Parker ni esos estuches de lápices de colores que llevan las chicas en México, ni loncheras con su termo como las que siempre quieres que te compren. No se ponen ni pulseras ni moños en la cabeza y menos aretes. Les horroriza ver que tengo *les oreilles percées*. Creen que somos salvajes porque nos hacemos hoyos en las orejas. Tampoco llevan dulces a la clase y yo creo que no conocen los chicles. Vas a decir que ojalá mis papás nunca te vayan a mandar a estudiar a Francia, sobre todo de interna. Le rezo a todos los santos para que lo hagan cuanto antes. Te haría mucho bien.

Todos los días, después de comer, salimos en fila de tres en tres a dar una vuelta a un bosque que está muy cerca del colegio, todas de sombrero y guantes. Es como si fuéramos a Chapultepec, pero nunca encuentras a nadie que venda cosas de comer en la calle, como chicharrones, merengues o gelatinas de colores. No hay indios ni limosneros y, como diría mi tía Guille, aquí todo el mundo tiene cara de gente decente. Los coches son como los que salen en las películas antiguas y mucha gente anda en bicicleta. No me lo vas a creer, Sofía, pero aquí las niñas todavía hablan de la guerra. El otro día no sé por qué dije que se me antojaba un plátano, *une banane*, y ¡ninguna de mis compañeras había comido uno! Hice mucho escándalo porque no lo podía creer y la monja me regañó y me dijo: «Recuerde, señorita Inés, que aquí tuvimos una guerra y Francia no es un país bananero». Fíjate que algunos de los papás y los abuelos de muchas de estas chicas fueron a la guerra y jamás regresaron a su casa.

No seas floja, Sofía, y escríbeme. Si las de mi clase te preguntan por mí allá en el colegio, diles que estoy muy contenta en el internado, pero no les digas que me gusta más aquí que el colegio de México, y que les voy a escribir. Sofi, Sofi, Sofi, pórtate bien y haz tus tareas. *Sois sage.* Pobres de mis papás, no les des más problemas de los que tienen.

Recibe todo el cariño de tu hermana que te extraña.

Inés.

No le leo a la seño la posdata porque me da pena. En ella Inés me pregunta por mi maestra, "¿la sigues adorando tanto?", y luego me dice si Leonor, la gordinflona, me sigue molestando. Al final quiere saber de qué humor está mi mamá conmigo.

—¡Qué bonita carta! Dile a Inés que tiene muchas aptitudes para escribir. ¿Sabes, Sofi, que has hecho muchos progresos en lectura? Me da mucho gusto.

—Gracias, seño —le digo con cara de niña juiciosa. (No le confieso que la carta me la sé de memoria, por eso la leí así de corridito.) De todas las caras que hago para hacerme la payasa, ésta me sale muy bien, la de juiciosa, Sari siempre me está pidiendo que se la haga, dice que es su preferida. Se la hago y luego nos morimos de la risa. «A ver, otra vez», me dice, y entonces vuelvo a echar un poco la barba hacia delante, luego frunzo los labios como para adentro y cierro un poquito los ojos, sintiéndome como esas chicas que siempre se sacan diez en todo. Lástima que no nací con esta cara, porque entonces sí sería una alumna casi perfecta.

La casa de la seño Mary es muy bonita. Se parece a ella. Dice mi papá que todas las cosas se parecen a su dueño. Es grande y huele a limpio. Vive muy cerca del Ángel. Aunque es una casa vieja se ve muy arregladita. Muy ordenada. Tiene puras cosas antiguas. Muchos cuadros y esculturas de santos. En una pared hay un Cristo de tamaño natural. *Padre nuestro que estás en el cielo…* Me gustan esos espejotes con sus marcos dorados. Allí estoy reflejada, con la bata azul y el suéter que me queda grande. Me veo sin zapatos. Parezco huerfanita. *Una limosnita por el amor de Dios…* Esta casa huele a muebles recién encerados. En la entrada tiene un candil como de película y una escalera en forma de caracol. De repente miro hacia arriba y en el último escalón veo a un señor igualito a mi papá. Es flaquito, también tiene bigote y anteojos, los ojos chiquitos y la nariz grande. Se ve pálido y cansado.

—Ay, papi, ¿estás allí? Ya llegué. Estoy con Sofía, mi alumna. Ya sabes, es la hija de Inés y de Antonio, que tú conoces muy bien. El que fue junto contigo fundador del PAN. Vamos a llamar a su mami para que venga por ella, porque la dejó el camión —le grita la seño desde abajo. Sofía pone cara de que la dejó el camión, cara de hija olvidada y cara de yegüita fina perdida en el bosque.

El señor no responde. No dice nada. Nos mira. Nada más sonríe. Con muchos esfuerzos comienza a bajar la escalera. Veo que su mano flaquita agarra bien fuerte el barandal. Primero baja una pierna, luego la otra. Se mueve igualito al hombre de hoja de lata de *El mago de Oz.* No sé por qué pero me da lástima. A lo mejor está enfermo. Por una gran ventana que tiene muchos cuadros chiquitos de todos colores, y que está a la mitad de la escalera, entra una luz amarilla muy clarita.

—Papi, deja que te ayude —le dice la seño con voz de preocupación. Nunca la había visto así de seria. Parece la mamá de mi seño de tercero. Con sus zapatos de tacón alto sube la escalera rápido, muy rápido, rapidísimo. Cuando por fin llega a donde está su papá, lo ve con mucha ternura. Le da un beso en la frente.

—Antes de ayudarte a bajar voy a buscarle unos zapatos a Sofía, porque los suyos se empaparon. Voy al cuarto de Paty. No me tardo, papi. De aquí no te muevas, porque te puedes caer.

En seguida aparece con un par de zapatos blancos de trabita y unos calcetines en la mano.

—Póntelos o te vas a enfermar. Te van a quedar grandes, pero no importa. Póntelos.

Obedezco. Me siento en el último escalón de la escalera y me pongo los calcetinzotes de su hermana Patricia, que va en sexto "A". Esa chica me cae regorda. Se cree mucho porque es pelirroja y se peina de "cola de pato". Dicen que es la consentida de *madame* Marie Thérèse y que de grande quiere ser monja. Luego me pongo los zapatos. Me quedan gigantes. Pero están bonitos. Tienen un moñito en medio. Me gustaría tener unos igualitos. Leo la etiqueta que dice El Borceguí. A mi seño ya no le brillan los ojos como cuando íbamos juntitas en el coche. Sube otra vez las escaleras. Tac tac tac hacen sus tacones. Con mucho cuidado levanta el brazo izquierdo de su papá y lo coloca sobre sus hombros. Aunque el señor está flaquito, se ve que le pesa mucho. *Se va a caer, se va a caer, se va a caer. Angelito de mi guarda, te doy permiso para que vayas a ayudar al papá de la seño. ¿Dónde estará el suyo? ¿Será igual de viejito que él? Dios mío, mándale un ángel fuerte. Uno que tenga unos conejotes en los brazos para que lo pueda cargar. Seguro este señor tan flaquito tiene huesos de gordo, porque se ve que pesa bastante.* No sé qué hacer. Miro hacia todos lados, veo muchas cosas de porcelana. También hay muchos marcos de plata con fotografías. Arriba de la chimenea me fijo en una pintura de una mujer con un vestido azul turquesa escotado. Tiene los ojos del mismo color. ¡Qué bonita señora! ¿Será la abuelita o la mamá de mi seño? Miro otra vez hacia la escalera y veo cómo la maestra está tratando de ayudar a su papá. *Se va a caer, se va a caer. Virgencita de Guadalupe, que no se caiga.*

—Ven, Sofía, no seas penosa. Ven a saludar… A ver, papá, con mucho cuidado. Nada más faltan tres escalones y llegamos. Uno, dos, eso, y… ¡tres!

Me acerco. El señor está vestido con un traje igualito a los que usa mi papá. El nudo de su corbata de rayas está medio deshecho. Su camisa blanca tiene manchas de sopa de jitomate. De cerca es todavía más chaparrito y flaquito de como lo veía desde abajo. Me saluda con una mano huesuda y muy blanca. «¡Hola, ¿cómo estás?», me dice como si tuviera la boca llena de algodón. Respira fuerte. Me acerco a él. «Mucho gusto señor», le digo. *Híjole, ¿a qué huele este viejito? Huele a raro. Pero ¿a qué? ¿A Vick Vapo-Rub? Ah, ya sé, ¡a vino! ¡No es posible! ¿Cómo puede ser que una seño tan linda y tan buena gente tenga un papá borrachito?* Sofía siempre imaginó a su papi como alguien muy importante, de esos que fuman puro y juegan golf.

—Papi, ¿quieres que te lleve a tu sillón? Te voy a traer un té. Mientras tanto, Sofía se queda contigo. Es muy platicadora, habla hasta por los codos… Ven, Sofi, siéntate en este taburete al lado de mi papá mientras voy a la cocina a hacerle su té de hojas de naranjo. No me tardo. Ahorita le hablamos por teléfono a tu mami, ¿eh?

Obedezco. Me siento en un banquito con unas florecitas bordadas en punto de cruz. Levanto la cabeza y miró al señor. Uf, cómo huele a vino. *Dios mío, te ofrezco el sacrificio de estar junto al papá borrachito de mi seño.* Se ve muy débil. Tiene la cabeza recargada sobre el respaldo del sillón. Tiene muchas canas y se está quedando calvo. Necesita una peluca como la de *mada-*

me St. Louis. Tiene los ojos cerrados. Respira con trabajo. Creo que nada más se está acordando de puras cosas tristes. Arruga la frente llena de manchas cafés. De una bolsita de su chaleco sale una cadena de oro. Es su reloj. Tic tac, tic tac. *¿Qué horas serán? Ha de ser tardísimo. A lo mejor es de noche y ya salieron las estrellas y la luna y Sofía sigue aquí en casa de su seño. ¿Qué estarán haciendo mis papás? ¿Cenando? ¿Qué programa estará en el canal 2?* ¿I love Lucy *o* El llanero solitario? *¿Y si me quedara a dormir? Paty me podría prestar su piyama. Así, al otro día la seño y Sofi llegarían juntitas al colegio y todas se morirían de envidia. Ay, no, mejor no me quedo, qué tal que el señor se vuelve a emborrachar y a media noche me corre de su casa y me dice: "¿Qué estás haciendo aquí, escuincla? ¿Me haces el favor de irte a tu casa?" Híjole, no sé qué de platicarle. ¿De cantinas? ¿De vinos franceses? O más bien de cabarés como los que salen en las películas que pasan en la tele muy tarde en la noche.* Qué chistoso, también Sofía se siente mareada. ¿Se pegará lo borracho? Hip hip hip. Empiezo a platicar ya muy animada. Por culpa del aliento del viejito, ya me emborraché.

—Me llamo Sofía, tengo once años y soy alumna de su hija. No me pregunte por qué estoy tan atrasada, porque ni yo sé. Fíjese que también vivo por aquí muy cerquita. Y ¿tienen perro?

El señor tiene los ojos cerrados, o está dormido, o está aburrido, o está desmayado, ¿o qué? No me importa. En estos momentos soy como su enfermera. Tengo que ser paciente. Sigo platicando. «Figúrese, señor, que mi mamá, que usted conoce y que se casó con mi papá que también conoce, odia los animales. Siempre he querido tener una mascota, así como Lassie. Una vez tuve un gatito que se llamaba Solovino. ¿Quiere que le platique de él? Bueno, pues mi papá lo bautizo así porque una tarde que la muchacha dejó la puerta abierta, se metió un gatito gris muy lindo. Parecía como de calendario. Pero ¿qué cree? Con el tiempo se volvió loco.»

El señor abre los ojos y me echa una mirada muy rara. Aunque no me pregunta nada, adivino su pensamiento. «¿Por qué se volvió loco? Porque cada vez que se lo encontraban, mi mamá o mis hermanas grandes le gritaban, lo insultaban, le pisaban la cola, lo pateaban y hasta lo aventaban al aire. Aunque yo lo defendía como loquita, él se volvió loco. ¿Sabe lo que hacía?»

Vuelve a abrir los ojos, pobre señor, y dice que no con su cabeza borrachita. «Pues fíjese que con sus uñitas se trepaba por todo el biombo de terciopelo escocés de mi mamá y cuando llegaba hasta arriba se echaba de clavado a los muebles de la sala y ya con sus uñotas le sacaba muchas hebritas a la tapicería.» El señor reabre los ojitos y me sonríe. Me da ternura. Me da lástima. «Bueno, pues el día en que mi mami lo cogió a escobazos porque ya no lo aguantaba ni un minuto más, Solovino se escapó. Sí, señor, se fue para nunca más volver. Dice mi papa que ahora se llama Solosefué. Qué triste, ¿verdad? Oiga, señor, ¿y en esta casa hay gatitos?» Dice que no con la cabeza. La mueve de un lado a otro como en cámara lenta. ¡Qué chistoso se ve! Parece de los que salen de extras en las películas del Gordo y el Flaco. «¿No? Qué lástima. Oiga, señor, ¿me podría decir dónde está el baño, por favor?»

No me contesta. ¿Se habrá dormido? ¿Estará soñando con una botella gigante? Lo observo con cuidado. Las uñas de sus manos están muy bien recortaditas. Para que se me quiten las ganas de ir al baño, me pongo a contar todas las manchas cafés que tiene en las manos blancas: una, dos, tres, cuatro, cinco, seis, siete… De repente llega la seño Mary con una charola de plata cubierta con una servilleta blanca.

—¿Qué pasó, papi, qué tanto te cuenta Sofía? ¿Verdad que platica como si fuera adulta? Aquí te dejo tu té. Mientras te lo tomas, voy a llevar a esta niña al teléfono para que hable a su casa. Ahorita vengo —le dice con mucho cariño.

—Ay, seño, qué pena, pero me muero de ganas de ir al baño. ¿Me puede decir dónde está? —le pregunto quedito. No sé por qué en su casa me siento tan penosa con ella.

Me toma de la mano y juntas vamos a uno que seguro es de las visitas, porque está justo debajo de la escalera. Es un baño chiquito que huele a humedad, como a chicharrón. Está muy oscuro. Es un baño triste porque sus paredes lloran. Están mojaditas. *No se preocupe, seño, el de mi casa también es horrible. Casi nunca hay papel, ni toalla, ni jabón, ni nada. No me lo va a creer, pero en el piso hay una coladera que está rota. Un día que estaba sentada en el excusado vi asomarse un ratoncito gris muy lindo que parecía como de caricatura, como de peluche. Ahora, cada vez que voy lo llamo. Pero a veces me da miedo que salga y se me meta en mis calzoncitos sin darme cuenta y después de muchos días aparezca toda mordida por el ratoncito.* Como no tengo calzones, pantaletas, dicen las criadas, porque se quedaron en el colegio, me subo rápido rápido la bata azul, me siento rápido rápido en el excusado y rápido rápido hago pipí. Pshshshshshsh. No hay papel de baño. ¡Ni modo! Jalo. Está tapado. ¡Qué pena! Hago como que me lavo las manos. Hago como que me las seco y hago como que soy una invitada de la familia.

¡Cuántos libros hay en esta biblioteca! ¿Tendrá más que mi papá? Con razón son amigos. Son igualitos en todo. Sobre un escritorio de madera oscura, muy cerca de dos aparatos de teléfonos, hay un pajarote con las alas abiertas. Me da miedo.

—No te asustes, Sofía, es un búho y está disecado. Un día mi papi lo atropelló con su coche y lo mandó disecar. Es como su trofeo. ¿Cuál es tu número de teléfono? ¿Once, diez, setenta y ocho?… Está ocupado —me dice la seño Mary—. Ven, vamos a que te dé algo de comer. ¿No te estás muriendo de hambre?

Le digo que sí, pero no es cierto, de lo que me estoy muriendo es de pena.

En una cocina muy limpia y ordenada que huele a leche hervida la maestra me prepara unas galletas Marías untadas con cajeta. *Mamá, ¿por qué nunca hay galletas Marías en la casa? ¿Por qué siempre hay bolillos duros en una bolsa de la panadería Colonial? ¿Para que coman los papás del ratoncito que viene a visitarme en el baño de visitas?* Después de ponerle a cada galleta un poquito de cajeta envinada, las junta de dos en dos y forma unos sándwiches redondos. Después los pone en un platito de porcelana. Camina hasta un refrigerador como antiguo, saca una olla y con un cucharón me sirve un vaso de leche. *Mamá, ¿por qué en la casa nunca se hierve la leche?* Sin querer se le pasa un poco de nata y tengo ganas de decirle que me da asco, pero me da pena. Me trago ese pellejito amarillo. Tengo ganas de vomitar. Me aguanto. *Dios mío, te ofrezco este sacrificio.* Antes de salir de la cocina le digo, como dicen las niñas muy bien educaditas: «Muchas gracias, seño, todo estuvo muy rico». Nos vamos por un corredor muy largo hasta llegar otra vez a la biblioteca. La seño camina hasta donde se encuentra el teléfono y marca otra vez el número de la casa.

—¡Ay, Sofía, sigue ocupado! ¿Qué hacemos? —pregunta con voz de maestra de secundaria. Con voz de seño muy linda y con voz de yegua blanca.

Cuelga la bocina. Me mira con sus ojos color miel y me da un golpecito sobre el cachete. Le sonrío con mucha pena. Ah, qué Sofía tan penosa. Pero ¿cómo decirle que cuando mi mamá está hablando por teléfono se puede quedar hasta cinco horas sin parar un solo minuto? ¿Cómo decirle que tiene una enfermedad que se llama telefonitis aguditis croniquitis? ¿Y cómo decirle que mejor me quedo a vivir con ella para que juntas cuidemos a su papá? Regresamos a la salita donde se quedó el borrachito. Hip hip hip. No está dormido, pero tampoco está tomando su té caliente. Está bebiendo de un vaso muy alto que tiene un líquido amarillento. Al verlo así, la seño Mary corre hacia él, se arrodilla a sus pies.

—Ay, papi, pero ¿por qué? —le dice muy afligida.

Él no contesta. La mira y le sonríe. Ella me mira, pero no me sonríe.

—¿Por qué no vas a la biblioteca e insistes en llamar a tu casa, Sofía? Ya es muy tarde.

Su voz ya no es de una seño linda. Su voz es de una hija muy preocupada. Es la voz de la hija de un borrachito. Obedezco. Con mi dedito marco 11-10-78. Bip bip bip. Cuelgo. Lo hago rápido. Creo que toda la biblioteca se llenó de bip bip bip. ¡Qué pena! Enseguida miro fijamente los ojos de canica del búho disecado que está sobre la mesa. Ay, qué miedo. *Búho feo, búho horrible, búho asqueroso, búho con ojos de diablo. Ve, búho, vete volando a decirle a mi mamá que cuelgue. Ve y busca al camión número cuatro para que venga por mí. Vuela hasta la oficina de mi papá y avísale que estoy en casa de la seño Mary. Dile que su amigo de la juventud está malito.* Quiero marcar el teléfono de mi amiga Sari, pero no me acuerdo del número. ¡Qué raro, si me lo sabía de memoria! Creo que comienza con dos. ¿Y después?

Mientras tanto mi maestra sigue hablando con su papá. La escucho muy bien porque la puerta está entreabierta.

—Ay, papi, así no se puede. ¿Qué no te das cuenta del daño que te haces y que le haces a mi mami y a mis hermanos? Nos prometiste que ya no ibas a recaer. Lo juraste. Ay, papito, ¿por qué no me hablas? Dime algo, por favor, no te quedes así nada más viéndome. ¿Por qué tienes esa mirada tan triste? Si supieras todo lo que le pido a la Virgen de Guadalupe por ti. Si sigues así te vas a enfermar. Piensa en mis hermanos, en mi mami, en mi abuelita.

Todo esto se lo dice en tono de tristeza. Creo que va a llorar. Tengo ganas de correr hacia ella y decirle ya no sufra, seño, por favor no se ponga así. Si supiera que mi papá y mi tío Federico, hermano de mi mamá, también se echan sus copitas de tequila los domingos. Si quiere lo llevamos a la Cruz Roja. ¿Quiere que entre las dos lo carguemos hasta su recámara? Una vez vi en la tele que a un borracho le metían el dedo en la boca y lo hacían vomitar todo lo que había bebido. Si quiere, Sofía le presta su dedo. ¿Qué quiere que haga? *Dios mío, que mi mamá cuelgue el teléfono. Que cuelgue, que cuelgue, que cuelgue. Ángel de la guarda, corre a mi casa y cuélgale el teléfono a mi mamá.* Ya me quiero ir. Me dan miedo los borrachos. ¿Qué tal si el búho resucita y con su pico me saca los ojos? En esos momentos quiero desaparecer, pero si me hago invisible ya no me va a encontrar la seño y después cómo me voy a ir a mi casa.

De pronto oigo que se abre una puerta. ¿Quién habrá llegado? Oigo algunas voces. Muchos pasos que van y vienen.

—Ay, Dios mío —dice la voz de una señora—. ¿Otra vez? ¡No es posible!

Alguien sube rápido la escalera.

—Mamá, no te pongas así. Ya se le pasará —comenta la voz de un muchacho.

Ha de ser el hermano de la seño. Alguien está llorando. Es una niña. Otra vez tengo ganas de ir al baño. *Ay, Virgencita de Guadalupe, ¿qué hago para no hacerme? Ay, seño, venga por mí porque me voy a hacer pipí. Me voy a hacer pipí en su tapete. Me voy a hacer pipí en la biblioteca de su papi. Que no me haga, que no me haga… No aguanto, ya no aguanto más. Que no me haga, que no me haga... Me estoy haciendo, me estoy haciendo.* Para ir al baño, decido ponerme mis polvos mágicos.

Salgo de la biblioteca. Atravieso la salita. Nadie me ve. Soy invisible. Soy transparente. En cambio Sofía sí ve a la seño, a su familia y a su papi que está todavía más pálido que antes. Tiene cara de susto. Todos están a su alrededor. Veo a Patricia, la hermana chocante de la maestra. *Que no me cache con sus zapatos blancos, que no me vea con sus calcetines...* Ella también está llorando. La mamá está sentada en el sillón y tiene la cabeza entre las manos. La seño está a su lado y le acaricia el pelo. Cruzo la sala. Nadie me ve. El hermano se ve desesperado. Abraza a su mamá y dice: «Pobre de mi papá, no tiene carácter». También veo a una niña chiquita con una trenza larga. Se muerde las uñas. Es la única que no reacciona. Está asustada. Regreso a la biblioteca. Uf, nadie me vio. Me salvé. ¡Qué suerte, también en esta casa puedo ser transparente! Rápido rápido marco el teléfono de mi casa. Lo hago despacito, poniendo mucha atención a cada uno de los números. Bip bip bip bip bip. Cuelgo. No sé qué hacer. Miro el búho. Me veo las uñas. Tengo frío. Quiero irme a mi casa. Me siento como una presa. *Quiero que me disequen como el búho. Quiero convertirme en estatua de marfil. Quiero que me lleven a un asilo para niñas huérfanas. Quiero dormirme para siempre. Quiero que me lleven a Lyon con mi hermana Inés. ¿Por qué nadie se acuerda de mí? ¡No existo!*

De repente escucho que alguien abre la puerta de la biblioteca.

—Sofía, ¿dónde estás? ¿Por qué no has prendido la luz? Ya es muy tarde. Ay, pobrecita, ya ni me acordaba que estabas aquí. ¿Ya llamaste a tu casa? No me digas que sigue ocupado el teléfono. ¡Qué barbaridad! A lo mejor está descompuesto. Tus papis han de estar preocupadísimos sin noticias tuyas. Déjame tratar de nuevo. ¿Cuál es el teléfono? Once, diez, setenta y ocho. ¡Dios mío, sigue ocupado! Te dije, está descompuesto.

La seño camina de un lado a otro. Se ve nerviosa. Triste. Ella también se ve como huérfana. Ve su reloj de pulsera. Se muerde los labios y de nuevo se dirige al teléfono. Lo descuelga. Marca un número. «¿Bueno? ¿Puedo hablar con Nacho, por favor?… ¿Es usted, señora? Discúlpeme, no la reconocí. ¿Cómo está?… Sí, sí, habla Mary… ¿Mis papis? Están muy bien, gracias. ¿No estará de casualidad su hijo por allí?… Mil gracias. Muchos saludos a don Ignacio. Hasta luego… Gracias.» La seño espera. Sube los ojos. Suspira. No me ve. No me sonríe. Está como ida. Ve la hora. «Ay, Nacho, qué pena me da molestarte a tu casa. Lo que sucede es que necesito llevar a una alumna a su casa y ya se fue el chofer. ¿Como cuánto tiempo tardas en llegar?… De acuerdo. Aquí te espero. Mil gracias.» Cuelga. Me ve y no me sonríe. Suspira, me toma de la mano, apaga la luz y salimos de la biblioteca.

¿Quién será Nacho? Se lo pregunto y me dice: «Ay, Sofía, ¿cuándo se te va a quitar lo preguntona? Nacho es mi novio y él nos va a llevar a tu casa. ¿De acuerdo? Y por favor no me hagas ni una pregunta más».

Nacho es chaparrito y muy mono. Parece artista, pero de las películas argentinas que tanto le gusta ver a mi tía Guillermina. Tiene un chaleco de rombos de todos colores. Tiene un coche nuevo y huele a agua de colonia con olor a lima. ¿Por qué nunca me había platicado la seño que tenía un novio de ojos azules? Entonces, ¿no va a ser monja? ¿Se podrá casar una mujer con Cristo y al mismo tiempo con su novio? Esto ya no se lo pregunto, porque seguro me pone cero en conducta. La seño ya no se ve triste. Al contrario, está más linda que en la tarde porque se pintó otra vez la boca. Hasta perfume se puso. Estoy sentada en la parte de atrás del coche, cierro los ojos y me hago la dormida. Estoy hecha bolita y tengo frío. Me siento extraña, como si Sofía fuera otra Sofía. ¿Quién de las dos estará recostada en el asiento de atrás?

—Qué lindo que viniste tan pronto. No sabes la pena que me dio hablar a tu casa. Yo sé que no se habla a la casa de los novios, pero era una emergencia. Si no vienes por nosotras, no sé cómo hubiera hecho para llevar a Sofía a su casa. Por lo menos ya merendó. Chabelita le preparó un sándwich de queso amarillo y se tomó un vaso de chocolate Express calientito. ¿Cómo es posible que su mamá no la haya recogido en el colegio? Sí, allí estuvo en la fiesta. Yo la vi llegar, tardísimo, pero llegó. Dice mi mami que esa señora es de armas tomar. Que desde que estaba en el colegio llegaba tarde y era muy inquieta, pero muy aplicada. Parece ser que es muy ocurrente, pero muy liosa. Todo México conoce a doña Inés. Las *madames* del colegio la adoran. Siempre le están pidiendo que escriba textos para el anuario *Entre Nous*. Un día leí uno muy bonito que hablaba de Taormina. Bueno, pues esta señora tan inteligente dicen que es muy enredosa. En fin, así hay mamás de especiales.

El novio escucha a la novia sin interrumpirla. ¡Híjole, qué seño tan mentirosa! ¿Cuál sándwich de queso amarillo? ¡Híjole, qué seño tan chismosa! ¿Cómo que mi mamá es de armas tomar, si no fue a ninguna de las dos guerras? ¿Cómo que es una señora enredosa? Pues ni que fuera enredadera. ¿Qué le pasa a mi seño? ¿También ella tomará sus copitas? Desde el asiento de atrás veo que el novio tiene las orejas separadas. En el radio están tocando música de Ray Coniff. ¡Seguro su novio también escucha seis-veinte, mi estación preferida!

—Y a ti, ¿qué tal te fue hoy, mi amor? ¿Fuiste al club? No sabes lo bonita que estuvo la fiesta del colegio. A pesar de la lluvia estuvo muy concurrida y emotiva. Todas las monjas estaban felices. Fíjate que mi papi tiene una gripa espantosa. Pobrecito, hasta calentura tiene. Pero gracias a Dios ya le hablamos a mi tío Toño para que venga a verlo. Mañana va a venir muy tempranito. Qué bueno es tener un médico en la familia, ¿verdad?

¡Híjole, qué mentirosa, mil veces mentirosa! ¿Cómo que su papi tiene gripa? Sí, pero por todo el vino que se tomó. *Oye, Nacho, no te conviene una novia tan mentirosa. Su papá estaba borrachito, a mí nunca me dieron un sándwich y no le habló por teléfono a su tío Toño.*

Esta tarde he descubierto muchas cosas. No sabía que los papás de las seños se emborrachaban. No sabía que los ricos tenían problemas como de pobres. No sabía que los choferes no vivían en las casas donde trabajan. No sabía que en esas casas tan bonitas y con tantas cosas antiguas no daban de merendar, más que galletas. ¿Por qué no le contó a su novio toda la verdad? ¿Por qué no le contó que su mami sufre mucho? ¿Por qué no le contó todo lo que lloró? ¿Por qué no le contó que su hermana chiquita se muerde las uñas? ¿Por qué no le contó que nada más me dio de comer unas galletas con cajeta? ¿Y por qué no le contó que me olvidó mucho tiempo en la biblioteca? Si sigue así de mentirosa, mi seño seguro se va a ir al infierno.

Abro un ojo. Luego el otro. Tengo los dos bien abiertos. Reconozco la calle de mi casa. Está muy oscura. Se ve muy triste con el suelo mojado. Está como muy sola. Los faroles no alumbran bien. Mi calle tiene tanto frío como Sofía.

—¿Estás segura, Mary, que es el número 18? No lo encuentro. Estamos en el 36. Entonces es en la otra cuadra. ¿Sabes quién vive por aquí? Rico Vignon. También las Luna Parra viven por uno de estos ríos. Ellas también son yeguas finas, ¿verdad? Habrá que despertar a la niña. Ya vamos a llegar.

Con una mano el novio cambia las velocidades y después acaricia la mano de su novia. ¿Se darán muchos besos en la boca?

No creo, porque la seño no es de ésas. Bueno, quién sabe, porque es una seño mentirosa. Pobrecita, ¿quién le habrá enseñado a decir tantas mentiras? Voy a rezar por ella. Voy a rezar por la salvación de su alma. Y voy a rezar para que no se vaya al infierno.

—Sofía, Sofía. Ya llegamos, linda.

Primero se baja Nacho. Luego le abre la puerta a su novia. La ayuda a bajar. Después abren la que está de mi lado. Hago como que bostezo. Hago como que me acaban de despertar, hasta me froto los ojos. Y hago como que soy alumna totalmente normal de cuarto de primaria "B".

Riiiiiiiin, suena el timbre de la casa. Desde la calle veo que la luz del comedor está prendida. Se tardan en abrir. De pronto aparece mi papi con su revista *Time* en la mano. Se ve preocupado, pero sobre todo cansado. Nos ve y me sonríe.

—Inés, Inés ya llegó —le grita a mi mamá desde la entrada.

—¿Dónde estabas mi'jita? ¿Por qué no llamaste por teléfono? Ah, usted es la famosa seño Mary, hija de Miguel y de María Amparo. Yo estuve con su papá en la Libre. Ya me había platicado Sofía de usted. La quiere mucho. Todo el día habla de su seño Mary. Muchas gracias por traerla. ¿No quieren pasar? —pregunta mi papá.

—Muchas gracias, señor. También mi papi se acuerda mucho de usted. Le manda muchos saludos. Bueno, pues aquí ya le trajimos a su hija. Lo que pasa es que me la llevé a la casa porque la dejó el camión. Además, la chambona se empapó. Pero ya está aquí.

De repente se acerca mi mamá. Se ve despeinada. Sin pintar. Está pálida. Tiene una blusa de seda blanca y su falda negra. ¿Dónde dejó su saco? No tiene zapatos.

—¿Dónde estabas? En caridad de Dios. ¿Por qué no hablaste? ¡Estúpida! Llevo toda la tarde buscándote en la casa de todas tus amigas. Llamé diez veces a las monjas, pero nadie sabía con quién te habías ido. Ay, perdón, señorita, pero esta niña tan tonta no se vino conmigo del colegio y seguramente la dejó el camión.

El novio tose. La novia se pone nerviosa. Mi papá trata de calmar a mi mamá. «Tranquilízate, Inés, deja que hable la seño Mary.»

—Créame, señora, que estuvimos toda la tarde tratando de telefonear, pero creo que su teléfono está descompuesto.

Sofía tiene sueño. Se quiere ir a acostar.

—Inés, ella es la seño Mary, hija de Antonio y Amparo —le recuerda mi papá.

—Uuuy, hace años que no veo a tus papás. De quienes me acuerdo muy bien es de tus abuelos. ¿No se han muerto? Ellos vivían en las calles de Marsella y nosotros en Nápoles, a cada rato nos los encontrábamos. Seré curiosa, ¿todavía vive tu tío Carlos? Él era al que le daban ataques de epilepsia, ¿verdad? Y este muchacho con tan bonito tipo, ¿es tu novio? ¿Cómo dices que se apellida? ¿Maurer? ¿De los de Puebla? Yo conocí a una tía tuya que iba al Francés y que era muy mala para los estudios.

Sin necesidad de tomar mis polvitos mágicos, en esos momentos soy totalmente invisible. Todos siguen platicando afuera en la puerta. El novio orejón, la novia mentirosa, mi papá lindo y mi mamá enredosa. Me voy sin despedirme, pero nadie se da cuenta. Subo a mi cuarto. Me quito el suéter y la bata del colegio. Me quito los zapatos y los calcetines de Paty. Me pongo la piyama de franela. Me acuesto y cierro los ojos.

Estoy medio dormida. A lo lejos oigo cómo la voz de mi mamá sube por las escaleras. Sube y sube y llega a la recámara. «¿De quién crees que es novia la hija de María Amparo Cervantes? Pues de un Maurer que viene siendo el sobrino de Laura. ¿Te acuerdas de ella? Sí, hombre, acuérdate que era brutísima y se peinaba con unas peinetas de plata muy bonitas. Bueno, pues el muchacho es muy educado y me platicó que está trabajando en el banco con Titino Legorreta…»

Al otro día, mientras Sari y Sofía están platicando en el recreo, veo solita a la seño Mary. Está comiendo su sándwich con las orillas recortadas. Aprovecho el momento para ir a verla, ya que en la clase no tuve tiempo para platicar lo de ayer.

—¿Cómo sigue su papá? Y usted, ¿ya no está tan triste?

La seño Mary me mira con unos ojos muy oscuros y chiquitos, que no reconozco. Se ve fea. Se ve arrugada, tiene la piel muy seca.

—Escúchame muy bien, Sofía. Es la última vez que contesto a tus preguntas, siempre hechas con tan poco tacto. Escúchame bien. En primer lugar, mi papi sigue mucho mejor, pero de la gripa. ¿Escuchaste bien? Tenía gripa. Por eso viste a toda la familia muy preocupada. En segundo, espero que esto haya sido lo que le contaste a tu mami, porque ella es demasiado pla-ti-ca-do-ra. Así como tú… Demasiado pre-gun-to-na. Así como tú… Y en tercer lugar, ¿me trajiste las cosas de Paty? No te las regalé, te las presté. ¿Okey? —me dice antes de darse la media vuelta e irse.

Me quedo solita en medio del patio del recreo. Creo que todo el mundo me está mirando. Tengo la cara roja y muy caliente. Voy corriendo a los baños. Me meto en uno de ellos. Cierro la puerta. *Esa señorita, ya no es mi seño. Es una presumida, mentirosa, que se cree la muy muy. Se cree tan educada que es muy mal educada. Ya no la quiero. No la quiero. Odio su falda escocesa. Odio su casa. Odio a su familia. Odio a su novio orejón. Que su papi, como dice, se acabe las botellas de todas las cantinas del mundo. Dios mío, no la perdones de todos sus pecados. Haz que la plante su novio. Haz que se muera su papá y toda su familia. Haz que ya no sea tan preguntona como mi mamá. Dios mío, hazme invisible pero para siempre.*

Capítulo 2

—Sofía, vas a reprobar el año —me dice *madame* Marie Thérèse, la directora de primaria. Aunque la noticia es horrible, lo dice con cariño y muy despacito para que entienda muy bien. Miro sus anteojitos redondos y me veo reflejada en los cristales verde oscuro. Allí está Sofía parada frente a la monja. Peinada a la príncipe valiente con su fleco muy bien cortadito.

—Ay, *madame*, por favor, no le vaya a hablar a mi mamá, es que el teléfono de la casa siempre está reteocupado —le digo con un nudo en la garganta. Tengo ganas de vomitar.

—Tú solita se lo tienes que decir, y le tienes que prometer que vas a estudiar mucho el próximo año. Bueno, me voy corriendo porque tengo mucha prisa. Hoy se casa en La Profesa la seño Mary. *Madame* Joséphine y la seño Anita me están esperando en la camioneta.

—¿Hoy se casa la seño Mary? ¿Con ese señor chaparrito y orejón? ¿Y va a dejar el colegio?

—Por supuesto. Bueno, me voy corriendo.

—Ay, *madame*, ¿puedo ir? Por favor, se lo suplico. Le prometo que me voy a portar bien.

—Imposible, Sofía. Vete a tu clase. Luego hablamos.

Veo cómo corre la monja a saltitos por el patio. Veo cómo se escapa vestida toda de negro. Veo desaparecer su chongo que parece un bultito lleno de jaculatorias. Estoy en medio de la dirección. La oficina huele a alcohol y a esténcil. Miro en mi derredor. Allí está Lolita, la secretaria. Está escribiendo en una máquina de la época de la canica. Levanta los ojos y me sonríe. *Ya sabe, seguro ya sabe. Ya sabe que voy a reprobar.* Sobre su escritorio hay una torre de libretas de calificaciones y de exámenes. Tengo ganas de preguntarle si allí están los míos, si tengo muchos ceros y si de verdad no pasé de año. Le quiero preguntar por qué no fue a la boda. Pero me da pena. «Ya vete a tu clase, Sofía», me ordena. No me muevo. Esta niña reprobada es una estatua de marfil y no hay nadie que venga a desencantarla. Miro la pared y descubro el único cuadro que está colgado del muro blanco. Siempre ha estado allí. Es mi preferido porque Jesucristo se ve muy joven y guapo. Con su mano llagada acaricia la cabeza de una señora que se ve muy pobre y está sentada en el suelo. En los brazos tiene un niño flaquito. *Jesús mío, acaricia la cabecita de esta pobre niña que no pasó de año y que su seño Mary no invitó a su boda. Acaricia a Sofía que está dos veces triste*, le pido en silencio.

—Ya me voy —le digo a la secretaria.

—No te preocupes, Sofi, todo saldrá bien —me dice. Salgo de la dirección. Camino por el patio. Mis zapatos, medio desamarrados, también están tristes. *Gallo, gallina, gallo, gallina.* Hay mucho sol. A lo lejos veo a *madame Perruque*. Detrás de ella, la fila de sus alumnas de preprimaria. *Un, deux, trois, je m'en vais au bois. Quatre, cinque, six, je mangerai de cerises*, cantan. Junto a ellas me siento como una viejita muy sufrida. Camino con la cabeza agachada. Miro el suelo. No piso la raya porque quien pisa raya pisa su medalla. *¿Otra vez quinto año? Estudiar las mismas cosas en los mismos libros. Las mismas tareas, los mismos exámenes. Los mismos gritos de mi mamá porque no entiendo las tareas. ¿Y la misma seño? Ay, no, Virgencita de Guadalupe, te lo suplico. Ya no quiero estar con esa maestra. ¿Por qué mejor no reprobé cuarto, así me hubiera tocado dos veces con mi seño Mary? Con ella no me hubiera importado reprobar, reprobar y reprobar. Apenas ayer era una niña burra, una floja pero no era una niña reprobada. ¿Estaré soñando? A lo mejor estoy acostada en mi cama. Estoy soñando, estoy soñando. Ya me voy a despertar. Es una pesadilla, pesadilla. Sí pasé, sí pasé, sí pasé... Ya se casó, ya se amoló, ya tuvo hijos y...*

Llego a la clase. La seño Carmen está de espaldas escribiendo en el pizarrón. En seguida se da la media vuelta y nos pide: «Quiero que copien esto en su cuaderno de lenguaje». La miro feo, como diciéndole ay, qué hipócrita, seño, ¿por qué me reprobó? Ella me mira con sus anteojos de fondo de botella como diciendo yo no fui, fue Teté, pégale, pégale que ella fue. Me voy a mi lugar. «¿Para qué te mandó llamar *madame* Marie Thérèse?», me pregunta Sara con sus ojos verde clarito redondos como dos uvitas sin semilla. Sus ojos son muy bonitos porque tiene unas pestañotas muy chinas y muy negras. Parecen ciempiés. «Para decirme que hoy se casaba la seño Mary. Luego te cuento», le digo muy quedito. A pesar de que es mi mejor amiga, no le digo toda la verdad. Me da vergüenza. ¡Qué tonta soy!, porque ella no juzga, me entendería muy bien. Pero me da pena. Es que es horrible reprobar. Se siente retefeo. Así deben haberse sentido Adán y Eva cuando los corrie-

59

ron del paraíso. «¡Se me largan ahoritita por desobedientes y a ver con qué se cubren sus partes vergonzosas! ¡Cochinos!»

Saco mi cuaderno y copio lo del pizarrón. Pongo cara de alumna que todavía no sabe que ya reprobó. Trato de hacer la letra muy bonita como si fuera de las primeras de la clase. Me sale redondita. Nadie sabe que tengo un nudo en la garganta. Lo tengo bien duro, parece un huesito de capulín, como ésos que se traga mi mamá y con los que nunca se ahoga. Si se hubiera ahogado con uno, no tendría que decirle que reprobé año. Siento que se me suben un par de lagrimitas a los ojos. *Que no se me caigan, que no llore. Lagrimitas, regresen al país de las lágrimas, que no quiero llorar. No se asomen. Les prohíbo que salgan. ¡Evapórense! ¡Váyanse a los ojos de Chachita, ella siempre llora en todas las películas! ¡Váyanse a las nubes para que llueva como la semana pasada!* En mi cuaderno copio lo del pizarrón: "Había un señor muy misterioso al que le decían el señor del lápiz dorado, y él estaba, al parecer, muy orgulloso de tenerlo. Mucho tiempo después vino a saberse, cuando el misterioso señor había muerto, que todos los libros que escribió, sólo en la oscuridad podían leerse porque la escritura de aquel lápiz dorado estaba hecha de luz".

Toca la campana de recreo. No brinco la reata. No juego al avión con Sarita. No me como la torta de cajeta. No tengo hambre. Me meto en uno de los baños de primaria. Sentada sobre la tapa del excusado platico con el Niño Jesús. *Ya sabes, ¿verdad? Dime, ¿cómo se le voy a decir a mi mamá? ¿Tú crees que primero hablo con mi papá? ¿Y si de verdad me meten de criadita? ¿Y si me inscriben en un colegio de gobierno? Ay no, Niño Jesús, qué feo. Allí van puras niñas pobres y prietas. Sé que también ellas son tus hijas, pero no me gustan. Niño Jesús, haz que no se entere Leonor. Ella seguro que sí pasó. Si me pregunta por qué reprobé le voy a decir que lo hice adrede para que no me tocara con ella en sexto. Así le voy a decir. Tú eres el único que puede hacer que no repruebe. El único que puede hacerme el milagro. Te lo juro que si me pasas de año, me meto de monja. Por eso, haz que no repruebe, porque cuando sea grande no van a aceptar a una monja reprobada.*

A lo lejos escucho ding dong, ding dong, como dice la canción de Charles Trenet que tanto le gusta a mi mamá. Es la campana de *madame* Goretti. Me gusta mucho cómo la toca. Así han de tocar las campanas de las capillitas francesas. La que suena horrible es la de *madame* Joséphine. La toca con tanta fuerza, que se oye como si la campana estuviera enojada. Salgo del baño con una sonrisota. Ya no estoy triste. Tengo fe en que el Niño Jesús me hará el milagro. Él, que todo lo sabe, sabe muy bien cómo es mi mamá. Regresamos a la clase. Todas las chicas del salón me miran raro. *¿Qué me ven, bola de mensas?*, pienso con mi sonrisita, ésa que tanto le choca a la seño. «Tú y tu sonrisita», me dice todo el tiempo. ¿A poco las chicas ya saben lo que me dijo *madame* Marie Thérèse? ¿Quién se los dijo? Me ven chistoso. Como si tuviera una R gigante dibujada en la frente. Una R de reprobada. Una R de retrasada mental. Una R de repetir el año. Y una R de ruedan las ruedas del ferrocarril…

Toca la campana de salida. «¿Qué pasa, Chinita? ¿Por qué estás tan seria?», me pregunta el chofer cuando me subo al camión. «Es que me duele la panza», le digo. Juanito es rebuena gente, siempre quiere que le platique. Un día me bautizó con el nombre de Chinita. Así me puso porque el año pasado salí vestida de china para el día de los premios. Mi mamá me compró una sombrilla de papel en el Nuevo Japón y mi hermana Inés me pintó los ojos con una rayita café. Me puso chapitas y con los labios rojos, rojos, me veía más pálida, así como son las chinitas de verdad. Ese día mi papá me cantó por primera vez: *En un bosque de la China/ una china se perdió,/ como andaba yo perdido/ nos encontramos los dos.* Sofía se sienta en su lugar de siempre, hasta mero atrás. La seño del camión, Raquel Varela, me observa. Esa señorita me da lástima porque ni es seño ni nada, nada más nos cuida para que nos portemos bien en el camino. Se peina con permanente muy suelto y siempre lleva unos aretes largos, como ésos que venden en el mercado. Parece criada, pero de casa pobre. A lo lejos veo a Emilia, mi hermana, está platicando con Leticia su amiga. Me saluda con su manita. La miro como si quisiera protegerla, pero no me sale la mirada. Mejor me hago la dormida para que Patricia no me platique. Cierro los ojos. Coloco la cabeza contra la ventana. Cada vez que el camión se mueve o frena hace bum bum bum. Tanto golpecito en la cabeza me hace sentir bien. Es como si la ventana fuera el hombro de un gigante. Cuando estoy triste necesito recargarme sobre cualquier cosa. Si no lo hago me siento como una piñata colgada de un cordón que está a punto de romperse. *Dale, dale, dale, no pierdas el tino, mide la distancia que hay en el camino...* Mientras más triste me siento, más creo que me voy a caer, como si alguien me estuviera empujando. Así siento.

La primera en bajarse del camión es Patricia. Abro los ojos. Por la ventana veo a su nana con uniforme blanco. Siempre la espera sentada en un banquito en la puerta de su casa. Ya está muy viejita porque también fue nana de su mamá y Sofía cree que hasta de su abuelita. Con la mano le digo adiós sin muchas ganas.

Una vez Patricia me invitó a comer. Aunque desde la calle su casa se ve chiquita, por adentro es gigante. Después del garage tiene un jardín lleno de caminitos y de rosas de todos colores: blancas, rositas, rojas, amarillas y anaranjaditas. Allí fue donde descubrí a su hermanito enfermo. Se llama Jesús y tiene la cara muy gorda, los ojos chiquitos, las orejas para abajo y no puede cerrar la boca. Tampoco puede hablar. No va al colegio, nada más se la pasa jugando con una enfermera que lo cuida, lo peina, lo baña, lo cambia, le da de comer y lo arrulla. Patricia nunca me había contado que tenía un hermano así de raro. «¿Cómo se llama? ¿Cuántos años tiene? ¿Así nació? ¿Y nunca se va a curar?», le pregunto a la enfermera. Aunque Patricia quiere que juguemos a los palitos chinos, Sofía quiere seguir platicando con la señorita que parece de las enfermeras que salen en la televisión; usa medias y zapatos blancos con talón grueso. Es joven y tiene los ojos pintados con sombras azules. Su gorrito y su uniforme se ven muy almidonados. Quiero que me cuente todo lo que hace el enfermito, qué come, a qué juega y cómo duerme. Patricia no me deja. «Ven, Sofía, mejor vamos al patio», me dice peinada con sus trenzas gordas de tres gajos; en la punta siempre se pone unos moños blancos. «Mejor platícame de tu hermanito. ¿Cómo era de recién nacido? Oye, ¿y en la noche grita feo? ¿Y a tus papás no les da pena tener un hijo así? ¿Y lo quieren?» Patricia se enoja conmigo, dice que soy muy preguntona. «Ahora ya no juego contigo», me grita. Tiene ganas de llorar. La nana me ve feo. Creo que metí la pata. *Papito, ven a recogerme a casa de mi amiga. Su hermanito me da mucha lástima. Está muy raro. ¿Por qué está así, papá, si no hizo nada malo? ¿Por qué nació tan distinto de los otros niños? Qué bueno que mi hermano Antonio no nació con esa enfermedad, ¿verdad, papá? ¿Verdad que él es el primero de su clase, se sabe todo el himno nacional, lee libros de grandes y habla como adulto?* Aunque tengo ganas de que vengan a buscarme, no digo nada. La nana me mira muy seria. Nada más se me queda viendo y mueve la cabeza de un lado a otro. Vamos a la recámara de Patricia. Ella duerme en una cama grandota. Dice que es de latón y que era de su abuela. Su colcha es muy bonita. La tejieron especialmente para ella las monjas de Querétaro. En la cabecera tiene muchos cojines de todos tamaños. Justo en medio está acostado un oso de peluche. ¡Ay, qué bonito, me da ternura! Le falta un ojo de canica. En el cuello tiene un moño escocés. «No puedo dormir sin él», me dice mi amiga mientras lo abraza muy fuerte. Pienso que su hermanito también parece un oso de peluche que se muere de ganas de que todo el mundo lo abrace. En la pared hay un cuadro de la Virgen de Guadalupe de donde cuelga un rosario de marfil. Solamente una monja gigante podría rezar con esas cuentotas.

Mi amiga me lleva al salón de juegos donde tiene, además de bicicletas y patines, una casa de muñecas. Es de dos pisos. Todos los muebles son chiquitos, ¡miniatura! En los cuartos se ven unas camas en diminutivo. Lo que más me gusta es la sala. Parece de verdad. Con sus silloncitos, mesitas, sillitas y lamparitas. Mientras me asomo adentro, imagino una familia enanita. *Qué felices han de ser,* pienso. ¡Cuántas muñecas! Una vestida de española; otra, de holandesa. Tiene una hawaiana con su falda de pajita y otra que es rusa porque tiene un gorrito de piel de conejo blanca. Pero la que más me gusta es una güerita vestida y peinada igual a Shirley Temple. Abre y cierra los ojos y sus pestañas parecen de verdad. Si se le jala un cordoncito que tiene en la espalda, dice *hello* y *goodbye*. Me gusta tanto que tengo ganas de cambiársela por algo, pero ¿por qué? «Te la cambio por… por… por mi álbum de estampas. Por mi colección de platitas. Por mi esclava de oro. Por mi mantillita blanca. Por… por… por un tomo del Tesoro de la Juventud de mi hermano. Por mi crinolina que tiene dos cascabelitos. O por mi álbum de timbres para las misiones. ¡Por mi pluma Esterbrook de punto grueso!» Patricia se muere de la risa. «Esa muñeca no la cambio ni por todo el oro del mundo porque mi papi me la regaló. Es una *walking doll*. Él viaja mucho y siempre me trae una de todos los países que visita», me dice Patricia creyéndose la divina garza. Al fondo del cuarto hay un pianito de cola negro. Ay, qué bonito está. Sofía quiere uno igual. Aunque no crea en Santaclós, esta navidad voy a pedirle uno igualito. No, mejor se lo pido al Niño Jesús. No, mejor se lo pido al Santa que se pone en esa vitrina de la tienda del centro porque él es más rico. Pero Jesús es más bueno con las niñas que no son ricas como Patricia. Creo que mejor se lo pido a mi papá.

Frère Jacques, frère Jacques, dormez-vous, dormez-vous?, canta mi amiga mientras con sus manotas toca las teclitas. Las dos nos reímos. Sofía hace como que baila, pero no puede olvidarse de la cara del hermanito. «¿Por qué no vamos al cuarto de Jesús?», le pregunto. «No, mejor vamos a ver la tele», me dice. La biblioteca más bien parece una oficina, porque en los libreros casi no tiene libros. Su televisión es de marca Majestic. Pone el canal 5. Nos sentamos en un sillón muy grande de piel roja, que está tan lisito que hasta parece resbaladilla. En las paredes hay fotografías del Papa y muchos diplomas. «¿Conoces al Papa?», le pregunto. «Yo no, pero mis papás sí», contesta. «¿A poco al que está saludando ese señor calvo y panzón es el presidente?» «Sí, es el presidente, y ese panzón es mi papi. Fueron juntos al colegio. Shhh, ya no hables, Sofía, porque quiero oír el cuento», me dice. No me gusta el programa del tío Polito. Me aburre. A mí me gusta más el cuento que me platica mi papá. «¿Quieres que te cuente el cuento de la buena pipa?», me pregunta muy serio. «Ay, sí, papá, por favor cuéntame el cuento de la buena pipa», le digo después de darle un beso. «No quiero que me digas "ay sí, papá, por favor cuéntame el cuento de la buena pipa", sino si quieres que te cuente el cuento de la buena pipa», dice. Y Sofía le vuelve a decir, muy seria y haciendo la voz como la de mi hermano: «Sí, licenciado, quiero que me cuente el cuento de la buena pipa». Y él me contesta: «No quiero que me digas "sí, licenciado". ¿Que si quieres que te cuente el cuento de la buena pipa?» Este cuento mágico, y cuando se convierte en palo y puedo mover sus brazos como quiero, son los dos únicos juegos que sabe mi papá lindo. Sofía cree que de chiquito en vez de jugar leía y leía su *Don Quijote de la Mancha*, por eso no sabe muchos juegos.

A través de la ventana veo el jardín donde está el niño enfermito. «Ya, Sofía, no lo mires así o las corto contigo para siempre», dice mi amiga. La nana nos trae en una charolota un plato de galletas de las de abanico y dos vasos repletos de chocolate Express con mucha espuma. ¿Por qué los que hacen en mi casa no quedarán así de espumosos? A lo mejor la licuadora de Patricia tiene hasta veinte velocidades y la nuestra nada más tiene dos. «Ay, niña, ya estate sosiega», me dice la nana con su verruga en la nariz. Se parece a la bruja de Blancanieves. Mientras bebo mi chocolate, *mmm, qué rico*, veo al hermanito de mi amiga. Tiene unos zapatos negros muy raros. Son como botitas de doble agujeta. Lleva puesto un pantalón corto y una camisa blanca igualita a la del uniforme de gala de mi hermano. Tiene el pelo muy cortito, sobre todo por la parte de atrás. Es igual de cachetón y chapeado que Patricia. Veo que él quiere coger la manguera para regar las rosas, pero la enfermera no lo deja. Los dos se ríen y la manguera se mueve en el suelo como si fuera una serpiente, como una víbora gigante. «Sofía, si lo sigues mirando así, te voy a acusar con mi nana», me dice Patricia con bigotes de chocolate. ¡Qué chistosa se ve, se parece a su papá! La nana le limpia los labios al mismo tiempo que me ve con cara de ay, niña, ¿por qué mejor no te vas a tu casa? A mí nunca me han gustado las nanas. Además de metiches, siempre son reteregañonas. Como siempre están vestidas de blanco, se creen las muy muy, sobre todo si vienen sentadas al lado del chofer en una camioneta último modelo como las que salen en la revista que lee mi papá y que se llama *Life*.

Esas nanas no me gustan. Me gustan más las que no usan uniforme y tienen unas trenzas largas largas y medio deshechas, las chancludas, como dice mi mamá. No me gustan las que se peinan con permanente y huelen a esa brillantina verde que viene en una botellita muy rara o las que se ponen ese perfume que se llama Siete Machos.

—¿Dónde está tu mamá? —le pregunto a Patricia.

—No sé.

—¿Y tu papá?

—Trabajando.

—¿Y tus abuelitos?

—Ya se murieron.

—¿Quieres mucho a tu hermanito?

—Sí. Más que al mayor.

—Júrame que tienes un hermano mayor que tú… ¿Pues cuántos años tiene?

—Doce.

—¿Y dónde está?

—Internado en un colegio en Suiza.

—¿Y él sí nació normal?

—Sí, pero me cae gordo. Siempre me pega.

—¿Y también le pega a Jesús?

—Sí, por eso lo mandaron a Europa.

—¿Cómo se llama?

—Toño.

—Pues Toño se va a ir al infierno y Jesús al cielo.

Después de dejar a Patricia el camión se mete por muchas calles. Mi cabeza sigue haciendo bum bum bum contra la ventana. Tengo el estómago revuelto. Siento que todo me da vueltas. Ojalá que pudiera escaparme por cualquier calle de Santa María. Aunque tengo mucha hambre, no quiero llegar a mi casa. *Mejor me voy a la de Juanito. ¿Cómo serán las casas de los choferes de los ca-*

miones de las yeguas finas? ¿Dónde vivirán? ¿En todas las azoteas de Tepito? Ha de ser horrible trabajar de chofer y no tener coche. ¿Tendrá bicicleta? El camión frena y se baja Socorro, que es la más pobre de la clase. Es la única becada de todo el salón. El colegio es muy buena gente porque tiene a muchas alumnas becadas. Claro que esto lo hacen por todas las que pagamos. ¿Pagamos? Mi mamá siempre está atrasada con los pagos. «¿Por qué no me becan a mí?», le pregunté el otro día. «Porque no eres nada buena para los estudios. En cambio Emilia sí está becada porque ella sí es muy buena para los estudios», me dijo. Pobre y floja, eso es lo que soy. Desde que Socorro iba en preprimaria siempre ha tenido el uniforme y el cuello sucios y arrugados. Su mochilota de cartón y de imitación de piel es de niña pobre. Sus libros, heredados de las ricas, son de niña pobre, sus forros y sus lápices son pobrecitos. Son chaparritos, nunca tienen punta y su juego de geometría es de metal. Sofía cree que era de su abuelito. Además, Socorro tiene los dientes verdes y siempre tiene un moco negro en la nariz. No sé por qué, pero con ella soy mala, pero también puedo ser un poquito buena. Mala porque siempre le digo que dizque le voy a mandar el chofer para que vaya a buscarla y se venga a jugar a la casa. «Perdóname que no pasó ayer el chofer, es que tuvo que llevar a mi mami al Palacio de Hierro. Pero ahora sí te va a recoger. Pero te tienes que estar en la puerta, porque él no te puede esperar. Conste, ¿eh?», le digo todos los días a la hora del recreo. Ella dice que sí con su cabeza llena de chinos. Cuando hace así, se le mueven retechistoso. Si nunca ha pasado el chofer por ella, no sé por qué me sigue creyendo. Nunca se enoja conmigo. Pobre Socorro, no tiene amigas. Nadie quiere jugar con ella en el recreo. Dice Ana María que porque tiene piojos. Un día, para que toda la clase la oyera, le gritó señalándole con el dedo el lugar en donde se veía un puntito negro: «¡Ay, chica Socorro! ¡Creo que tienes un piojo ahí!» Entonces Soco, roja roja, se quitó la basurita con dos dedos y, tan tonta, quiso investigar qué era. En ese momento se le acercó Ana María y volvió a gritar. «¿Ya lo ves? ¡Fúchila! ¡Te dije que era un piojo!» Pero ella decía que no y que no al mismo tiempo que hacía bolita el piojo hasta que lo enseñó diciendo que era una basurita. Pero, además de piojosa, dice Ana María que huele a pipí. «Yo creo que todavía se hace en la cama, y como seguro duerme con su fondo, por eso huele a pipí», me dijo. Sí, es cierto, huele a pipí. «Ay, chica, ¿por qué hueles así?», le pregunté el otro día. «Es que me lavan la ropa con lejía», me dijo. «¿Queeé? ¿Qué es eso?» «Es como un jabón que quita las manchas», me contestó. «Pues dile a tu mamá que siga los tres movimientos de Fab, remoje, exprima y tienda.»

Pero no siempre soy así de mala, a veces soy retebuena gente. Por ejemplo cuando la veo muy solita en el patio, soy la única del salón que la invita a jugar con el espiro o quemados. Claro que siempre me gusta ganarle. Una vez ganó ella y le dije que porque era una tramposa, y contestó: «A lo mejor sí hice trampa, perdóname». Aunque no había hecho trampa, no la perdoné. «Ahora ya no va a pasar el chofer por ti», le advertí. Pero dos días después me dio lástima y hasta le regalé un compás que ya no me servía. «Gracias, mi papá me lo va a arreglar en el taller», me dijo. Socorro nunca sonríe y siempre pone cara de niña pobrecita. Hace poquito hizo una fiesta de disfraces en su casa. Vive en una vecindad muy pobre cerca del cine que está enfrente de la Alameda de Santa María. Sofía fue disfrazada de negrita. Inés me pintó la cara de negro con un corcho quemado que le quitamos a una botella de vinagre. Después que me pintó toda la cara, me puso alrededor de la cabeza una mascada roja de bolitas blancas. Así pintada, y vestida con una blusa con holán, una falda larga y un cojín que me amarró en la parte de atrás, me veía igualita a la negra que sale en la caja de *hot cakes*. Esa vez sí llegué temprano a la fiesta, porque mi papá me llevó antes de que se fuera a su oficina. Claro que Sofía le dijo a Socorro que la había dejado el chofer y que después iba a llevar a mi mamá al Palacio de Hierro de Durango, porque es más moderno que el del centro. El patio de la vecindad, igualito al que sale en la película *Nosotros los pobres,* olía a pipí de gato. Es el mismo olor que tiene Socorro. Allí, sentadas en sillas como de cantina, había muchas señoras gordas peinadas de permanente y con vestidos de tela brillante estampada con flores. Eran las tías, primas, vecinas, madrinas y las dos abuelitas de Socorro. Todas me felicitaron por mi disfraz. «Ay, qué chula está la negrita. ¡Qué chistosa se ve! Seguro se va a sacar el primer lugar del concurso», decían. Socorro tenía un vestido como ésos que venden en la Merced. Parecía una novia chiquita. En la cabeza tenía una corona de muchas perlitas detenida con pasadores. «Estoy disfrazada de princesa», me dijo. Qué bueno que mi mamá no la vio, porque seguro hubiera dicho que era la niña más cursi de todo el mundo. Qué bueno que tampoco vino a buscarme a la vecindad porque hubiera dicho que los de la familia de Socorro eran una bola de prietos y pelados.

La fiesta estuvo muy bonita. Nos divertimos mucho. Junto con sus primos que vinieron de Pénjamo rompimos dos piñatas, llenamos globos con agua, cantamos *a la víbora, víbora de la mar* y *Doña Blanca* y luego jugamos a las sillas musicales. Fue a mí a quien se le ocurrió este juego. Las primas de Socorro no lo conocían. Como había tantas sillas por todos lados, fue muy fácil colocarlas en fila; unas al revés y otras al derecho. Luego Socorro fue a pedirle a su tío que también vive en la vecindad sus discos de Lola Beltrán y Pedro Infante. *Ya vamos llegando a Pénjamo, ya brillan allá sus cúpulas*... Después empezamos a dar vueltas, vueltas y más vueltas alrededor de las sillas. Todas las tías y las abuelitas de Socorro aplaudían, se carcajeaban y gritaban: «¡Ay, ay, ay, esa niña se va a quedar sin silla! ¡Se va dar un sentón! ¡Se va a caer! Socorro, cuidado con tu coronita, se te va a chispar...» Sofía era de las últimas, junto con un gordito y una niña de anteojos. El gordo quiso empujarme, pero no pudo. La anteojuda me puso el pie, pero no me caí, nada más me tropecé. Al último nada más quedamos el gordinflón y Sofía. Esta vez sí me empujó todavía más fuerte y me caí al suelo, pero no me dolió el azotón porque gracias a Dios traía mi cojín, pero sí me dio mucho coraje la injusticia. Bueno, tampoco me importó tanto porque de todas maneras no me gustaba el premio, una botella de rompope Santa Clara. *Hermana Engracia, hermana Engracia, que se sube la leche...*

Después jugamos a los aficionados. Una niña cantó *Cucurrucucú paloma*, igualita a Lola Beltrán. Otra recitó "Mamá, soy Paquito, no haré travesuras". Un niño que parecía enanito imitó a Cantinflas, y como Sofía quería impresionarlos a todos, cantó *Singing in the rain* inventando la letra con puras palabras raras y con acento americano. Cuando terminé de bailar y cantar todos se rieron mucho porque en esos momentos se me cayó el cojín. «Ay, qué chistosa niña y qué bien habla inglés.» Cuando se hizo de noche, llegó el papá de Socorro y nos hizo magias, quién sabe cómo le hacía pero se sacaba monedas de veinte centavos por las orejas y luego se cortaba el dedo gordo de la mano en dos partes, pero después se lo pegaba para que estuviera como antes. La merienda estuvo rica. Comimos muchos pambazos, chicharrón, chilaquiles y un pastel con mucho merengue verde limón que hizo una de las tías. Mientras mi papá venía a buscarme, le platiqué a todas las señoras que si reprobaba quinto mi mamá me iba a rapar la cabeza y me iba a meter de criadita en una casa particular. Ja ja ja, se echaban unas carcajadotas. Luego les dije que a lo mejor acababa de criada de las monjas del colegio Francés y que seguro iba a dormir en la covacha entre los ratoncitos y las cucarachas. Dije que como también iba a ser la cocinera, con la cabeza cubierta con la mitad de una media, iba a hacer muchas obleas y un rompope con mucho alcohol. A todas las iba a emborrachar para que le pusieran a las chicas de quinto puros dieces. Ja ja ja, se reían. Una de las tías, la más vieja, tenía dos dientes de oro. En ese momento la bauticé con el nombre de "Dientitos de Oro". Cuando se lo dije en secreto a mi amiga, las cortó conmigo, pero cinco minutos después las chocamos. «Ay, Socorro, tienes que invitar más seguido a esta niña. Es vaciada. Es retedivertida», decían todas, igualitas a la mamá Ruffino.

Cuando mi papá por fin llegó a buscarme, ya casi eran las nueve de la noche. Tenía la cara medio despintada, me había quitado el cojín y la mascada. Ya no era la negrita de los *hot cakes*. Era una niña con la cara sucia y chorreada, muy flaca por atrás y con mucho sueño. «¿Y el cojín?», me preguntó mi papá. «Se lo regalé a una niña que tenía un aparato en la pierna, me dijo que no tenía y que para dormir hacía bolita su suéter. Me dio lástima», le contesté entre bostezo y bostezo. Me saqué un trompo como primer premio de disfraces. ¡Qué bueno que todas las chicas de la clase dejaron plantada a Socorro para que Sofía se lo pudiera sacar ella solita!

—Hasta mañana, Sofía —me dice Socorro al bajar del camión, con voz de pobrecita. Abro los ojos. La miro, pero no le contesto ni le digo que en la tarde espere al chofer de mi mami. Sigo muy asustada por lo de la reprobada. Cierro los ojos. Los cierro con fuerza y veo a Sofía con la cabeza rapada y con un uniforme de cuadritos rojos y blancos. La veo con la charola en las manos llevando la sopera. «¡Que ya traigan la sopa de fideo! Para eso le pagamos a esta escuincla», dice furioso el patrón. «Allí voy, allí voy, señor. Discúlpeme, por favor, es que estaba calentando sus tortillitas», pide perdón Sofía la criada. Después la veo con un plumero sacudiendo la sala y cantando *Juan Charrasqueado*. «Sofía, no vayas a romper nada de los objetos de porcelana porque si no te lo van a descontar de tu quincena. Sofía, no vayas a robar nada de tu patrona porque te puede acusar con el gendarme. Nada de quedarte con su lima de uñas o su barniz», escucho que me dice la voz de mi conciencia. También veo a Sofía con un delantal en la puerta de una casa muy elegante de las Lomas, comprándole a un abonero igualito a Joaquín Pardavé un vestido rosa de satín muy brillante, como los que usan las muchachas. Y cuando la veo como la nana de un bebé gordito gordito igual al de Gerber, me da risa. *Agú, agú, agú… Tengo manita, no tengo manita porque la tengo desconchabadita…* Luego se me hace un nudo en la garganta. Siento el mismo huesito de capulín que sentía por la mañana. Como le prometí al Niño Jesús que si me hacía el milagro me metería de monja, también me veo vestida con hábito negro y cofia blanca muy almidonada. Veo a *madame* Sofía arrodillada frente al altar pidiendo perdón por todos sus pecados. La veo como novicia mientras le están cortando su pelo largo largo, acompañada por su papá, su mamá y sus hermanos. Inés llora y la abraza mucho. «Quién nos iba a decir que esta estúpida iba a terminar de monja», escucho decir a mi mamá. Veo a *madame* Sofía de misionera en China, rodeada por muchos niños chinitos que corretean por todos lados. La veo dándole de beber a los leprosos vestidos con harapos. La veo poniéndole puros ceros a las tareas de catecismo de Leonor. La veo frente a una aparición de San José en la que le pide que le construya muchos colegios iguales al colegio Francés. La veo como monja cocinera con su delantal blanco largo haciendo el arroz y el cuete para las otras hermanas. La veo bordando en su ropa interior la estampita de Jesucristo para tenerlo más cerca de su corazón. Y por último la veo convertida en la madre superiora, muy contenta, manejando una camionetota porque en su colegio hay puras alumnas ricas, ¡millonarias!

La voz de mi mamá sigue dentro del camión 4. «Anda tú, idiota. Idiota, bruta, imbécil», dice muy enojada. Seguro tiene razón, porque todo el mundo dice que ella es muy inteligente, y si me dice todo esto es porque es mi mamá y es por mi bien. Toda la semana estuve repase y repase la gramática con ella, pero ni así me entraban las cosas. No se me pegan. Se me escapan, y se me van para nunca más volver.

Lunes.

—Sofíaaa, Sofíaaa, ven acá. ¡Tráeme tu libro de lenguaje! A ver, recítame el verbo auxiliar haber en tiempo pretérito, modo subjuntivo, primera forma.

—¿El pretérito *subjentivo*, primera forma? Este... este... *Ven, Espíritu Santo, llena los corazones de tus fieles.* Este...

—Pero qué estúpida eres. No se dice subjentivo, se dice sub-jun-ti-vo. Ni eso sabes. ¡Idiota, bruta, imbécil!

Martes.

—Dime el verbo auxiliar haber en tiempo pretérito, modo subjuntivo y en primera forma.

—¿El verbo auxiliar haber en tiempo pretérito, modo *subjentivo* y en primera forma? Este... este... *Ven, Espíritu Santo...*

—¡Qué barbaridad, esta niña tiene la cabeza como un metate! Ya te he dicho que no se dice subjentivo, sino sub-juuun-ti-vo. ¿Qué no oyes, idiota? ¿No que ya te sabías la tarea? ¡Estás perdida! ¿Qué voy a hacer contigo? ¿Sabes lo que pagamos mensualmente por ti, animal? ¿Te das cuenta de que todas tus amigas van a pasar a sexto, menos tú? Se van a burlar de ti. Se lo he dicho mil veces a tu papá, Sofía no sirve para los estudios. Ni modo, nos tenemos que hacer el ánimo. Mira, a mí no me empieces a llorar, ¿eh? Que no llores, ¡caramba! Te ves horrible.

Miércoles.

—¿Cuál es el verbo auxiliar haber en pretérito subjuuuntivo? ¿Me oíste?

—El verbo auxiliar haber en pretérito sub... sub... subjuntivo en primera es... es... este... haya, hayas... *Ven, Espíritu Santo...*

—¿Cómo que hayas? No seas estúpida. ¿Qué no hay manera de que se te abra la cabezota? Es: hu-bie-ras, hu-bie-ra, hu-biéra-mos... Ya reprobaste el año. No tienes remedio. ¡Vete a tu cuarto y ponte a estudiar!

Jueves.

—A ver, dime el verbo auxiliar en pretérito.

—¿El verbo auxiliar en pretérito del subjuntivo? Este... este... hubieras, hubiera, hubiéramos, hubierais, hubieran.

—¡Vaya!, hasta que por fin se te metió algo en la cabeza. Pero si en el examen se te olvida, a ver qué le inventas a esa seño. Inventa cualquier pretexto o te pones a llorar, pero no dejes que te reprueben. Porque si no, vas a vivir con esta humillación toda tu vida.

Viernes.

—A ver, dime el verbo auxiliar... Ay de ti si te equivocas. Mira que si no te lo sabes, mejor ni vayas al colegio. ¿Para qué? ¿Para hacer el ridículo?

—Hubiera, hubieras, hubiera, hubieran...

—Está bien, está bien. Ya vete o te va a dejar el camión. Oye, ven acá. ¿Por qué estás tan hinchada? Te ves horrible con esa bocota de bisteces. Bueno, ya, ya, ya, ¡vete!

El día del examen estoy muy nerviosa. Para que me suba el promedio necesito sacarme lo menos un diez o un nueve. Veo a la seño Carmen distribuyendo la prueba. Le sonrío como para hacerle la barba. Tengo ganas de pedirle perdón, pero no sé de qué. Cuando veo mi hoja del examen, lo primero que leo es: escribir el pretérito primera forma del modo subjuntivo del verbo auxiliar haber.

Estoy feliz. *Sí me la sé, sí me la sé. Gracias, Dios mío. Gracias, mamá, por haberme hecho estudiar tanto.*

De mi estuche escocés para lápices saco la pluma fuente. La destapo. Leo el examen. De repente pasa algo raro. Se me mueven las letras. Se me nubla la mirada. No veo. *Espíritu Santo fuente de luz*... Rezo, pero la palomita no acude al llamado. ¿Dónde está? A lo mejor está muy ocupada iluminando a la floja de la chica Rosa. Ella sí que es una burra de verdad. A lo mejor el Espíritu Santo está jugando con las otras palomas en el palomar del colegio. O a lo mejor tampoco se sabe la respuesta. ¿Qué pasa? Confundo los verbos. Me pongo nerviosa. Miro a la seño Carmen. Está distraída leyendo un libro. «Psss... ¿cuál es la respuesta de la uno?», le digo muy quedito a Beatriz, que está a mi lado. Me ve feo. Se hace la desentendida. No me contesta. «Si me la dices, después del examen te regalo mi pluma Esterbrook. Ándale, te lo suplico, por favor, no seas malita.»

Vuelve a verme feo. Tiene la boca fruncida como si estuviera pegada con engrudo, como si guardara muchas respuestas de exámenes. ¡Es una egoísta! Como no puedo hablar, le mando un recado con el pensamiento. *Ay, qué chica tan sangrona. ¿Qué no sabes que siempre hay que ayudar a los demás? ¿Qué no sabes que hay que amar a tu prójimo como a ti misma? Ándale, sóplame la uno. ¿Por qué eres tan chocante, Beatriz? ¿Por qué eres tan aplicada? ¿No te cansas de ser tan perfectita? Odio a las chicas aplicadas.*

Veo que Leonor me está espiando. Me hace una sonrisita como diciendo ay, chica, ya te caché. Hago los ojos como si estuviera bizca, luego inflo mucho los cachetes como diciéndole mira, mi-

76

ra, así los tienes. Cerquita de ella, Mónica y Mari Carmen se están copiando. Tere está leyendo un acordeón que tiene metido en la manga del suéter. Sofía no sabe hacer acordeones. Con mi letra tan grandota, serían unos acordeonzotes que no cabrían ni en el zapato de Gulliver. La seño Carmen no se da cuenta de nada. Lee su libro. Hago como que estoy contestando las preguntas. Mientras tanto, sigo rezando. *Espíritu Santo, fuente de luz, si me iluminas prometo recoger todos los días los papeles del patio del recreo. Prometo no hablar en las filas. Prometo tenerle más paciencia a mi mamá. Prometo hacerle la cama a Flavia, la muchacha. Prometo ser más buena gente con Socorro...*

De pronto escucho una voz como picudita que me dice algo al oído. «Sofi, Sofiíta, ¿por qué no sacas tu libro de la papelera?» ¿Qué? ¿De dónde sale esa vocecita tan extraña? Es como si viniera de otro mundo, como si saliera por debajo de la tierra, como si se hubiera escapado de una botella, como si fuera de metal. ¿De quién es esa voz? ¡Del diablo! *Cruz, cruz, que se vaya y que venga el Niñito Jesús. Yo siempre respeto a mi Ángel custodio, lo honro, lo invoco y sigo sus aspiraciones, pero ¿dónde está, por qué en su lugar escucho la voz del demonio?*

El diablo no se va. Allí sigue metido en mi oreja izquierda. Está diciéndome de cosas. «Oye, Sofi, Sofiíta, ¿por qué no te pones tus polvitos mágicos para hacerte invisible? Te conviene, yo sé lo que te digo. Basta con que así lo desees para que de inmediato te hagas transparente. No seas bobita y recurre a esos polvitos tan maravillosos. No te olvides que tu eres mucho más lista que todas esas niñas tan tontitas.» Obedezco. Lo hago como si me hubiera hipnotizado. Soy una niña buena porque obedezco las órdenes del diablo. Srssrssrs, escucho que me los pongo. *Soy invisible, nadie me ve.* Entonces poco a poquito, con mucho cuidado, abro la papelera. Veo que la seño está distraidota. Saco el libro. «Muy bien, Sofiíta. Te felicito porque eres una niña muy obediente. Ahora ponlo sobre tus rodillitas para que lo puedas consultar y ábrelo en la página donde están los verbos.» Obedezco. Lo pongo sobre mis rodillas. Están temblando. *No tiemblen cobardes,* les digo, igualito como le dijo la cuchara a la gelatina. Lo abro tal y como me lo ordenó el diablo y como por arte de magia se abre justo en la página de los verbos. *Gracias, diablito, por tu consejo. Gracias por tu idea. Gracias por haber acudido a mi llamado. Tú fuiste el único que me hizo caso,* piensa Sofía con cara de niña mala. Mis ojos ya no son café oscuro, son amarillos. Mi pelo ya no es café clarito, es verde. Mi lengua ya no es rosadita, es negra y termina en punta. «Bien, muy bien. Ahora, Sofi, para que puedas leer mejor deberás separar, poco a poquito, tu cuerpo de la papelera. En seguida fijarás tu mirada en el verbo que necesitas y te vuelves a sentar derechita, para que la maestra no te cache.» Obedezco. Pero antes miro a la maestra. Sigue distraída. ¡Ah qué seño tan idiota! Sofía lee la respuesta. En seguida avanzo hacia el pupitre para contestar el examen. «Bien, muy bien. Te vas a sacar diez con mención. Continúa. Vas bien.» Obedezco y escribo la primera respuesta. De repente siento unos ojos que me están mirando por encima de mi hombro derecho. *¿Eres tú, Niño Jesús? ¿Ya regresaste, Angelito de la guarda?* Miro al suelo. ¿Queeé? ¡Los zapatos de la seño Carmen! Sí, esos zapatos tan viejos y cochinos son de ella. «¡Idiota, bruta, imbécil!», me dice no el diablo sino la voz de mi mamá. Como de rayo me pongo de pie. ¡Pum! Cae la *Gramática española* de Emilio Marín al suelo. ¡Pum pum!, cae mi corazón. ¡Pum pum pum!, caen todos los verbos que aprendí con mi mamá. La seño y Sofía se miran. *Diablo, diablito, no me abandones, te lo suplico. ¿Dónde estás? Haz que se desmaye la seño, haz que se vuelva ciega, haz que pierda la memoria.* Leonor no me quita los ojos de encima. Beatriz se muerde los labios. Las cuatas Vizcaya me miran con cara de asustadas. Sara también tiene cara de susto. Con sus ojos me dice: cálmate, Sofi. Ella sabe que me puedo poner requeteneviosa. Patricia y Socorro se ven preocupadas. «Niñas, quiero que en completo silencio sigan contestando su examen», dice la seño al mismo tiempo que recoge el mío. Me toma del brazo y juntas vamos hasta donde está su escritorio.

La maestra sentada en su silla y Sofía parada frente a ella. Toma mis manos entre las suyas (siempre las tiene demasiado resecas, seguro es por todos los trastes y ropa que lava). *La odio. Me choca.*

—No está bien que copies —dice con su aliento a café con leche cubierto de nata. ¡Guácala!—. A lo mejor yo no te estoy viendo, pero el Niño Jesús sí.

Ja ja ja. Si me estaba viendo, ¿por qué entonces no vino en ayuda de la pobre de Sofía? Si la estaba viendo, ¿por qué no le dijo a Beatriz que le soplara aunque fuera un poquito? Y si la estaba viendo, ¿por qué no ahuyentó al diablo que le dio tan malos consejos? ¡Ah qué Niño Jesús tan distraído!

—Te voy a dar otro examen para que lo contestes tú solita. No importa que no te saques la mejor nota de la clase. Lo importante es que respondas lo que tú sabes y no lo que sabe el libro.

Mientras la seño me habla, veo que hay muchas chicas que están copiando. La chica Rosita le copia a la chica Susana. La chica Martha Elena a la chica Violeta. Y la chica Alicia a la chica Suzette. La única que no copia es Sara. No lo necesita. Tengo ganas de acusarlas a todas. No lo hago porque soy… porque soy… porque soy, claro, ¡una idiota, una bruta y una imbécil! Leonor está platicando con Ana María. Seguro le está diciendo: qué bueno que la cacharon, eso le pasa por tramposa y por burra, ojalá le pongan un cero bien redondo. La odio. Ella fue la que me mandó a su diablo gordinflón. La seño Carmen me ve con ojos de lásti-ma. *Sí, sí, tengo al diablo metido, ¿y qué?* No me gusta que me mire así. Me pone nerviosa. Tengo ganas de decírselo, pero no se lo digo. No la quiero. Ella, más bien, se ve como maestra de colegio de gobierno. No me gusta que siempre se ponga su vie-jo traje sastre gris, con su blusa blanca como las que usa Concha Villa, la prima pobre de mi mamá. No me gusta que sus medias estén siempre arrugadas como las de mi tía Guillermina y que sean de esas gruesas color carne como las que usan las viejitas que se sientan en las bancas de atrás de las iglesias del centro. Co-mo ellas, la seño también ha de usar un escapulario café que se-guramente no se quita ni cuando se baña y se le ha de mojar todo. Como ellas, ha de tener en uno de los tirantes de *pepebufo*, como le digo a las camisetas de las señoras, un alfilerzote de seguridad con muchas medallitas de todos los santos del cielo. No me gusta que sea señorita y que parezca monja. No me gustan sus lentes de fondo de botella. No me gusta su permanente aguadito. No me gusta que no se maquille nada. No me gusta que nunca haya sido yegua fina. Y no me gusta que nunca nos regañe. Ni cuando nos portamos muy muy mal, se enoja. Un día hasta la hicimos llorar. Fue la vez que descubrió con qué nombre la había bautizado. Co-mo de verdad tiene unos labios retegruesotes, mucho más que los míos, le puse "Labiuda". Algunas chicas empezaron a lla-marla "la viuda alegre". Un día la estúpida de Rosita le pregun-tó de qué se había muerto su marido. «¿Por qué?», le preguntó. «Es que Sofía dice que usted es viuda», me acusó. Desde ese día me odia más.

—Vete a tu lugar y contéstame bien ese examen —me dice. Sabía que no me iba a regañar. Sabía que me iba a dar otra opor-tunidad para contestarlo. Lo que no sabía es que me iba a cachar copiando. ¿Lo sabía? A lo mejor lo hice adrede para molestarla, es que me cae como patada al estómago. Ya sé por qué me choca, porque me hace sentir como si fuera una niña muy mala. ¿A poco cuando ella iba en quinto nunca copió? Creo que nunca ha copiado en toda su vida. Con todo el mundo es bondadosa: con las alumnas, con las monjas, con las maestras, con los choferes del camión, con el portero, con los jardineros. Un día que de pura casualidad fui a platicar con ella en el recreo, le pregunté por qué no se había ido de monjita. «Porque vivo con mi madre», me dijo poniendo ojos de Virgen María. Esa vez me contó que no estaba casada y que vivía en un departamento chiquito muy cerca del museo del Chopo. Me dijo que ganaba muy poco dinero y que por las tardes daba clases particulares a chicas ricas. «¿Y por qué no le da a las pobres como Sofía?» Pero no me contestó. De la que me salvé porque qué tal si me dice que me las da gratis.

Regreso a mi lugar. Le saco mi lengua negra y puntiaguda a todas. «¡Hipócritas!», le digo muy quedito a la bola de copionas, tramposas, flojas y mensas. Leonor me ve con su boca de chamoy. En cambio Sarita, con la suya, me regala una sonrisa linda. No sé por qué Sara siempre tiene los ojos tristes. ¿Será porque le pesan mucho sus pestañotas? A veces se ven como llorosos o llenos de venitas rojas. Un día se lo pregunté y me dijo que porque había nacido con los ojos abiertos. A lo mejor se asustó con la carota de un doctor horrible. Cuando paso junto a Beatriz, le digo al oído: «Todo por tu culpa. Me la vas a pagar, chica». No me contesta. Tiene la cara llena de manchas rojas. Siempre que algo le da coraje, así se le pone. Aprovecho que esta distraída y le jalo su trenza larga. «Ojalá te quedes calva por envidiosa», le digo.

Por más que trato de contestar la prueba de gramática que me volvió a dar la seño, no puedo. *Diablo, diablito, ¿dónde estás? ¿Ya te regresaste al infierno o le estás aconsejando cosas malas a una chicá de otra clase? ¿No que éramos tan amiguitos?* Ya no me importa. Ya no rezo. Ya no hago esfuerzos. ¿Para qué? Me quedo pensando, como me decía la seño Mary, en la inmortalidad del cangrejo. De repente descubro una manchita roja en mi uniforme. ¿Una mancha que camina? Es una catarina. Una catarinita. Ay, qué linda. Es gordita. Sobre su caparazón rojo tiene muchos puntitos negros. La tomo entre mis manos. *Catarina, qué bonita catarina. El diablo y tú son los únicos que vienen a visitarme. Dime, catarinita, ¿cuál es el verbo haber en tiempo pretérito modo subjuntivo? ¿No lo sabes? Tampoco Sofía. Entonces tú también eres una idiotita, una brutita y una imbecilita. ¿Dónde está tu mamá? ¿Hablando por su telefonito?* Tocan la campana de recreo. Tomo la catarina y rápido rápido la meto en mi lapicero. Ay, Sofía, no contestaste ni una sola pregunta, me dice la voz de mi conciencia. «No la contesté porque no me dio la gana», contesta la voz del diablo metida en mi garganta.

Cuando mi hermana y yo llegamos a la casa veo a mi papá sentado en una silla del comedor. Mientras está esperando la comida lee el *Time*. Me entrega una carta de mi hermana Inés. Todavía no ha llegado mi hermano del colegio. Flavia, la muchacha, apenas está empanizando los bisteces. Toma uno lleno de nervios entre sus manos gordas y morenas. Lo remoja en el plato donde hay un huevo crudo. Luego lo saca y lo revuelca sobre una montaña de pan molido. Y después lo echa a una sartén llena de aceite. Shsrshsrshsrsh, hace el aceite hirviendo. Flavia tiene los ojos rojos. «¿Te hicieron llorar las cebollas?», le pregunto. «No, Sofía. Es que tu mamá me regañó retefeo. Como no encuentra su mantilla negra, dice que yo se la robé y que me va a poner de patitas en la calle.» Flavia me da lástima. Es de Toluca, tiene la cara cacariza y una nube en el ojo izquierdo. Casi no ve, por eso usa unos anteojos gruesotes, por los que se le ven los ojos como dos puntitos. El cristal izquierdo lo tiene estrellado. Mi mamá siempre le grita a las muchachas. No sé por qué las trata tan mal. «Indias. Buenas para nada. Son unas estúpidas, idiotas, tragonas, flojas, ignorantes.» Siempre cree que le están robando todo lo que tiene. Sofía no quiere que se vaya Flavia, porque si se va tendría que hacer las camas de todos y lavar los platos. Cuando no hay muchacha en la casa es como si hubiera llegado el fin del mundo. Todo está patas pa'rriba. Nadie encuentra nada, las cosas se desaparecen. Las camas se quedan días y días sin hacer y en el fregadero hay una montaña de trastes como los que tenía que lavar Cenicienta. Además, no hay comida, no hay quien haga mi torta, ni quien lave mis cuellos, ni nada. Todos nos ponemos de mal humor. Nos hacemos bolas. Y mi mamá se pone de pésimo humor. ¿Por qué será que en la casa nunca duran las muchachas? Hemos tenido tantas y todas distintas: mudas, albinas, gordas, esqueléticas, viejitas, jovencititas, blancas, morenas, narigonas, bizcas, mal habladas, chimuelas, panzonas, flacas, con hijos, con trenzas, con permanente, con guaraches, con choclos y hasta medio locas, como Juanita, la albina que se escapó de su pueblo que dizque porque había ahogado a su medio hermano. «Dios mío, que no se vaya Flavia. Dios mío, que mi mamá ya no le diga cosas feas. Dios mío, no dejes que se vaya. Éste es otro milagrito que te pido. Te lo juro que por hoy es el último y ya.»

Mi mamá está güiri güiri güiri en el teléfono. «¿Sabes quién le puso los cuernos a su marido? ¡Margarita Peña!» Imagino al marido de la señora con la que está hablando mi mamá con unos cuernotes como los que tenía el papá de Bambi. Me da risa. Mi mamá platica cosas muy chistosas. «Yo siempre digo la verdad, por eso me meto en tantos líos», le dice a toda la gente con la que habla. A veces me gusta oírla, sobre todo cuando critica a sus amigas. Ella dice que son una bola de cursis, de ridículas y, por si fuera poco, ¡brutísimas! Un día le pregunté por qué entonces eran sus amigas y me dijo que porque aquí en México todas las señoras de la sociedad eran ¡brutísimas! A mí no me gustaría ser amiga de mi mamá, tampoco me gustaría ser su hermana, ni su vecina, ni su suegra, ni su nuera, ni su cuñada, ni… su hija.

Voy a mi recámara. Me cambio. Cuelgo el uniforme. ¡Está arrugadísimo, además brilla, ya está viejito! Guardo mis zapatos en la zapatera. Me pongo una blusa blanca que tiene botoncitos de concha nácar que heredé de Paulina, una falda escocesa que era de Inés y mis zapatos de dos trabitas de El Prototipo de la Moda. Me peino y me pongo mis moñitos que compré en Woolworth con un cambio que encontré por allí. Estos moños no los llevo al colegio porque todo el mundo se burlaría de mí. *Bola de envidiosas.* De pronto me acuerdo de la catarinita que me vino a visitar a la clase. Ay, pobrecita, se ha de estar asfixiando. Abro mi mochila. Saco el estuche de lápices. La busco. No aparece. ¿Se habrá escapado? *Catarina, catarina, ¿dónde estás? Ah, ya te encontré. ¿Qué estabas haciendo debajo de la goma? ¿Te querías borrar para siempre?* La tomo entre mis manos, pero no se mueve. La empujo con un dedo, pero se queda quietecita. Le soplo. La acaricio. Le platico. De repente abre sus alitas y se va volando. ¿A dónde se habrá ido? ¿Al país de las catarinas? Dichosa ella que tiene alas para volar. Si Sofía tuviera unas se iría hasta Lyon donde están sus hermanas estudiando. Las extraño. Sin ellas, la casa parece muy solita. Extraño sus pleitos y sus gritos. Leo la carta de Inés.

Querida Sophie (así se escribe tu nombre en francés):
Que mi mamá está preocupadísima porque a lo mejor repruebas. ¡Qué necia eres! Pobres de mis papás. ¿Te das cuenta? ¿Por qué vas a reprobar? ¿Fue injusticia o eres culpable? ¿No hacías las tareas o qué? ¿Te dormías en las clases o qué? ¿Por qué no le pones a tus estudios el mismo cuidado que le pones a tu perso-

84

nita? ¿Cuánto tiempo pasas peinándote? ¿Cuánto tiempo pasas haciendo tus moñitos y mirándote en el espejo? Dile a la monja que no sea mala, que te dé chance. Qué flojera que vayas a ser la más vieja de tu clase. No es que me quiera hacer la muy hermana mayor, pero piensa, Sofía, que si repruebas es un año más de colegiatura para mis papás. Ya deja de echar relajo con Sara y Ana María. ¿Y a ellas por qué no las reprueban? Porque son ricas, claro. Lo bueno de aquí es que no sabes quién es rica y quién no. Nadie llega de coche con chofer, ni vienen las nanas cargando las mochilas. Mis compañeras externas llegan en bici o en autobús. No se ven ni consentidas ni chiqueadas. Yo creo que es porque pasaron la guerra siendo muy pequeñas. Nuestro uniforme no tiene más que un cuellito blanco como de celuloide, que limpiamos con una toalla mojada. No usamos nada que tenga qué almidonarse. Todas usamos una bata azul sin el nombre bordado en la bolsa. Todas las niñas usan zapatos con suela gruesa de hule y agujetas. No he visto a ninguna con zapatos de charol o *loafers* tipo gringo. Ninguna usa broches para el pelo de ésos que son unos pollitos bien amarillitos o moñitos de colores, como los que a ti te gustan, ni peinetitas con bordecito de plata. Ninguna tiene trenzas de tres gajos ni de seis con moños bien tiesos en la punta. Ni se cambian de peinado, porque todas tienen el pelo corto y las que lo tienen un poquito más largo se lo recogen con una liguita. Todas las de mi clase, y las de las otras clases también, son medio descuidadas, huelen a sudor, no se bañan diario y estoy segura de que sólo se cambian de ropa interior una vez por semana. Figúrate que el otro día no tenía tanta hambre y dejé casi la mitad de lá papa y algo de carne en el plato y la monja me hizo acabar todo y me dijo que en Francia no se desperdiciaba la comida. Con razón las niñas limpian los platos con su pan hasta terminarse toda la salsa.

85

Ya me hice amiga de una medio interna que se llama Claudine. ¿Cómo crees que me hice amiga de ella? A mí me dejó la maestra tener el libro de latín abierto para poder seguir mejor el curso, y cuando le tocó contestar la pregunta a mi amiga, no sé qué le pasó, porque es muy aplicada, y no supo la respuesta y entonces yo se la soplé. Quedó muy asombrada y muy agradecida y a partir de ese momento se junta conmigo y se sienta junto a mí en el refectorio. Es altísima y tiene el pelo muy cortito. Tiene sentido del humor, no es tan seria como las otras, y se muere de risa de todo lo que le platico. Es de lo más natural y hace unas caras muy chistosas cuando platica. No le tiene miedo a las monjas y si algo no le parece se los dice, pero no es grosera. En las clases de religión le encanta discutir y preguntar. La maestra no se enoja con ella ni la calla. No que en México ni quien pregunte, ni quien discuta en las clases, y menos en la de catecismo, y además te regañan. Es de las primeras de la clase y casi todas las semanas se saca una estrella por sus buenas calificaciones. Toma clases de ballet y me dijo que me iba a invitar a su casa. Todos los días llega en su *vélo-moteur,* una bici que tiene un motorcito. A mí me encantaría poder tener una bici así para irme a la casa a México, aunque sea nada más a comer con ustedes. Te soy franca, me gusta mucho este colegio, pero ¡los extraño horrores! Mi otra amiga es interna y es con la que me junto cuando no está Claudine. Se llama Chantal. Dice que sus tíos se fueron a México de Barcelonette y que son muy ricos porque tienen tiendas y tienen muchas criadas y una casa muy grande en el mejor *quartier*, o sea como una colonia de México. A lo mejor son los del Palacio de Hierro o de La Ciudad de México, donde nos compran los uniformes del colegio Francés. El caso es que le dije que todo el mundo tiene criadas en México y también le hablé de las casas grandes con jardín. Se me quedó viendo con la boca abierta. *Ah, bon*!, exclamó. Es la única que me pregunta sobre México, *ton pays*, me dice, y yo le exagero contándole todas las maravillas que tenemos mientras comemos nuestro *goûter*, un *petit pain* con una barrita de chocolate adentro, a las cuatro de la tarde, antes de ir al estudio cuando ya casi empieza a anochecer, pues estamos en otoño y el día es muy corto. Mientras más abre los ojos, más me adorno, más engrandezco y más exagerada me pongo. Le digo que el sol de Francia brilla como nuestra luna y que nuestro sol es como cinco soles franceses. «*Mais pourquoi on t'a envoyée ici?*», me preguntó perpleja. ¡Pácatelas! De pronto me quedé desconcertada, pero reaccioné y lo único que se me ocurrió fue decirle que era muy importante aprender idiomas, cuando aquí no les interesa ni siquiera el inglés. Le dije que servían para tener armas en la vida, cuando aquí acaban de pasar una guerra y quién sabe de dónde sacaron armas para sobrevivir. En fin, ya no le dije nada más para no confundirla. El caso es que quiere ser mi amiga a como dé lugar. Es muy mona, tiene unos ojos verdes, muy verdes, y es muy apreciativa.

Hemos aprendido mucho, sobre todo francés. Yo creo que por nuestro afán de comunicarnos hasta chino aprenderíamos rápidamente. A Amparo le cuesta más trabajo, extraña mucho y siempre está comparando a las *franchutas,* como les dice, con las chicas del colegio Francés de México. También le afecta la falta de sol. Hay días en que llueve todo el tiempo y ya empieza a hacer más frío. Al principio, cuando nos veíamos en el recreo se quejaba de que no entendía nada en las clases, y en el *refectoire* me hacía señas pellizcándose la nariz y sacaba la lengua para decirme que la comida estaba fuchi. Ahora siento que ya se acostumbró un poco más, le encanta el pan y la mantequilla y anda con una amiga que dice que le cae bien, pero que es muy mandona y siempre la corrige. Paulina, en cambio, habla muy bien y sin acento y ya tiene muchas amigas. Ella se las ha conseguido a fuerza de preguntarles cosas, de platicarles y divertirlas. Acuérdate cómo es de sociable. Ha aprendido más francés con las amigas que en las clases. Está tan llena de vida y siempre tan agitada que la monja dijo que era *excitée comme une puce*. ¿Cuándo has visto una pulga excitada? Yo creo que para muchas de las monjas, y ciertamente para muchas de las chicas de este colegio, nosotros somos las primeras extranjeras que conocen. Como ya nos ven más adaptadas, y sobre todo porque ya nos damos a entender, les interesamos más. Lo que sí, puedo decirte que en geografía son nulas. Hasta las maestras. Confunden toda Sudamérica. Buenos Aires, Caracas y la ciudad de México para ellas son ciudades que están en el mismo país. No tienen idea ni de las capitales ni de los países y menos de su ubicación. Es más, ni les interesa. A Estados Unidos le dicen *l'Amérique*, en donde para ellas sólo hay dos ciudades: New York y *Vashantó*, así pronuncian Washington. Ahí viven *les coboy,* o sea los *cowboys*, y *les gangstér*. De México sólo saben que usamos *le sombreró* y que hay muchos indios y que algunas monjas se fueron de misioneras a abrir un colegio para los "españoles" que viven allá, o sea el colegio Francés de San Cosme. La semana que entra nos toca estudiar el capítulo de la invasión francesa en México por las tropas de Napoleón III. Ya sabes, Maximiliano, Carlota, la batalla de Puebla, etcétera. Me lo voy a aprender perfectamente. Ya le pedí a mi papá que me escriba algo sobre Benito Juárez para que lo pueda leer en clase. Recuérdale. Ya te contaré cómo me fue.

Le conté a Claudine que a mi hermanita Sofía, que es muy traviesa, a lo mejor la iban a reprobar. Dije *elle va être réprouvée*, que te ibas a quedar en el mismo año. *¡Ah¡ Elle va redoubler*, me corrigió. Está mejor dicho. Tú di que vas a *redoblar*, porque así se entiende que vas a redoblar tus esfuerzos para aprovechar el año y no a reprobar, porque *réprouvée* quiere decir, según mi *Larousse de Poche,* que estás desaprobada y condenada a penas eternas. Y, francamente, no es el caso. Si acaso, redoblas el año dile a mis papás precisamente eso, que vas a redoblar tu ánimo y tu interés para estudiar. De todas maneras no es chistoso, Sofía. Mi amiga me dijo que si ella reprobara el año sería terrible y sus papás la sacarían de la escuela para ponerla a estudiar taqui-mecanografía, y si no pasaba el *baccalauréat*, el famoso e im-portantísimo bachillerato, sería una tragedia y no podría hacer nada en la vida, ni siquiera casarse bien.

Amparo dice que es el peor martirio no bañarse todos los días, en tina o en regadera, que las franchutas apestan y por eso no pue-de estudiar. Y tú, ¿por qué no puedes estudiar, *ma chérie*? Lo único que tienes que hacer en esta vida es ir al colegio. Ni siquiera tienes que levantarte temprano para ir a misa diaria, como noso-tros. Yo creo que mis papás deberían mandarte acá, de interna, para que aprendas a ser responsable. Pues fíjate que no. Ya sé que vas a decir que no te regañe. ¿Cuándo sabrás si pasas o no? ¿Qué te dicen mis papás mientras tanto? Ponle una veladora a la Virgen de Guadalupe y prométele entrar de rodillas a la Villa. Yo, te juro que le voy a rezar a la Virgen de Lourdes en francés, para que las dos vírgenes se pongan de acuerdo y te ayuden. Bueno, no te preo-cupes tanto. ¿Quién es la seño que te quiere reprobar? Llórale, suplícale, dile que mis papás te van a matar. Dile que te van a mandar interna a Tapachula o a un orfanatorio. Que para qué te quiere otro año con ella. Dile que ya hiciste tu examen de concien-cia y lo reprobaste, que no es justo que también repruebes el año.

Escríbeme cuanto antes, si no, yo te repruebo en serio y te condeno a sufrir las peores penas.

Tu hermana que te quiere, Inés.

Cuando termino de leer la carta de mi hermana, tengo ganas de llorar. La extraño. Es la única persona que me comprende en este mundo. Después de todo lo que me contó del internado, se me antoja irme a Lyon. No sé por qué imagino que allá el colegio es mucho más divertido. Imagino que las monjas francesas son mucho más buenas personas que las mexicanas y que nunca *redublean* a nadie. Tiene razón Inés, es mejor estar interna porque en primer lugar no estaría mi mamá, ni seños que te estén quitando los exámenes, ni gordas como Leonor que se burlan de ti, además nunca llegas tarde y tampoco vienen por ti tardísimo. Lo único que tiene que hacer es estudiar, en lugar de estar viendo en la tele novelas con Aldo Monti y Ofelia Guilmain. Pero también imagino que ha de ser feísimo que la traten a una como "mexicanita" y no como una alumna común y corriente.

Después de comer (el bistec empanizado estaba grasoso y asqueroso), le escribo a Inés.

Querida y adorada hermana:
¿Quiénes crees que se van más al infierno, las chicas que copian o las chicas que no soplan? ¿Verdad que las que no soplan? Pregúntale a las *franchutas* de tus amigas. Inés, a ti sí te puedo confesar que copié en la prueba de lenguaje. Bueno, pero porque me lo aconsejó el diablo que andaba por allí. No sabes cómo insistió, no me lo podía quitar de encima. Y todo por culpa de Beatriz. Tú sí eres muy linda y le soplas a tus nuevas amigas. Pero fíjate que yo ya las corté con ella y no pienso chocarlas ni aunque me lo pida de rodillas. Ay, Inés, ¿por qué no se me pegarán las cosas que estudio? Te juro por Dios y por la Virgen de Guadalupe que esta vez sí estudié. Si no me crees, pregúntale a mi mamá. Pero es que a la mera hora me pongo muy nerviosa. Nada más estoy frente a la prueba y me siento tonta, así me pasó con la de lenguaje. Un día me dijo Gabriela, la hija de mi tío Luis,

que no es que fuera floja sino que había llegado tarde a la repartición de inteligencia. «Ay, pues tú, fíjate que llegaste tardísimo a la repartición de simpatía y de belleza», le dije a esa idiota. Gracias a Dios a mi mamá se le olvidó preguntarme cómo me había ido en el examen de lenguaje. También se le olvidó a mi papá. ¿Sabes qué, Inés? A veces es bueno ser una hija invisible. Ay, Inés, ¿para qué servirán los exámenes finales? ¿Para qué, si muchas copiamos o soplamos? ¿Para qué, si nada más nos ponemos nerviosas y nuestro sufrimiento hace que se nos olvide todo lo que hemos estudiado en el año? Odio los exámenes. ¿Verdad que no son tan importantes las calificaciones como lo que se aprende? Me gusta el colegio, pero creo que yo no le gusto al colegio. Ya regrésate a México, Inés. Contigo yo estudiaba mucho mejor. ¿Te acuerdas que cuando estaba en tercero y cuarto me ayudabas con mis tareas? En esos años me sacaba puros ochos o sietes, pero nunca cinco o cuatro como me pasa en quinto. Odio el quinto año. ¿Por qué de cuarto no se podrá pasar inmediatamente a sexto o a primero de secundaria? Fíjate, Inés, que cada vez exaspero más a mi mamá y me grita refeo. Es horrible tener una mamá que siempre quiere tener la razón. Si no estás de acuerdo con ella o te equivocas, eres una bruta, imbécil y estúpida. Ya sé que me vas a decir que piense en todos los sacrificios que hace para educar a tantos hijos. Pero, ¿por qué es así conmigo? El otro día pensé que tú tenías una mamá distinta a la mía. A lo mejor la conociste cuando era más tranquila o más feliz. Lo mismo ha de suceder con mis demás hermanas: Aurora tiene otra mamá, Paulina tiene otra mamá, Antonio otra mamá y Sofía y Emilia tenemos otra mamá muy distinta de la suya. ¡Seis mamás y un papá! Porque eso sí, todos tenemos a un papá igual de lindo. El tuyo es el mismo que el mío. Cuando me quejo con él y le pregunto: «Ay, papá, ¿por qué es así mi mamá?», me dice que porque ella sabe lo que hace y porque es mi mamá, punto. ¿Sabías, Inés, que desde que se fueron a Francia mi papito-ha cambiado? Está como más callado. A veces nada más se queda viendo un punto fijo, sin hablar. Nunca habla. Nada más lee, lee y lee, y escucha, escucha y escucha su música clásica. Yo creo que te extraña a ti en especial, porque siempre está hablando por teléfono para preguntar: «¿No ha llegado carta de Inés?» Le fascinan tus cartas. Por eso también lee las que me mandas a mí. Dice que vas a ser escritora. A la que no le enseño tus cartas es a mi mamá, ¿para qué? ¿Para que diga que vaya diferencia con las de Amparo? ¿Para que diga que nada más la estamos criticando? No, a ella no se las enseño. Me gusta mucho que me escribas y me cuentes todo lo que te pasa. Siempre me haces reír y llorar. El otro día vi en la tele *Variedades de media noche*, con el Loco Valdés, y me acordé mucho de ti. ¿Te acuerdas que lo veíamos todas las noches mientras me hacías mis anchoas? Todavía sigue anunciando whisky Ballantines esa muchacha tan guapa, ¿te acuerdas de ella? Tú decías que se parecía a Brigitte Bardot.

Inés, no dejes de escribirme largo largo porque cuando leo tus cartas es el único momento en que no me siento invisible. Salúdame a mis hermanas. Diles que las extraño. Piensa en mi en tu hora del día que escogiste para extrañar. Te quiere, tu hermana la copiona, Sophie (en francés).

P.D. ¿Todavía no te has enamorado de ningún francesito?

Por la noche, antes de dormir, trato de recordar lo que estudié para la prueba final de catecismo. No entiendo lo de la Santísima Trinidad. ¿Tres en uno? ¿Cómo? «Hay que tener fe», me dice todo el tiempo *madame* Marie Goretti. Cuando le pregunté a mi tía Guillermina también me dijo lo mismo. «Ay, niña, ¿pues qué no tienes fe?» Luego le dije que en mí también había tres niñas en una. «¿Cómo es eso?», me preguntó. «¿Qué no sabías que hay una niña idiota, una bruta y otra imbécil dentro de mí?» Se rió. «No le hagas caso a tu mamá. Siempre ha sido así, ¡tremenda!» También le platiqué a mi tía Mina del plantón tan feo que me dio el Espíritu Santo el otro día en el examen. «¿Cómo puedo tener fe en Él?», le dije. «A lo mejor no tienes la suficiente», me contestó.

Lo que ya no le dije es que no me gustaba que el Niño Jesús me estuviera espiando todo el santo día. La otra vez no me pude sacar a gusto un moco porque me daba pena. Otras veces no me importa, hasta me gusta porque me siento acompañada. Entonces, como si fuera una artista de cine, me luzco con Él. Pongo cara de niña juiciosa, igualita a la de Ofelia, que es la más aplicada de la clase. Y hago las camas, ayudo a la muchacha, le preparo su café a mi papá. En una taza igualita a las que hay en Sanborns, con una cucharita doy vueltas y vueltas y más vueltas a una montañita de Nescafé mojada con tantita agua, hasta que quede clarita para convertirse después en café exprés como el que sirven en el Kiko de la esquina de la casa. Le digo a mi mamá: «Hoy voy a darle grasa a todos los zapatos de la familia». Primero los negros con muchos hoyitos de mi papá; los blancos con azul marino de mi mamá son los que más trabajo me cuestan, porque no quiero manchar lo blanco con azul y lo azul con blanco. Los cafés oscuros de mi hermano son los más sucios, siempre tienen lodo seco y hasta chicles pegados en la suela. No sé cómo limpiar la hebilla para que brille. Los que más me gusta asear son los de charol de Emilia. Para que brillen más los limpio con una servilleta de papel rociada con aceite 1-2-3. Y como soy tan humilde, también le doy grasa a las zapatillas de las muchachas. *¡Fuchi, qué feo huelen!* Por las noches me arrodillo frente a la cama, junto mis manos como las niñas que salen en las estampitas y con una voz de santa rezo mis oraciones. Todo esto lo hago porque me estoy luciendo con el Niño Jesús. Me siento como si fuera Chachita o Shirley Temple. Claro que lo de la actuación no se lo digo a la *madame* de catecismo porque me pondría cero, cero, cero. Y además diría que me voy a ir derechito al infierno.

Para el examen de catecismo ya no le voy a rezar al Espíritu Santo. Ya no voy a estudiar con mi mamá. Y no voy a poder pedirle al diablo que me ayude porque no ha de saber nada de religión y tampoco le pediré a Beatriz que me sople. Nada más de acordarme de esa chica se me revuelve el estómago. ¡La odio! Si ella me hubiera pedido que le soplara, lo hubiera hecho. Sofía siempre va a soplarle a todas las chicas que se hagan bolas el día de la prueba. *Yo te soplo, tú me soplas, él o ella te sopla, nosotras y nosotros te soplamos, ellos y ellas te soplan. Yo copio, tú copias, él o ella copia, nosotras y nosotros copiamos.* ¿Por qué nunca nos preguntan esos verbos tan bonitos? Si de grande soy maestra, no le voy a quitar el examen a ninguna de las alumnas delante de todas las demás. Lo que sí me va a importar es que mis niñas jueguen muy bonito y no sean tan envidiosas. Tampoco voy a ser demasiado buena como es la seño Carmen. Seré estricta, pero al mismo tiempo muy linda. Si de grande soy monja, siempre me voy a quitar los bigotes, no voy a usar un chonguito y me voy a dejar el pelo suelto. Eso sí, muy lacio y muy bien cepilladito. Me gustaría ser la esposa consentida de Jesucristo. En recreo voy a brincar la reata y a jugar quemados con mis alumnas. En el coro voy a cantar las canciones más modernas. Si llego a ser la madre superiora más importante de toda América Latina, me gustaría convertirme en la secretaria particular del Papa para estar todos los días cerca de él y salir fotografiada con él en todos los periódicos del mundo. Después hasta podría vender las fotografías. Ay, no, qué feo hacer negocio con el representante de Dios en la tierra. Como hacen algunas *madames*, Sofía también va a convencer a todas las seños del colegio para que se hagan monjas. Como dice *madame* de Jesús, mientras más religiosas y más sacerdotes haya en el mundo, más chinitos se salvarán y los humanos de todos los países del mundo vivirán más felices. Cuando sea mamá no me va a importar que mis hijos reprueben. No les voy a gritar, ni les voy a decir idiota, bruta, imbécil, animal, zorimba, bemba, estúpida, babieca, taruga, bocona, bestia y trompuda. Si tengo una hija que no sea muy bonita, le voy a decir que es muy bonita. Si tengo una hija no muy inteligente, le voy a decir que es la más inteligente. Si tengo una hija medio tartamuda, no le voy a decir que es medio tartamuda, voy a decirle que habla diferente que los demás. A mis hijos les pediré que me digan mami. Y los voy a llamar con apodos. Si tengo un hijo que se llame Carlos, le diré Charlie. Si tengo una hija que parezca muñeca, voy a llamarla *poupée,* como le dicen a Patricia Aguirre, que tiene unos cachetotes rojos como las muñecas de porcelana de mi mamá. Cuando vaya al supermercado voy a comprar muchas galletas Marías, donas y cajas de conos para helado. En el refrigerador siempre habrá jamón, queso amarillo, botellas de Coca-Cola, gelatina de todos colores y flan caramelo. En la cocina siempre habrá un garrafón de agua Electropura. Mis hijos nunca van a tomar agua de la llave. Llenaré la despensa con frascos de crema de cacahuate Aladino, con muchas latas de sopa Campbells de tomate, cajas de Sugar Crispie y cosas para limpiar, lavar, encerar y sacarle brillo a toda la casa. El *lunch* de mis hijos no va a ser con tortas de bolillo o telera, sino con pan Ideal, pan de caja, como dice mi mamá, envuelto en papel plateado o encerado. El frutero siempre va a estar repleto de manzanas de California envueltas en papel morado y uvas verdes chiquitas sin hueso. De postre voy a darles Angel Cake o cuadritos de todos colores de gelatina Jello. Aunque no tenga ni con qué amanecer, voy a comprarles el estuche de Prismacolor con treinta y seis colores y sus loncheras escocesas con todo y termo. Nunca van a llevar su agua de limón en los pomos vacíos de Nescafé. Voy a forrarles sus libros con tela de cuadritos como los tiene Sarita. Siempre voy a ser una mamá muy delgada, arreglada y moderna, como las que salen en la revista *Life*. Los domingos me voy a vestir igual que mi hija mayor, como hacen Berta Alducín y su mami. Iré a misa con un sombrero con velito y unos guantes blancos que lleguen hasta el codo. Siempre voy a comulgar. Voy a tener chofer y dos perros *french-poodle,* uno blanco y otro negro. En mi casa habrá muchos teléfonos blancos para que cuando hablen mis hijos nunca nunca nunca nunca esté ocupado. Cuando sea esposa, voy a hacerle mucho caso a mi marido, que se va a llamar igualito que mi papá. Voy a cocinarle, con mi delantal en forma de corazón, pasteles de todos los sabores y por las noches le voy a hacer teatro como hace Lucille Ball y me voy a disfrazar con muchos trajes de países diferentes. A nuestros hijos les enseñaré muchas poesías en todos los idiomas del mundo.

Gracias a todas estas resoluciones para cuando sea grande, esa noche no me dormí tan triste, pero sí un poquito preocupada. En la mochila todavía tengo mi libreta de calificaciones. En donde dice "observaciones", la seño Carmen escribió con su cochina letra: "Cuatro exámenes mensuales reprobados. Todas sus tareas de la semana mal hechas. Si no hace un gran esfuerzo reprobará el año". La recámara está oscura. Bueno, casi, porque por las persianas de las ventanas entra la luz de la luna. *Au claire de la lune, mon ami Pierrot...* Mi hermanita Emilia está en la cama de al lado. Todavía se chupa el dedo. ¿Estará soñando con los angelitos? ¿O estará contando borreguitos? Ella sí es muy obediente. Casi nunca habla, nada más mira y escucha. Parece que todo el día está pensando. Dice mamá que junto con Inés es la más inteligente de todas y que cuando sea grande va a ser muy importante. A lo lejos escucho la voz de Charles Trenet cantando *La mer*. Mamá siempre le está pidiendo a mi papá o a mi hermano que le prendan el tocadiscos. «Póngame mis discos franceses. Es lo único que me distrae.» También le gusta, después de comer o de cenar, sentarse en el sillón de la sala para que una de nosotras o Flavia le saque las canas con unas pincitas, mientras ella habla por teléfono. Por cada pelo blanco que le encontramos en medio de tantos pelos café oscuro, nos da un peso. Un día que estaba güiri güiri le saqué como veinte, se las puse muy ordenaditas sobre la solapa de su saco negro para que las viera y las contara, pero nada más me dio dos pesos. ¿Qué hará cuando tenga toda la cabeza blanca? ¿Nos pedirá que le busquemos un pelo oscuro? Mamá es muy rara, no se parece a ninguna de las mamás que conozco. Ella nada más se parece a ella. ¿Será por eso que mi papá la quiere tanto? En cambio mi papito se parece a todos los papás buenos de la tierra. Aunque me tire mucho a lucas, aunque no me haga caso, aunque para él también sea transparente, aunque no platique conmigo como lo hace con mi hermano, me cae bien. No sé por qué, a él sí le perdono que tampoco exista mucho para él. Será porque no me insulta o porque qué haría totalmente huérfana, sin papá ni mamá. Él me recuerda mucho a Charlie Chaplin. Tiene el mismo bigotito y la mirada tierna. Un día que mis hermanas me llevaron al cine Versalles a ver *Luces de la ciudad*, lloré tanto, tanto, que me sacaron. «¡Qué se salga esa niña tan chillona!», vino a decirnos hasta nuestro lugar un señor gordo. Paulina y Sofía nos salimos al corredor, pero también ahí seguía llore y llore: buuu, buuu, hacía con la nariz llena de mocos. «No seas tonta, nada más es una película. ¿Por qué lloras tanto?», me preguntó Paulina mientras se terminaba el muégano que me quitó. «Es que me da mucha lástima Charlie Chaplin. Es que la muchacha, ahora que ya no es cieguita ya no lo va a querer y no sabe que fue por él que se pudo curar.» Paulina estaba furiosa porque no vio el final de la película. En el camino a la casa Inés nos contó que en la vida real Charlie Chaplin tenía muchas mujeres, era millonario y vivía muy feliz en una casota en Hollywood. Pero Sofía no le cree. Estoy segura de que es muy pobre y sigue solito pensando en su novia florista. «¿Verdad, papá, que si mi mamá hubiera sido cieguita cuando la conociste, le hubieras pagado su operación de los ojos? ¿Verdad que aunque no hubieras tenido ni un solo centavo, hubieras pedido prestado a todos tus amigos para pagar la operación? ¿Y verdad que cuando ella se hubiera hecho millonaria con su florería ya no te hubiera hecho caso por ser tan pobre? Ay, papito, ¿por qué es así mi mamá?», le pregunto con un nudo en la garganta desde la cama. Ya no me quiero acordar de la película. Me dan ganas de llorar. Cierro los ojos y pienso en Inés. *¿Qué estará haciendo? ¿Qué horas serán allá en Francia? ¿Por qué cuando aquí es de noche, allá es de día? Entonces, ¿no la ilumina la misma luna? Lástima, porque la mexicana es muy bonita. La nuestra es toda plateada; cien por ciento de plata. Siempre que la dibujo, le pido prestado a Sari su Prismacolor plateado.* Abro los ojos y por una ranurita de la persiana de la ventana que está casi en el techo, le sonrío a la luna. Los vuelvo a cerrar y escucho la voz de mi ángel de la guarda. «Ya, Sofía, duérmete que mañana tienes examen de catecismo. No te estés platicando tanto, que es tardísimo. Bájate tu camisón y cúbrete los pies, los tienes muy fríos. Acomoda mejor tu cojín. Anda, hazte bolita y cúbrete la cabeza con la sábana así como te gusta. Ya sabes lo que tienes que hacer para no sentirte tan solita, ¿verdad? Junta las manos. Acuérdate que la izquierda es de Sofía la que no existe y la derecha es la de Sofía de carne y hueso. Así de juntitas se hacen más compañía. Buenas noches, que descansen. Hasta mañana.»

Estoy en clase de catecismo. Tengo sueño. Hoy es el examen final. De todas las monjas del colegio, *madame Pomme,* como bauticé a *madame* María Goretti, es la más joven, y aunque está un poco gordis, es la más bonita. A mí no me importa, como a la chica Beatriz, que tenga su encía demasiado grande y rosita (hasta parece nueva) y que sus dientes sean muy chiquitos. «Son de leche», me dijo Beatriz. Para mí tiene una sonrisa como de santa. Cuando se ríe se le hacen los ojos chiquitos y un hoyito en cada cachete. Ella y sus hermanas mayores fueron yeguas finas. La más chica todavía está en el colegio. Se llama Suzette y es alumna de sexto "B". Cada vez que se encuentra a su hermana monja en los corredores, la saluda con un beso en la mano. «*Bonjour, ma soeur*», le dice. Después se mueren de la risa y se dan un abrazo como si fueran amigas. El otro día me contó Sari que el papá de *madame Pomme* es un francés muy rico, dueño de las tiendas grandes de ropa que están en el centro. «Mi mamá fue su compañera y me dijo que cuando se hizo monja, su papi dio muchísimo dinero para el colegio. Con eso y con los ahorros de otras monjas, las *madames* compraron un terreno gigantesco que está muy lejos de aquí. En el Pedregal de San Ángel. En ese terreno están construyendo un colegio nuevo, porque en el de San Cosme ya no cabemos. Allí nada más irán las niñas ricas. Dice que hasta alberca va a haber.» Cuando mi mejor amiga me platicó esto, me puse muy triste. *Seguro a ella la van a mandar al colegio nuevo,* pensé. Como la familia de *madame Pomme* es rica, lo más seguro es que también a ella la manden al Pedregal. La voy a extrañar. Voy a extrañar sus carcajadas y los hoyitos de su cara. ¿Qué nos pasará a las de San Cosme que no tenemos dinero? ¿A dónde nos van a enviar? ¿Al Mayorazgo? Aunque también sea colegio francés, no me gusta. Un día mi mamá me dijo que las chicas que van allí no son verdaderas yeguas finas. Son como unas yeguas medio finas. Como unas potrancas. Nadie conoce a sus mamás y sus apellidos no son muy conocidos. No, no me quiero ir al Mayorazgo. ¿Y si me mandan al Fontbonne, que es el colegio de las niñas pobres, pobrísimas, pobrisisísimas? Ay, no, qué horror. Sofía quiere irse al colegio de las ricas. ¿Por qué Dios no hizo a mi papi un poquito rico? ¿Por qué Dios no hizo a todas las niñas del mundo igual de ricas? ¿Por qué Dios no hizo a todas las monjas ricas como *madame Pomme*? Es pelirroja y tiene el pelo ondulado. Cuando hace calor se le enchina toda la parte de enfrente y se ve todavía más bonita. A ella le sale muy bien el chonguito. «¿Cuánto tiempo se tarda en peinarse, *madame*?» «Ay, niña, esas cosas no se preguntan.» «¿Es cierto que las monjas se bañan con camisón?» «Ay, niña, esas cosas no se preguntan.» «Oiga, *madame*, si no están casadas y son señoritas, ¿por qué mejor no las llamamos *mademoiselle*?» «Ay, niña, esas cosas no se preguntan.» «¿Es cierto que en sus baños hay un letrerito que dice no te olvides que aquí también te miran los ojos de Dios?» «Ay, niña, esas cosas no se preguntan.» «Oiga, *madame*, ¿usted sueña con Jesucristo, su esposo, el más amable de todos los esposos del mundo?» «Ay, niña, esas cosas no se preguntan.» «¿Es cierto que al diablo le gusta tentar más a las monjas que a los sacerdotes?» «Ay, niña, esas cosas no se preguntan.» «¿Por qué está usted tan plana de enfrente?» «Ay, niña, esas cosas no se preguntan.» «¿Es cierto que se vendan todo el cuerpo para que no se vean sus curvas?» «Ay, niña, esas cosas no se preguntan.» «¿Es cierto que se visten y se desvisten debajo de las sábanas?» «Ay, niña, esas cosas no se preguntan.» «¿Por qué las monjas no se pueden pintar los labios?» «Ay, niña, esas cosas no se preguntan.» «¿Por qué las monjas no pueden tener hijos?» «Ay, niña, esas cosas no se preguntan.» «Oiga, *madame*, ¿y usted por qué es monja? ¿Es cierto que una noche que estaba durmiendo recibió el llamado del Señor?» «Ay, niña, esas cosas no se preguntan.» «¿Y usted qué hace en las tardes cuando no hay colegio, eh?» «Ay, niña, esas cosas no se preguntan.» «¿Y qué hace los domingos?» «Ay, niña, esas cosas no se preguntan.» «¿Verdad que usted tiene otro nombre de pila y se lo cambió cuando se metió de monja?» «Ay, niña, esas cosas no se preguntan.» «¿Es cierto que en su cuarto no tiene espejo y que no se ha visto en uno desde hace muchos años?» «Ay, niña, esas cosas no se preguntan.» «¿Es cierto que muchas de ustedes se metieron de monjas porque las plantó el novio?» «Ay, niña, esas cosas no se preguntan.» «Ay, pues entonces, ¿qué se le pregunta a las monjas, *madame*?» «Ay, niña, esas cosas no se preguntan.»

Una vez *madame Pomme* se enojó retefeo conmigo. Todo fue por culpa de esa Leonor. Ese día *madame* vino a buscarme al salón. Me acuerdo muy bien porque estábamos en clase de costura terminando de bordar la zapatera para el regalo de día de madres. De pronto entró y le dijo algo al oído a *madame* de Jesús. Las dos monjas me miraron.

—Sofía, ven acá —dijo *madame* de Jesús con voz regañona.

—Ahorita voy, *madame*. Nada más acabo con esta hojita que me está quedando muy linda.

—Sofía, obedece, que te está esperando *madame* Goretti. Necesita hablar contigo —me volvió a ordenar.

—Ahorititita voy —dije mientras con todo cuidado clavaba la aguja al lado de la hoja que estaba bordando con un hilo verde que iba de muy fuerte a muy clarito. Guardé mi costura. Fui a donde estaba la *madame* de catecismo. Las dos salimos de la clase.

—¿Eso le contó Leonor? ¡Híjole, qué mentirosa! ¿Que yo dije que, como usted tenía hoyitos en las orejas, todos los domingos se ponía a escondidas de la madre superiora unas arracadotas como las que usa Tongolele en las películas para irse a pasear a la Alameda de Santa María? Ay, no es cierto, *madame*. Se lo juro por Dios y por la Virgen de Guadalupe, que me muera en este instante, yo no dije eso. Que se muera mi mamá, que se muera la directora, que se muera usted, *madame*, pero se lo juro que yo no dije eso. Ay, esa Leonor siempre me está molestando. Es una mentirosa, envidiosa y chismosa. Esa chica es mala, *madame*. No sé por qué me odia tanto. Me odia desde que íbamos en preprimaria. Lo único que le dije, *madame*, fue que aunque las monjas tuvieran agujeritos en las orejas, tenían prohibido ponerse aretes, porque si se los ponían podían irse al infierno, y que…

—¡Ya, Sofía! ¡Ya! Deja de decir tantas tonterías. ¿Cuántas veces te he de decir que esos temas de conversación no son para una niña de tu edad? No quiero volver a enterarme de tus fantasías. ¡Tienes demasiada imaginación! La próxima vez que escuche cualquier tipo de rumor, mandaré llamar a tu mamá. Por lo pronto voy a hablar con la seño Carmen para que esta semana tengas billete verde. Retírate. Y que no vuelva a suceder. ¿Me entiendes?

Madame Pomme estaba furiosa. Mientras me regañaba delante de todas las demás chicas, vi cómo se iba poniendo toda roja. Primero, el cuello; luego, la cara; hasta el pelo se le puso más rojo de lo que lo tiene. Estaba tan enojada que pensé que le iba a salir humo por la nariz.

—¿Billete verde? ¡Ay, no, *madame*! Pero, ¿por queeé? ¡No es justo! Nunca he sacado un solo billete verde. ¿Nada más porque dije que las monjas no se podían poner aretes? ¿Qué tiene eso de malo, es verdad? Si yo fuera monja y esposa de Jesucristo tampoco me pondría aretes aunque tuviera hoyitos como usted los tiene, y aunque tuviera arracadas y fuera domingo…

La monja no quiso escuchar una palabra más. Toda ella seguía roja. De repente me tomó muy fuerte del brazo y casi arrastrándome me llevó a mi lugar. Quién sabe cómo le hice, pero cuando pasé cerca de Leonor alcancé a darle una patada justo en la espinilla. «¡Ay! *Madame*, la chica Sofía me dio una patada nomás porque sí.» Pero en realidad le quería dar un pellizco de "monjita".

Cuando retomé la costura me temblaban las manos. Tenía ganas de llorar. Sacarse billete verde es lo peor de lo peor del mundo. Es como cometer un pecado mortal. Después de tres billetes verdes te expulsan del colegio. ¿Qué le voy a decir a mi mamá? Tengo que hablar con *madame* Marie Thérèse, le tengo que explicar qué fue lo que dije de verdad. Es que ese billete verde me hará bajar todavía más mi promedio. ¿Cómo le haré para que no me lo saque? Soy capaz de pedirle perdón de rodillas a *madame Pomme*, soy capaz de hablarle por teléfono a su papá millonario para pedirle que su hija me perdone, soy capaz de convertirme en su esclava privada. Ay, qué monja tan sangrona, ¿no que éramos tan amiguitas? ¡Hipócrita! Mi mamá se va a poner muy enojada y me va a gritar horrible. ¿Y si no se lo enseño y Sofía firma el billete? Al fin la firma de mi mamá es bien fácil de copiar. Después de escribir su nombre con letra muy picudita, siempre dibuja como un ocho acostado y ya está. ¡Qué bueno que mi papá está de viaje! Y todo por culpa de esa Leonor con cara de chango. Claro, a ella no le dicen nada, ¿verdad? Ni las monjas ni las maestras se atreven a tocarla, nada más porque su papá es un político muy importante y su mamá juega canasta con la señora Ruiz Cortines.

De todos los días de la semana, odio los viernes y los domingos. Los viernes porque es el día que viene *madame* Marie Thérèse a la clase para distribuir los billetes que son como calificaciones semanales. El dorado, que tiene alrededor un marquito pintado con oro, significa *parfaitement.* Es como sacarse diez en conducta y en aplicación. El blanco es *très bien,* es como tener de calificación un ocho, sea porque no se llevó la tarea hecha o porque se habla en filas. El rosa quiere decir que los resultados de la semana estuvieron bien. Es como un seis y no es muy bueno. Los rosas se los sacan las chicas muy traviesas o muy flojas. En lo que va del año llevo como veinticinco billetes rosas. Pero, eso sí, nunca de los nuncas había tenido un billete verde. Ése es igual a *très très très mal*. Es casi como sacarse un cero en todo. "Sofía es una niña demasiado irrespetuosa", escribió detrás del billete la seño Carmen. Cuando la directora dijo mi nombre y me lo entregó frente a toda la clase, sentí que el estómago se me subía hasta la garganta. Por más que tomé mis polvos invisibles, ese viernes no me sirvieron de nada. Pero después ya no me fue tan mal.

A veces conviene tener una mamá que hable mucho por teléfono. Es el mejor momento para pedirle permisos, dinero o presentarle los billetes. «Que si por favor puedes firmar aquí», le digo mientras está güiri güiri güiri. Recarga la bocina en un hombro, toma la pluma y firma rápido, sin darse cuenta de lo que acaba de firmar. Cuando firmó mi billete verde, le di un beso en el cachete. Me sonrió y tan campante siguió güiri güiri güiri. Jamás supo que lo que acababa de firmar había sido mi primer *billet vert*.

Odio a las monjas. Odio a las mamás. Odio a las seños que reprueban. Odio a las gordas chismosas. ¿Me odio? No sé. Lo que sí sé es que odio a las *madames* del colegio. Hace mucho tiempo Inés me contó de una injusticia horrible que le hizo una monja. Dice que todavía sueña con ella y que siempre son unas pesadillas horribles. Cuando una chica perdió su pluma en la clase y dijo que se la habían robado, a *madame* Cécile se le ocurrió decir que había sido Inés la que se la había llevado. Por más que mi hermana le lloraba y le juraba por Dios que ella no había sido, su maestra le decía: «No hay que contar mentiras. Confiesa que tú fuiste. Mira, si te arrepientes, el Niño Jesús te va a perdonar.

Pero eso sí, no lo vuelvas a hacer». Cuando llegó a la casa y lo contó, mi mamá se puso furiosa y luego luego se fue al colegio a reclamarle a la monja. «¿Por qué dice que mi hija se robó una pluma?», le preguntó llegando a la clase. Dice mi hermana que al verla así de enojada *madame* Cécile no tuvo más remedio que pedirle perdón por la injusticia.

De todas las monjas que he tenido como maestras, de ninguna he sido la consentida. Y eso que ellas siempre tienen consentidas. Como dice Inés, sobre todo las que tienen papás que trabajaban en el gobierno. Siempre me platica de unas chicas que se apellidaban Ávila Camacho, que sólo eran sobrinas del presidente Manuel Ávila Camacho, pero se sentían como si vivieran en el castillo de Chapultepec. De todas las de esa época, cuando Inés estaba en primaria, la consentida número uno era la hija de Miguel Alemán, el candidato a la presidencia. Esas chicas eran más grandes que mi hermana. Dice que siempre andaban en grupito, como una pandilla, y en el recreo hacían lo que querían, agarraban el espiro que más les gustaba y corrían sin importarles si pisaban los tiros de chaquiras que usaban para jugar al avión, y además lo pintaban en el mejor lugar sin importarles si ya estaba ocupado por otras chicas. Se puso de moda jugar a las canicas y ellas llevaban puras ágatas, mientras mi hermana y sus amigas llevaban agüitas multicolores o canicas de piedra que mi mamá compraba en la plaza. Inés nunca vio que las regañaran, las castigaran o las reprobaran. Además, dejaban que la chica Alemán llevara propaganda al colegio para que su papá saliera de presidente. Me contó que esa chica llevaba unas hojitas que cuando quemabas un punto en medio del papel se formaban las letras *A-l-e-m-á-n,* conforme se corría lo que se iba quemando. Una de las chicas Padilla, que era hija del otro candidato y estaba en la clase de Inés, era del otro bando. Había dos: las padillistas y las alemanistas. Con la música de *La raspa*, cantaban en el recreo: *La raspa la bailó/ Camacho con Almazán./ Y ahora resultó/ Padilla con Alemán./ !Viva Padilla!* Y las alemanistas gritaban: *¡Padilla cara de ardilla! ¡Padilla cara de rodilla! ¡Padilla cara de bacinilla!* Entonces corrían como locas y se encerraban en los baños. Las acusaban con las monjas y ellas nunca les llamaban la atención. Dice Inés que la chica Beatriz Alemán era igualita a las fotos que veía de su papá por todos lados, pero sin el bigote y güera. Que tenía el pelo chinito chinito y se peinaba de trenzas muy largas que doblaba en columpio, con unos moñotes blancos detrás de cada oreja. Las monjas la querían muchísimo y su foto salía siempre en el anuario *Entre Nous* porque sus papás eran bienhechores del colegio Fontbonne. Dice Inés que habían dado millones de pesos y que todas las monjas y las seños rezaban por él para que llegara a ser presidente. ¿Entonces, fue gracias a las *madames* del Francés que ganó Miguel Alemán?

Tiene razón Inés, las monjas del Francés son muy interesadas. A ver, ¿por qué siempre nos están preguntando en la clase en qué trabajan nuestros papás? Me acuerdo que Laura Torres, que iba con nosotros en tercero, dijo que su papá era general de división. Entonces Sofía preguntó: «¿Y de multiplicación, también? ¿Y de suma? ¿Y de resta?» Hasta que la chica Laura se soltó llorando. Esa vez me pusieron billete rosa.

El examen de catecismo no está muy difícil. Me gustan las preguntas. Lástima que no pueda contestar todo lo que se me ocurre en esos momentos. Lástima que no puedo dejar a la loca de la casa totalmente suelta, como dice Inés. Si hubiera podido escribir mis respuestas, hubieran sido como éstas.

¿A dónde van, después de la muerte, los que nunca han de ir al cielo?

Depende de cómo se portaron aquí en la tierra. Beatriz, por ejemplo, se va a ir derechito al infierno porque no le gusta soplar a las chicas que no saben. Como castigo será nombrada por Lucifer la sopladora del infierno. Deberá soplar eternamente, por los siglos de los siglos, las llamotas y las llamitas de fuego.

¿Qué es el limbo?

El limbo es como una sala de cine vacía. La pantalla está en blanco. Todo está oscuro. De repente alguien grita: ¡cácaro! y comienza una película muda. Todos los actores están ciegos. Están sentados en una banquita. Así llevan siglos y siglos esperando que alguien los acompañe al cielo.

¿Qué debe hacerse para evitar el infierno?

Las únicas personas que conozco que no se van a ir al infierno son las monjas. Entonces, ¿me tendré que hacer religiosa para evitar ir al infierno? ¿Habrá un infierno especial para las *madames* del colegio Francés? Sofía cree que sí y a éste irán las que ponen billetes verdes y las barberas de las chicas muy ricas. También irán todas las que votaron por Miguel Alemán, porque dice mi tía Guillermina que además de haberse robado todo el dinero de México, por su culpa hay tantos niños pidiendo limosna en las calles.

Estoy sola en mi cuarto sentada en la cama. Cierro los ojos. Los abro. Veo la colcha rayadita. Cierro los ojos. Pienso cómo le voy a decir a mi mamá que reprobé el año. Me asomo por la ventana y veo pasar a la gente. Veo a un señor caminando con un portafolios. Veo el carrito de los camotes. Veo a unos novios platicar debajo del poste de luz. Veo prendido el anuncio de Kiko y arriba, en la ventana, veo asomarse a una señora gorda y güera que dicen que está loca, pero que es de muy buena familia.

Tengo miedo. Busco mi mochila. La abro. Tomo mi cuaderno azul. Arranco una hoja. De mi lapicero saco mi pluma Esterbrook. Escribo.

Querida mamá:

El Niño Jesús quiso que reprobara el año para que yo pudiera ofrecerle el sacrificio de tu regaño y de mi sufrimiento por hacerlos sufrir a ti y a mi papá. Si me vas a meter de criada, me gustaría que fuera en casa de tu amiga Lupita de la Arena, porque de todas las que tienes, ella es la más buena gente. Todo el dinero que gane te prometo dártelo para que se lo mandes a mis hermanas que están estudiando en Francia. Los uniformes de muchacha que más me gustan son los que venden en esa tienda muy grande que está en el centro, donde me compras los míos del colegio. Me gustaría tener un delantal de organdí con encaje como los que usan las muchachas de la casa de Sarita. Mamá, no quiero que me rapes el pelo porque me voy a ver muy fea y no voy a poder usar una cofia. Si me rapas voy a tener que usar una peluca como la de *madame* St. Louis y todo el mundo se va a burlar de mí. Te pido perdón por ser una idiota, una bruta y una imbécil.

Te quiere tu hija Sofía.

Capítulo 3

Finalmente mamá no me metió de criadita ni me rapó ni nada. Lástima, porque ya me había hecho ilusiones con la idea de tener uniformes con delantal lleno de holanes de tira bordada, mi cofia como las que usan las "mucamas" de las películas argentinas que ve mi tía Guille, mi cuarto en la azotea todo asoleado con los muros cubiertos de fotografías de Pedro Infante y Jorge Negrete, y mis domingos. Lo que más me gustaba era tener un día libre en el que podría hacer lo que me diera la gana sin que nadie me regañara ni vigilara. Veía a Sofi de trenzas con listones de colores y de la mano de su novio dando vueltas y más vueltas por la Alameda; la veía tomándose una foto en la Villa, muy sonriente, con un diente de oro, sentada en un caballo de cartón y con sombrero charro; la veía comiendo frijoles en un plato hondo de una vajilla distinta a la de sus patrones y con una cuchara azul de peltre; luego la veía escuchando las peleas del "Ratón" Macías o la estación de la Charrita:

Ay, qué laureles tan verdes,/ qué flores tan encendidas./ La perdi-
ción de los hombres/ son las malditas mujeres… Estaba tan ilu-
sionada que hasta me había escrito tres cartas de recomendación.

1. Por medio de la presente recomiendo a Sofía como una mu-
chachita muy honrada y trabajadora. A pesar de que todavía es
una niña de doce años, sabe hacer el aseo, lavar y planchar muy
bien, menos las camisas del señor y las faldas plisadas de la señora. Los *hot cakes* siempre le salen muy redonditos. Su especiali-
dad son las quesadillas de queso de Oaxaca y las salchichas fritas.
Tiene estudios hasta quinto año de primaria. Es muy ordenada y
limpia. Nunca se queda con los cambios ni tiene costumbre de
robarse las cucharitas de café. Sabe limpiar muy bien la plata con
estopa y Silvo.

Atentamente, señora Del Castillo.

2. A quien corresponda: Hace dos años Sofía vino de Chiapas
a trabajar conmigo. Al principio era una india chancluda pata-
rrajada que no sabía hablar ni comer con cubiertos, pero poco a
poco se fue educando y ahora sabe leer, escribir y toma muy bien
los recados. Sofía es muy honrada y le gusta trabajar. Como sus
papás viven hasta la sierra de Chiapas, debe salir los viernes por
la noche para regresar los lunes muy tempranito a darle de desayunar a los niños. También necesita que se le de dinero para su
pasaje de camión Tres Estrellas. Lo más bonito de Sofía es que es
muy piadosa. Sabe rezar el rosario con toda su letanía.

Atentamente, señora Palacios.

3. Me es muy grato recomendar a Sofi, como la llaman de cariño mis hijos. Aunque todavía no es mamá, es una nana muy
maternal, le encanta jugar con los niños. (En su pueblo cuidaba
a sus seis hermanitos). Sabe más de cuarenta canciones de cuna
en español y en francés. También sabe contar cuentos de terror y
de monjas. Dejó de trabajar con nosotros porque nos fuimos a

vivir a Canadá. Aunque mis hijos querían que se viniera, no nos la llevamos porque en esos países los niños no trabajan.

Atentamente, señora De la Fortuna.

Por último escribí una carta chiquita en francés: *Sophie c'est une fille très honnete, très bien elevée. Elle comprends un peu le français, c'est ce que me facilite ma relation avec elle et surtout avec les enfants. C'est pour cela que je me permets de la recommender de tout coeur. Mlle. Michel,* secretaria de la embajadora de Francia.

Creo que mamá ni leyó la carta donde le decía que había reprobado porque nunca me dijo nada. Si se enteró fue por culpa del chismoso de mi hermano. «¿Sabes lo que me dijo? Que ya se lo imaginaba porque eres una estúpida, etcétera, etcétera.» El que sí la leyó fue papá. Cuando le pregunté: «¿Qué pensaste?», se me quedó mirando con sus ojos azul despintaditos y me dijo: «Que tienes muy mala ortografía». Dice que la tengo tan mala que cuando hablo también cometo errores. El que se la pasó molestándome todas las vacaciones fue mi hermano Antonio. Me decía que por mi culpa íbamos a ser mucho más pobres. «Mira todo el dinero que se tiró al basurero porque reprobaste», gritaba correteándome por toda la casa con una servilleta de papel en la que había sumado todas las mensualidades de un año de colegio. «No es cierto, no es cierto, porque a mi mamá las monjas le hacen un precio especial. Y además a ti qué te importa. Hasta Juárez reprobaba», le dije un día para enfurecerlo todavía más. «¡Qué tonta eres! Don Benito Juárez es un héroe nacional importantísimo. No sabes nada de historia patria. Eres una burra, no rebuznas porque no sabes.» Para no oír todo lo que me estaba diciendo me puse a cantar muy fuerte *Sugar in the morning, sugar in the evening, sugar at supper time.* Me choca cuando mi hermano se pone con actitud de sabihondo, siempre me está diciendo que me equivoco, siempre me está corrigiendo y cuando habla de cosas serias jamás se dirige a mí, siempre le platica a mis hermanas mayores y a mí nunca. Sé que piensa, como mi mamá, que soy brutísima. Cuando no está enojado conmigo me trata como si tuviera la enfermedad del hermanito de Patricia, como con lástima. A lo mejor me hago la bruta para que me traten así. La que también me escribió una carta fue Inés. De todo lo que me pone en ella lo que más me gustó fue este cachito:

Pensándolo bien, la que debería estar reprobada es tu maestra por no haber sabido enseñarte e interesarte en el estudio. Además, yo pienso que ya te hiciste fama de traviesa y floja y las monjas te tienen clasificada, lo cual es muy injusto porque te tienen que dar la oportunidad de demostrarles que sí puedes cambiar si quieres. Pero hay que ver el lado bueno de repetir el año. Es como si fueras a ver la misma película dos veces y en lo que no te fijaste la primera vez, te fijas la segunda. Así te va a pasar y vas a saber más que las demás. Me imagino que estás triste por las amigas que vas a perder, sobre todo Sarita, pero vas a tener unas nuevas. Acuérdate de que no hay mal que por bien no venga y tal vez es lo mejor para ti.

Mis otras dos hermanas me mandaron una tarjeta postal con un puente muy bonito sobre un río que decía: "Estamos rezando mucho por ti. Piensa en mis pobres papás: Amparo y Paulina". ¿Y por qué nadie piensa en mí? ¿Por qué mejor no me escribieron una carta diciéndome: "Ay, pobrecita. ¡Qué gran injusticia te han hecho!" Además, ¡qué exageradas son! Ni que hubiera cometido el peor de los pecados.

—Ave María Purísima.

—Sin pecado concebida.

—¿Hace cuánto te confesaste?

—Hace como una semana, padre.

—¿Cuáles son tus pecados?

—Este… reprobé quinto A, padre.

—¿Por qué, mi'jita?

—Porque soy una bruta, imbécil y estú…

—¿Qué dijiste?

—Ay, nada, padre… ¿Que por qué reprobé? Bueno pues… porque no estudio… Bueno, sí estudio, pero no se me pegan las cosas. Las aprendo, pero luego desaparecen de mi cabeza y ya no me acuerdo de nada.

—Es que tienes que estudiar todavía más, mi'jita.

—Sí, el próximo año voy a estudiar mucho, mucho más.

—¿Cuáles son tus pecados?

—Este… cuento mentiras, soy desobediente y todo el día me veo en el espejo, padre. Tengo uno chiquito en mi papelera y todo el día la abro y la cierro para verme en el espejo.

—Eso se llama vanidad, mi'jita. Aunque no se trata de un pecado grave, no está bien. ¿Por qué lo haces?

—Para saber quién soy, padre.

—¿Cómo? ¿No sabes quién eres?

—Sé que soy la quinta hija de mis papás y hermana de mis hermanos, pero no sé quién es Sofía. Así me llamo, padre.

—Mmm… ¿Cuántos años tienes?

—Doce, padre. Lo que pasa es que a veces siento que no existo para mi mamá, ni para nadie. Entonces, como soy invisible me porto peor, porque creo que nadie me ve.

—Dios y la Virgen María te ven, mi'jita.

—Sí, ya sé. Pero yo no los veo, padre.

—Mmm… ¿Tienes más pecados que confesar?

—Sí, uno más. Este… Fíjese, padre… Bueno, no sé si lo que le voy a decir sea pecado, pero… Fíjese que cuando mi mamá me insulta dibujo en mi cuaderno azul secreto a Sofía con un globito arriba de su cabeza, como los que salen en las historietas, y allí escribo: "te odio, me chocas, me caes gorda". Es que me gusta mucho dibujar.

—¿No sabes que el cuarto mandamiento de la ley de Dios dice amarás a tu padre y a tu madre. Amar a nuestros padres es desearles y hacerles todo el bien posible y evitarles disgustos.

—Pero, padre, ¿por qué no existe un mandamiento que diga: amarás a tus hijos sobre todas las cosas?

—Porque amar a los hijos es natural y resulta muy fácil. En cambio, amar a los padres requiere a veces un esfuerzo.

—No entiendo bien, padre.

—Ya entenderás, hija. Como penitencia te dejo cinco padres nuestros y cinco ave marías. Ah, y ya no te veas tanto en el espejo. Reza tu acto de contrición… La que sigue.

Es el primer día de clase. Toda la primaria está formada en el patio. Nos vemos como muy estrenadas, bañadas y peinadas. Parecemos nuevecitas. A lo lejos veo la fila de sexto A. Allí están todas las compañeras que estuvieron conmigo el año pasado: Beatriz, Leonor, las cuatas Vizcaya, Ana María, Rosita, Socorro y Patricia. *¿Qué me ven, idiotas? ¿Qué, tengo monitos en la cara o qué?,* les pregunto con el pensamiento desde la fila. Leonor me sonríe con la boca de lado como diciéndome: ay, pobrecita chica reprobada. Y Sofía la ve como diciéndole: ay, pobrecita chica gordinflona, ¿ya te viste la panzota que tienes? Esto no es una mentira, se ve ¡gordísima! En las vacaciones seguro se la pasó come y come. Ya me la imagino devorando chocolates Larín, churros, malvaviscos y millones de tortillas y bolillos. Beatriz tiene la cara quemada por el sol. ¡Cuántas pecas, Dios mío! Se ha de haber ido a su casa de Tequesquitengo. Sofía también se quemó, pero luego luego se despellejó. Es que tomé mucho sol en la azotea de la casa y como puse frente a mi cara cubierta con Coca-Cola un espejo grande, pues me achicharré. Se me hicieron ampollas, me tuvieron que poner esa pomada amarilla que huele a rayos. A los dos días ya me estaba despellejando, primero la nariz, luego la frente y por último los cachetes. Parecía leprosa. Cerca de la casa vive un leproso con su ayudante, que también es leproso, a éste le falta la nariz. A su patrón no sé, porque nunca lo he visto de cerquita. Los dos viven en una casa enorme que tiene las ventanas y las puertas cerradas, como si estuviera deshabitada. La casa también tiene lepra, se está cayendo a cachos, llena de humedad. Siempre que voy con el señor que arregla las bicicletas, paso muy rápido enfrente de donde viven. No se me vaya a pegar. Entonces rezo un Ave María y un Padre Nuestro. El otro día me asomé por la reja cerrada con una cadena gruesísima que tenía tres candados. Quería ver si veía a alguien, pero no había nadie. Luego miré por las ventanitas que dan al piso de la calle. Aunque estaba todo oscuro vi moverse como una sombra. Estoy casi segura de que era el dueño porque tenía nariz, vi su sombra de perfil. Arrastraba los pies como si sus piernas estuvieran encadenadas. Primero me dio miedo, pero luego mucha lástima. *Dios mío, tú que eres todopoderoso, ¿por qué no haces el milagro y curas a estos pobrecitos leprosos?* Quien me cuenta mucho de ellos es el señor de las bicis, que tiene su taller justo al ladito de su casa. Dice que por las tardes oye gritos y ruido de cadenas. También me contó que el mozo, con la cara cubierta, sale en su bicicleta muy tempranito y regresa hasta muy tarde. A veces por las noches, cuando no puedo dormir, pienso en los leprosos. ¿Qué estarán haciendo? ¿Qué parte de su cara se les habrá caído hoy? ¿Tendrán un gatito también leproso? ¿En dónde guardarán los dedos de las manos y de los pies que se les van cayendo? ¿Cuántos les quedarán a cada uno? ¿Cómo serán sus muebles? ¿Estarán también hechos trizas? ¿Y si llegan al cielo y no los reconoce San Pedro? El otro día los dibujé en mi cuaderno azul y el que me quedó como un monstruo de la laguna negra fue el patrón. A él lo pinté en su cama, con las sábanas y las cobijas llenas de agujeros, como si también tuvieran lepra. Luego pinté al gatito sin nariz, comiéndose los pedacitos de carne de sus amos. A un ladito dibujé un esqueleto, era el mozo. Le puse un saco blanco y en las manos una charola con unos vasos llenos de agujeritos.

Pero ya me distraje. ¿En dónde me quedé? Ah, sí, observando a mis ex compañeras. ¡Qué chistosa se ve Socorro de cola de caballo! ¡Cuánta goma o limón le ha de haber puesto su mamá para aplacar todos sus chinos! Peinada así parece una niña rica de las Lomas. Me gustaba más con su cabeza rizada como borreguito. Qué chistoso, cuando Soco se pone de perfil se le ve un poquito de busto. ¿A poco le creció durante las vacaciones? ¿Pues qué habrá comido? La que también está muy cambiada es Patricia. Se ve rara. A ver, ¿por qué? ¡Ah, porque se quitó el fleco! Ahora se peina toda para atrás. ¡Qué frentota! ¿Se dará cuenta de que así se parece más a Jesús, su hermano malito? También Sofía se cambió el peinado. Aunque todavía tengo fleco, como me creció más el pelo lo peino con una trencita. Me lo recojo de los lados, después lo amarro con una liga en la punta de la cabeza y formo una colita que se une con el resto de la trenza. De este modo se ve mucho más larga y gruesa. Para que me quedara tan apretadita me tuvo que ayudar Flavia. «Ay, Sofi, ya no te estés meneando tanto, que así no puedo. Tienes que ir bien chula el primer día del colegio», me decía soplándome en la cara con su aliento a tortilla quemada. Cuando me vi en el espejo me dije quedaste monísima, como dice Lupita de la Arena, la amiga de mi mamá. La verdad es que me veo más moderna. Me estoy dejando crecer el pelo como Inés. Mi ilusión es peinarme de "teléfonos", es decir, con dos trenzas largas enrolladas alrededor de las orejas. Así sale peinada mamá en una fotografía tomada hace muchos años. A lo mejor sus "teléfonos" son mágicos y con ellos puede hablar con sus amigas desde donde está. "Bueno, ¿está la señora?... Carmen, ¿cómo estás? ¿Ya te invitaron al Grito?... ¿Nooo?... ¡Ay, qué extraño! Pero si ya invitaron a tooodo México."

Las de sexto me siguen mirando. Se dicen secretitos entre ellas. ¡Qué mensas! Les saco la lengua. ¿Dónde estará Sarita? No la veo. ¡Qué raro! ¿Dónde andará? A lo mejor todavía no llega de vacaciones. ¿Se habrá ido a otro colegio? O se fue a San Antonio a visitar a su mamá. ¿Qué enfermedad tendrá la señora? Sara pasó año con mención. El día de los premios parecía una generala, tenía el cuello del uniforme todo lleno de medallas doradas. Sacó medalla de aplicación, de historia, de aritmética, de asiduidad, de geografía, de lenguaje, de dibujo, de buena conducta y de francés. La superiora la felicitó delante de todo el mundo: «*Voila, une élève tout a fait excepcionelle*», dijo. Lástima que ese día no pudo venir su mamá. El que estaba feliz porque lo viste Ortiz (así dice mi hermano) era su papá. Vi cómo la abrazó y le dio un beso en cada cachete. ¡Qué bueno que mis papás no vinieron a los premios porque se hubieran sentido avergonzados con su hija reprobada! Ese día nada más tuve dos medallas, la de dibujo y la de asiduidad. Ésta también es bonita porque es toda dorada y en medio dice con una letra muy finita: *Asiduité*. Ya van tres que me saco así. Así llueva, truene o relampaguee, nunca de los nuncas falto al colegio. Si amanezco con anginas, «haz gárgaras de Astringosol y te vas al colegio». Si tengo gripa, «ponte Mentholatum en la nariz y te vas al colegio». Si estoy suelta del estómago, «toma Lacteol y te vas al colegio». Si me duele la muela, «mañana te llevo con Velasco Zimbrón. Ya vete al colegio». Si amanezco con el oído inflamado mi mamá empapa un algodón con alcohol, me lo mete en la oreja y me manda al colegio. Si tengo retortijones, me dice que tome un té de hojas de naranjo. Si le digo que tengo un afta en el labio, me dice que haga buches de agua caliente con sal. Si no hice la tarea de historia porque no me compró la cartulina ni las estampitas con todos los presidentes de la república desde Santa Ana, me manda al colegio. Si no tengo completo el uniforme de gimnasia, me manda al colegio aunque me vayan a castigar. Para mamá no hay nada peor que no ir al colegio. Sofía cree que ella nunca faltó un solo día en toda su vida, sobre todo en la época en que iba a buscarla a la salida su novio adorado que era mi papá. Por eso el diploma del colegio Francés que tiene colgado en su cuarto con un marco muy antigüito dice que *Mlle*. Inés Villa pasó sus exámenes con *mention parfaitement*. En todas las materias tuvo 10. Lo firma *madame* Edouard, una monja que Sofía ya no conoció.

El año pasado, me acuerdo perfectamente, tuve como una crisis de apendicitis. Esa mañana desde que me desperté me dolía horrible a un lado del estómago. «Son cosas de tu cabeza. Anda, ya vete porque te va a dejar el camión», me dijo mamá. Pero después, en la clase, comencé a sentir unos dolores cada vez más fuertes. Eran unos retortijones espantosos. Creí que me iba a desmayar. Entonces *madame* Marie Thérèse llamó por teléfono a la casa (milagro, milagro, no estaba ocupado). «Dice tu mami que ahorita viene. Que no tarda», me dijo la directora como a las once y media de la mañana. ¿A qué horas llegó al colegio? A las tres de la tarde. Ya se había ido el camión 4, ya se habían ido mis compañeras, ya se habían ido las maestras y las monjas estaban comiendo rico su arroz con plátano macho y sus tortillas bien calientitas. Mientras tanto, Sofía seguía sentadota en la banca de la entrada, espere y espere, hasta que por fin llegó su

mamita. Llegó corriendo, ni siquiera saludó a Chucho el portero. «Rápido, rápido, que me está esperando un libre», me dijo.

—Ay, niña, pero qué necia eres. ¿De veras te dolía tanto el
estómago? —me preguntó cuando ya estábamos en el coche.

—En la mañana, sí, pero ahorita ya no tanto —le contesté.

—Por favor, llévenos a la calle de Dolores —le dijo al chofer. En el camino las dos íbamos muy calladitas. Ella sentada
del lado derecho y Sofía del izquierdo. Ella viendo por su ventana y Sofía, por la suya. Boca del Río, Café de Chinos, Se com-
ponen petacas en 24 horas... Me llegaba el olor de su perfume.
Siempre que estoy sola con ella nunca sé de qué hablarle. Creo
que todo lo que se me ocurre en esos momentos son puras estupideces. Estoy segura de que le doy flojera. A veces la siento muy
lejos y no sé cómo alcanzarla. No sé qué decirle. Quisiera pedirle
que me cuente de cuando Sofía era una bebita. *Mamá, ¿cuándo
me nació mi primer diente? Mamá, ¿por qué tardé tanto tiempo
en hablar y ahora hablo todo el tiempo en la clase? Mamá,
¿por qué nunca me sonríes? ¿Por qué nunca me das un beso o tomas mi mano como para jugar con ella?* También quiero preguntarle qué sintió con el primer beso que le dio mi papá. Quiero que
me platique del día de su boda, cómo era su vestido. Sé que era
muy bonito porque está la fotografía de mis papás cuando se
casaron. Ella tiene un vestido blanco de seda muy pegadito al
cuerpo. Se veía flaquita, flaquita. Y en la cabeza llevaba un velo
muy largo. Parecía una artista de cine, como las que salen en las
películas mudas. Mi papá también se ve muy flaquito. Tiene un
traje muy elegante, pantalones rayados, chaleco y un saco largo.
*Mamá, ¿cuántos pisos tenía el pastel de tu boda? ¿Y mis papás
grandes estaban muy felices? Mamá, ¿por qué nunca se ha casado tu hermana Mina? Mamá, ¿por qué siempre estás diciendo
que todas tus hijas se tienen que casar muy bien? ¿Y si Sofía no*

se casa y se queda solterona como nuestras vecinas, las señori-
tas Castillo, me vas a odiar? Mi mamá está obsesionada con que
todas nos tenemos que casar con muy buenos partidos. Un día
fui al baño a media noche y allí escuché su voz que venía de su
cuarto, que está en el piso de arriba. «Ay, Antonio, ¿cómo vamos
a casar a tanta niña? ¿Cómo le vamos a hacer si no tenemos ni
un centavo?»

Cuando más platican mis papás es cuando están acostados en
su cama. «¿Con qué dinero vamos a pagar las contribuciones?
Hay que mandarle más dinero a las niñas en Francia. Ahora sí
estoy brujísima. Ya le debo mucho dinero a la marchante del
pollo.» Él siempre la escucha en silencio. Desde donde está sentada en el libre observo de reojo su mano. La tiene gordita. Dice
mi papá que tiene manos de artista. Cuando era joven dibujó a
lápiz a un San José que está colgado en el comedor. Pobre mano
izquierda, porque tiene que aguantar todo el peso de su cuerpo.
Siempre se sienta recargándose en ella. Me gusta su anillo de
perla. Mi mamá se había peinado de chongo. Tiene la boca muy
roja. Mi mamá se puede pintar la boca sin espejo, en la oscuridad, en un elevador, en el coche, subiendo las escaleras o mientras está hablando por teléfono. Creo que conoce la forma de
sus labios de memoria, porque nunca se sale de la rayita. La boca
y las chapas son lo único que se maquilla. Nunca usa rímel, ni se
pinta las cejas y casi no se polvea. En su bolsota de cocodrilo
nada más tiene un lápiz labial muy usado, su chequera del Banco de Londres y México, su pañuelo hecho bolita, un peine chiquito metido en una bolsita negra, muchas notas de la tintorería,
cartas de mis hermanas que están en Francia, una estampita de la
Virgen de Guadalupe toda arrugada, un rosario bendecido por el
Papa y dinero suelto. No tiene cartera ni libretita de direcciones,
pero eso sí, guarda muchas tarjetas con nombres. No tiene arrugas

y su piel es muy blanca. «Ay, Inés, qué buen cutis tienes, ¿qué te pones?», le preguntan todo el tiempo sus amigas, todas arrugadas como pasitas. «Crema Pond's y ya», contesta. Nunca se ha quemado con el sol. Odia a los prietos. Por eso, cuando me bronceo en la azotea se pone furiosa y comienza a gritar: «Pareces criada». Yo nunca he ido a la playa con ella. Jamás la he visto en traje de baño, ni en *shorts*, ni en pantalones. Lleva un traje sastre azul marino y una blusa blanca de seda china. De su cuello cuelga la medalla antigua de la Virgen de Guadalupe. Veo la imagen de lejitos y le rezo en silencio: *¿De qué le platico, Virgencita de Guadalupe? Haz que me platique aunque sea un poquito.*

Toda la familia adora a la Virgen de Guadalupe. Un día mi hermana Paulina amaneció toda destapada, con las cobijas en desorden. Estaba acostada de ladito y le colgaba la cabeza de la cama, tenía toda la cara sudada. «Es que se me apareció la Virgen de Guadalupe», nos dijo muy seria. Aunque estaba palidísima y con lágrimas en los ojos, nadie le creyó, pero Sofía sí. Desde ese día, para mí Paulina es como una elegida de Dios Nuestro Señor. Por eso nunca me enojo con ella y cuando estaba en México le hacía muchos favores. «Veme a comprar a la esquina un chocolate.» «Sí, Paulina.» «Súbeme un vaso de agua de limón.» «Sí, Paulina.» «Hazme mi cama.» «Sí, Paulina.» «Lávame mis medias.» «Sí, Paulina.» En la familia somos tan guadalupanos que todos todos todos los sábados vamos a ver a la Virgen. Me encanta ir a la Villa porque mi papá siempre me da dinero para comprar gorditas y un elote. Cada vez que vamos a la basílica mi mamá pone muchas veladoras en una cuevita toda oscura donde hay muchos exvotos y milagros de metal en forma de corazoncito, de piernas, de ojos, brazos y hasta algunas cabezas. También están pegadas en las rocas de la cueva colas de caballo, trenzas y fotografías de bebés, y hay muchos ramos de novia todos secos. Mi mamá compra las veladoras más baratas y prende una para que mi abuelita se cure, otra para que mis hermanas aprendan bien francés y se casen, una más para que mi papá gane más dinero, para que mi hermano se siga sacando puros dieces, para que mi tío Federico deje de emborracharse, para que le sigan dando la beca a Emilia y para que a Sofía se le abra el entendimiento, como dice. Aunque me gusta mucho mi nombre, también me hubiera gustado que me hubieran bautizado con el nombre de Guadalupe, para que el 12 de diciembre todo el mundo me felicitara y me hicieran muchos regalos.

En el taxi me quedo viendo a su medalla. Me encanta. Es toda de oro y tiene grabada la aparición de la Virgen a Juan Diego. Dice que perteneció a una de las damas de compañía de la emperatriz Carlota. Es muy antigua. «Cuando me muera te la voy a dejar a ti», me dice de repente. «¿De veras? Es que siempre se la has prometido a Amparo?», le recuerdo. «No, a ella le voy a dejar el juego de té de plata, los candelabros, los cubiertos, la pintura de mi tío Nachito, la charola de Ortega y mi pulsera de oro.» Me quedo pensativa y luego le pregunto: «¿Y a Inés, qué le vas a heredar?» «A ella, como es la mayor, le voy a dejar mi collar de perlas de tres hilos, el tapete persa de la biblioteca y a lo mejor los aretes de coral. A Paulina le voy a dejar el candil de cristal cortado. A Emilia le voy a dejar todas mis muñecas de porcelana y las copas de cristal de Val Salambert. Y a Antonio, tu hermano, porque es el único hombre, le voy a dejar la sala Napoleón III, el comedor florentino de mis papás, todas las vajillas, el biombo, toda la biblioteca de tu papá y la casa que pagué con tantos sacrificios», dice. Siempre está hablando de lo que nos va a dejar cuando se muera. Cuando se enoja con nosotros dice: «Anda tú, idiota, no te pienso dejar nada. Absolutamente nada». A los que más les va a dejar es a Amparo y a Antonio, porque son sus consentidos. Mi papá nunca nos ha dicho lo que nos va a dejar. Pobrecito, porque lo único que tiene es su biblioteca, pero mi mamá ya decidió que será para mi hermano Antonio porque nosotras nos vamos a casar y no necesitamos libros. Así dice. A mí me gustaría que también me dejara su anillo de perla. Pero no me atrevo a decírselo, por miedo a que me diga: «Anda tú, ¿qué te estás creyendo?» Me encanta esa pelotita blanca que un día, en un país muy lejano, apareció en un ostión. Luego llegó un joyero, la compró y después la puso en una cajita de terciopelo para exhibirla en la vitrina de su joyería. Aunque Inés diga que las perlas son lágrimas, a mí me gustan mucho. No me importa que sean como lagrimitas, al fin que venimos al mundo para sufrir y después irnos al cielo a gozar.

Llegamos al restaurante La Casa de Pavo. Hay mucha gente esperando. En la entrada nos encontramos al licenciado Martín Pérez, amigo de mi papá, y luego luego mi mamá güiri güiri güiri. Mientras tanto Sofía pide una Manzanita fría y un taco de pollo. «¡Qué mona está esta niña, Inés!», le dijo el señor con sus ojos verdes, igualito a Carlos López Moctezuma, mientras con su manota acaricia mi cabecita. «Ay, esto no es nada, si vieras a las otras. Ésas sí que son bonitas. Siguen estudiando en Francia. Ay, Martín, si vieras lo caro que me está saliendo su estancia. Pero ni modo, no me importa hacer sacrificios porque lo importante es que aprendan francés.» Cuando regresamos a la casa en un pesero ya no me dolía el estómago. A lo mejor a la que le estaba doliendo era a mi mamá, porque se había comido cuatro tacos de carnitas y dos de pavo. Siempre que mi mamá tiene problemas come mucho. Dice que la comida es lo único que la consuela. Cuando la acompaño al mercado, mientras decide qué comprar se come una guayaba, luego un chicozapote y termina con una granada china. Esa fruta me da asco, sus pepitas son como mocos verdes.

Un día, antes de irme al colegio, vacié una en un klínex. En el recreo busqué a *madame* Dientes de Caballo y se lo enseñé. «Creo que estoy muy enferma, *madame*. Mire lo que me salió de la nariz, ¿puedo ir a la enfermería?» Se me quedó viendo con cara de asustada. «Por supuesto. ¿Por qué no le hablas a tu mami para que venga por ti?», me dijo enseñándome sus dientotes. «Gracias, *madame*. Pero a lo mejor no es para tanto. Nada más me voy a ir a recostar un ratito», le dije. Gracias a la granada falté a la clase de geografía. Ese día no había llevado la tarea hecha. Me gusta mucho hacer este tipo de bromas. No hace mucho puse en un frasquito un poco de zapote prieto que había sobrado de la comida. Entonces, en medio de la clase de catecismo abrí la papelera, metí la cabeza y con un dedo me cubrí los dientes de zapote. «Mira, mira, se me cayeron todos los dientes», le dije muy quedo a Rosita. «Ay, qué horror. *Madame*, Sofía está completamente chimuela», le dijo a la monja. «No es cierto, *madame*, son cosas de Rosita. Mire, mis dientes están completitos», le dije a la monja. Esa vez castigaron a Rosita por mentirosa.

Desde mi lugar veo a la *madame* que le tocó a las de sexto grado. ¿*Madame Moustache*? ¡Híjole, pooobres! ¡Ya se amolaron! De todas las *madames*, es la más regañona. Dicen que cuando se enoja hasta coscorrones da. Además de unos bigotes igualitos a los de Cantinflas, tiene pelos en las orejas y siempre huele a pescado. Sofía cree que viene de una familia de pescadores. De la que me salvé. Qué bueno que no pasé porque me hubiera tocado con ella, seguro que al mes ya me estaría reprobando o expulsando del colegio. ¡Qué suertuda soy! *Gracias, Virgen de Guadalupe, por no ser alumna de una monja bigotuda, trompuda y que además huele a sardinas*. Todavía no sé qué *madame* o seño nos tocará a las de quinto B. ¿Por qué me habrá tocado estar en el B y no en el A? ¿B de burra, de boba, de bizca, de babosa o de bruta? ¿O B de bonita, de buena, de bella o de Brigitte Bardot? Delante de la fila veo tres monjas y una profesora de pelo cortito que platican. Observan a todas las clases y parecen discutir. Llega la directora. *¿Madame* Marie Thérèse cambió sus lentes? ¡Qué extraña se ve! No la reconocí. Me gustaban más los otros. Los nuevos ya no tienen los cristales verdes, son transparentes. ¿Y ahora que me regañe dónde me voy a reflejar? No se le ven bonitos porque tiene los ojos saltones. ¡Lástima! Después de que cantamos el himno del colegio —*A Cristo siempre fiel, en la pureza, en la piedad y el deber. Con entereza, ¡fiel he de ser!*— la directora se para frente al micrófono, se acomoda sus anteojos nuevos y nos dice con una sonrisa: «Bienvenidas. Al comenzar este año nuevo les deseamos a todas, queridas alumnas, que sean siempre enérgicas... A Cristo siempre fiel».

Para que mis compañeras del año pasado vean que no estoy triste y que no me importa haber reprobado, aplaudo mucho, mucho. Clap clap clap. *Estoy alegre, muy alegre... Alouette, gentil alouette.* Todas me ven con cara de ay, ¡qué bárbara!, chica Sofía, no es para que tengas esa sonrisita!, ¿qué no sabes que la humildad es muy importante? Las tiro a lucas. No me importan y sigo aplaudiendo. *Ay, sí, ellas muy perfectitas, ¿verdad? Muy santitas y muy aplicaditas, pero eso sí, muy sangroncitas.* Lo que todavía no comprendo es por qué de todo el salón la única que reprobó fue Sofía. ¿Cómo es posible que Rosita pasara si de verdad es muy muy burra? Todo el colegio lo sabe. Hasta ella. A mí se me hace que la pasaron nada más porque su papá es de verdad muy muy rico. Me he fijado que en las últimas páginas de los anuarios *Entre Nous,* donde aparecen los anuncios de La Flor de México, París-Londres, El Puerto de Veracruz, El Globo, La Francia Marítima y Teatro Metropolitan, siempre se publica un pequeño recuadro con la fotografía de una tarjeta de visita como las de mi tío Rafael, que dice: "Cortesía del Dr. Miguel P. Suárez". Es el papá de Rosita. Creo que este doctor es el que ha dado más dinero para la construcción del colegio del Pedregal. ¿Cómo van a reprobar a su hija? *Jamais de la vie!* A mí me gustaría que un día las monjas me presentaran una chica millonaria reprobada. No existen. Sofía no las conoce. Tiene razón Inés, ya me imagino que las *madames* hubieran reprobado a la hija del que fue presidente. Sé que no debería pensar todo esto y sé que nunca se debe hablar mal de las religiosas, porque ellas son las esposas de Jesucristo. Ellas son buenas, justas, misericordiosas y con absoluto amor desinteresado forjan nuestro carácter. A lo mejor pienso así porque me reprobaron. No sé. Ya no quiero hablar de eso. Soy una niña floja, indisciplinada, pobre y reprobada. Punto. ¿Por qué no habrá venido Sara? ¡Qué raro que falte, sobre todo el primer día de clases! De todas las chicas del salón, a ella es a la que más voy a extrañar. Claro que me puedo juntar con ella en el recreo y podemos seguir jugando quemados. Pero no va a ser lo mismo. Sara es muy buena, no es burlona y nunca la he escuchado criticar a nadie, ni a *madame* Dientes de Caballo, ni a *madame Perruque* ni a *madame Oh, la, la* ni a Leonor, ni tampoco a las cuatas Vizcaya. Creo que es así porque es la niña más piadosa y modesta que he conocido. Me gusta mucho hacerla reír. A veces me hago la muy payasa nada más para escuchar sus carcajadas. Son contagiosas. Podemos carcajearnos mucho tiempo. Cuando una empieza, rápido sigue la otra. A veces nada más nos carcajeamos porque vuela la mosca. «No vayan a empezar, porque después ni quien las pare», nos dice la *madame* de la costura. Siendo Sara de las primeras de la clase, no se cree nada, y eso que siempre tiene sus cuadernos limpísimos y su familia es bien rica. Su papá es banquero. Dice mi papito que es millonario porque era alemanista de hueso colorado.

Un día Sari me invitó a su rancho, muy cerquita de las pirámides de Teotihuacán. Esa vez nada más vinieron sus dos hermanas y su papi. *Ay, papá, ¿por qué no te dejas que tu hija Sofía te llame papi? Todas mis amigas le dicen así a su papá. ¿Por qué dices que esas cosas son puras cursilerías? Pero sí te gusta que te diga papito, ¿verdad? ¿No te gustaría que te dijera* daddy*? ¿Por qué tú nunca me dices Sofi o Chofi? ¿Tú crees que de verdad soy muy cursi?* Cuando vi que en el rancho de Sarita no estaba su mamá, le pregunté dónde estaba. Sus ojos se pusieron más tristes y me contestó: «Vive en San Antonio con mi abuelita». Después me contó que tenía una enfermedad muy rara que nada más se curaba en un hospital de por allá. Por más que rogué que me dijera cuál, no supo decirme. En el rancho nos divertimos muchísimo: montamos a caballo, pescamos en un río chiquito, jugamos a las escondidillas y hasta cocinamos, en una cocinota muy moderna, unas galletas que nos salieron horribles. Por la noche, después de haber jugado "dígalo con mímica" y quemar malvaviscos, vimos películas viejas de su familia. En una sale Sara en su andadera, dando unos pasitos en un patio lleno de macetas. Se ve chistosísima peinada de coletas y con su chupón en la boca. ¡Tenía unos cachetotes! Detrás de ella la cuida una nana muy morena, gorda con trenzas. «¿Te acuerdas de la casa de Santa María, mi'jita, muy cerca del colegio Francés?», le pregunta su papá. Sara dice que no. «Era muy bonita. Lástima que ahora sea un estacionamiento.» En otra escena veo a mi amiga en el trenecito de Chapultepec comiendo un algodón y diciendo adiós con la mano. Y en otra está con su papá en Acapulco saltando las olas del mar. Tiene un traje de baño lindo, anaranjado con pescaditos negros; tiene faldita y en la parte de enfrente está todo arrugadito, como si tuviera un resorte muy grande. Se ve feliz con su llanta de pato. *Papá, ¿por qué no tienes una cámara de cine de marca Bolex, como* *la del papá de mi amiga? ¿Por qué nunca me tomas fotografías? ¿Por qué nunca me has llevado al tren de Chapultepec? ¿Por qué nunca salimos de vacaciones, aunque sea de* picnic *aquí cerquita al Desierto de los Leones? ¿Por qué todavía nunca he ido a Acapulco? ¿Por qué siempre que te digo que quiero ir de vacaciones me dices que me dé manguerazos en la azotea? Ya sé que no tienes dinero, pero podríamos ir a un hotel pobre o a un balneario al que vayan los pobres. No, mejor no, porque allí van puros pelados que se han de hacer pipí en la piscina.* También sale Sara el día de su primera comunión. Su papá la filmó de cerquitita justo cuando el padre le está dando la hostia. «La Santa Eucaristía», como nos enseñó a decir la señorita María Luisa, que fue la que nos preparó para ese gran día. ¡Qué bonita se ve Sari con su velo blanco! En la película también se ve al sacerdote dándole la comunión a todas las de la clase. Sofía es la única que en ese momento no sale, porque ese día a su mamá se le hizo tardísimo. Cuando llegamos a la Villa de Guadalupe el padre ya había terminado de darle la comunión a todas las chicas de tercero y estaba guardando el cáliz en una cajita del altar.

—Por caridad de Dios, todavía falta de comulgar esta niña —gritó mi mamá muy fuerte desde la puerta de la entrada.

El padre se dio media vuelta. Bajó unos escalones con la copa dorada en una mano y en la otra, la hostia. Monseñor Piani esperaba con una sonrisa en los labios a Sofía la impuntual, Sofía la pecadora y Sofía la traviesa. Mientras tanto, corría y corría, levantándome con la mano izquierda mi vestido ampón por las tres crinolinas almidonadas con agua de azúcar. En la derecha llevaba el misal con tapas de concha nácar y el rosario con cuentas de marfil que compró mi mamá en el Monte de Piedad. Aunque estaba muy nerviosa, me daba cuenta de que todo el mundo me veía. Mi mamá y mis hermanos se habían quedado en una banca hasta atrás. Ella se veía palidísima. Tal vez pensó que no iba a poder comulgar su hija. Mis hermanos tenían cara de almohada. «Señor, espérame tantito. Ya sé que no soy digna de recibirte, mas di una sola palabra y mi alma será sana», rezaba tal y como me había enseñado la señorita María Luisa. Por fin llegué a los pies del altar. Me arrodillé. Saqué la lengua y recibí la Sagrada Comunión.

—Jesús mío, creo que estás realmente presente en la Sagrada Eucaristía, y que voy a recibir tu Cuerpo, tu Sangre, tu Alma y tu Divinidad —dije al tragarme la hostia. Como lo hice tan rápido, ni siquiera escuché el secretito que me tenía que decir el Niño Jesús. Guardé silencio más de cinco minutos y no escuché nada más que el órgano. A lo mejor ya no lo alcancé y se fue a otra primera comunión, o lo hizo tan quedito que con los nervios no pude escucharlo. ¿Qué habrá querido decirme? Seguramente me preguntó por qué había llegado tan tarde.

Ay, Niño Jesús, lo que sucedió es que no encontrábamos libre. Todos los que pasaban estaban ocupados y ocupados. Tú sabes que me desperté tempranísimo. Eran como las cinco de la mañana. Como era todavía de madrugada tuve tiempo de escribir en el cuaderno mis últimos pensamientos para ti. "Te ofrezco todo lo que tengo en mi corazón. Recibe todos mis pensamientos. Recibe todos mis pecados para que me los perdones y mis sacrificios para consolarte de la ingratitud de los malos. Dame el deseo de ser apostólica, vocación a la que me llamarás más tarde y que me llevará al cielo si soy fiel al Niñito Jesús. Te pido por el Santo Padre Pío XII y por los obispos y sacerdotes para que los hagas santos y nos enseñen a conocerte y amarte." Después de bañarme con agua helada para hacer más sacrificios y ofrecértelos, poco a poquito me fui quitando los pasadores de las anchoas que me había hecho Inés con cerveza para que me quedaran duritos. Luego me lavé los dientes sin agua para no tragar ni una sola gotita y me vestí. Bajé a desayunar, pero no desayuné ni siquiera una migajita de Corn Flakes. Pero cuando bajó mi mamá y me vio se puso a gritar enojadísima: «¡Qué barbaridad! Te ves horrible con ese pelo tan chino. ¡Flaaavia, Flaaavia!, tráeme un cepillo para cepillar a esta estúpida. Pero qué ocurrencias de hacerte chinos», gritaba. Empezaron los cepillazos. Primero uno, luego el otro, ¡auuuch! (me gusta exclamar como en las películas americanas), gritaba en silencio porque en esos momentos te ofrecía todas esas jaladas de pelo. Luego otro cepillazo, ¡auuuch!, y así otros más, hasta que me quedó el pelo lacio, peinado como de rol. La verdad es que mamá sí tenía razón. Me veía mucho mejor. Como más fina. Pero luego vino el sacrificio más grande. Fue en el instante en que entre cepillazo y cepillazo me enterró en la cabeza un pasador sin gomita (los más baratos) para que se me detuviera el velo. ¡Ayyy!, grité a la mexicana con toda mi alma. Creo que hasta desperté a las vecinas, las señoritas Castillo. Tú sabes, Niño Jesús, que me dolió muchísimo. Así has de haber sentido tú cuando en la cruz te enterraron en el corazón la lanza. ¡Pobrecito, y todo por nosotros los pecadores! A veces pienso que toda la humanidad es una estúpida, una bruta y una imbécil. Después mi mamá todavía se tardó más porque no encontraba su prendedor con calabacete que heredó de mi mamá grande. Como pensó que se lo había robado Flavia, fue a su cuarto a buscarlo entre sus cosas. «Mira qué tiradero tienes y qué cochino está tu cuarto. ¿De dónde sacaste este carrete de hilo rosa? No es tuyo, ¿verdad? Es mío. Y esta botellita de perfume vacía, ¿quién te la dio? ¡Es mía! ¿Estás segura de que no has visto entre tus porquerías mi prendedor del calabacete?», le preguntaba a gritos. Entonces volvió a sacar todas las cajitas que tiene en su ropero, hasta que por fin encon-

tró el prendedor en un cofrecito donde mi papá guarda sus man-cuernas. Después Amparo se puso a llorar porque Paulina le había quitado sus guantes. Y cuando quise abrocharme la trabita de mi zapato, se me resbaló la vela y se rompió en dos. Por más que mi mamá quiso pegarla, no se pudo. Por eso nada más me llevé la parte de arriba del cirio, como dice mi tía Guillermina. Emilia no se quería despertar. Y mi hermano estaba muy enoja-do porque no se quería poner su corbata escocesa de moño. «¡La odio, la odio!», gritaba como loco. Además, no encontrábamos una pluma para que mi mamá me pusiera la dedicatoria de mi misal. Pero después encontramos una en el cuarto de Antonio. Como mi papá estaba de viaje, fue Inés la que se encargó de bus-car un libre. Mientras tanto, mi mamá escribía la dedicatoria senta-da a la cabecera de la mesa del comedor con su mantilla puesta y con su letra muy picudita: "Para Sofía, como recuerdo de sus padres. Siempre conserva tu alma pura. Siempre que tu corazón sea bueno. Ten paciencia y abnegación. Para actuar, siempre ocu-pa tu razón. Tu sonrisa ilumina lo que te rodea. Tu entusiasmo, tu cualidad que siempre sea". «Mamá, mamá», gritaba Inés por-que ya había encontrado un libre. Pero mamá no podía salir de la casa porque estaba buscando sus guantes y no nos fuimos hasta que los encontró. Después, al llegar a la Villa, como el se-ñor del coche nos cobraba demasiado dinero, mi mamá se puso furiosa y empezó a discutir hasta que le hizo una rebaja. Por todo esto, Niño Jesús, llegamos tan tarde. Pero ¿qué tal está de bonito lo que me escribió mi mamá en el misal? Dime, tú que todo lo sabes, ¿por qué en lugar de insultarme no me dice esas cosas, pero en mi cara? Si lo hiciera, ¡cómo la abrazaría y có-mo la besaría! ¿Por qué le costará tanto trabajo ser tierna? De paso, Niño Jesús, también te pido que la perdones por ser tan impuntual y por hacerse tantas bolas. Créeme que estoy feliz de haber comulgado por primera vez. Espero que me perdones y que sigas eternamente en mi corazón.

El lunes siguiente a la primera comunión, Sarita me confesó en el recreo lo que le había dicho como secreto el Niño Jesús: «Sara, quiero que te vuelvas monja». La verdad es que sí me dio un poquito de envidia, porque a mí Jesús nunca me ha pedido que sea su esposa. Sofía cree que Jesucristo piensa que no es muy buen partido. Para que me trate y me conozca mejor, me debería pedir, por lo menos, que sea su novia. «No es cierto que te dijo eso», le dije a mi amiga. «Te lo juro por Dios, pero, por favor, Sofía, no se lo digas a nadie.» Si de verdad Sari se vuelve monja, sería una monjita linda, lindísima. Con esos ojos tan bonitos y pestañudos se van enamorar de ella todos los sacerdotes y los papás de sus alumnas. Cuando mis hijas vayan al colegio Francés (¿las voy a mandar allí? No lo sé), ojalá les toque con ella, con *madame* Sarita. Ojalá que sea su *madame* de catecismo. Y ojalá que llegue a directora para que me haga una rebaja en las colegiaturas.

Seguimos en la sala de su rancho viendo películas viejas. En la pantalla se ve a mi amiga el día del desayuno de su primera comunión. Está sentada entre sus papás y otras personas en una mesa muy larga con mantel blanco. Frente a ella hay un pastel de seis pisos y en el último piso hay un cáliz dorado con una hostia. ¡Cuántos invitados! Todas las señoras llevan sombrero y pieles. Los señores tienen chaleco y fuman puro. «¡Qué suerte tuvimos de que cupieran los trescientos invitados en el frontón de la casa!», dice su papá, que tiene zapatos de dos colores, blanco y café, con hoyitos y agujetas. ¿Serán de *tap?* En seguida se ve a Sara corriendo por todo el jardín. Detrás de ella van muchos niños de todas las edades. Qué casa tan grandota. ¡Tiene alberca, columpios y una resbaladilla! Se acaban de cambiar a Polanco. Dice Sara que en el baño de su papá hay una silla como las de las peluquerías y un peluquero viene a cortarle el pelo y una señorita a hacerle las uñas. ¿Un hombre haciéndose manicura? Ay, no, qué feo. Mi papito jamás, jamás y jamás se haría las uñas de las manos ni de los pies. Sofía sabe que él se corta las suyas con unas tijeritas que son como su tesoro. Cuando se le pierden se pone muy triste. Pero cuando las encuentra es el hombre más feliz sobre la tierra. «Mi desayuno fue en Sanborns de Madero, enfrente de la iglesia de San Francisco. Estuvo muy bonito porque pusieron una mesa muy larga al ladito de la fuente. También mi pastel tenía muchos pisos. Pero en lugar de cáliz, en el último piso había una muñequita vestida de primera comunión. Mi tía Esthercita me regaló cien pesos. Y Marinera, mi madrina, me trajo unas plumas Sheaffer», dije sin que nadie me preguntara nada. ¿Por qué lo dije? ¿Por qué lo dije así de feo y casi a gritos? Como si estuviera con coraje. ¿Estaré envidiosa de Sarita? En la lección 64 de mi libro de catecismo dice: "¿Qué es la envidia? Envidia es un pesar o tristeza del bien del prójimo". ¿Estoy triste por no tener en mi casa un frontón, un jardín y una piscina? No, porque en la mía no cabría todo eso. ¿Estoy triste porque mi papá no tiene un sillón de peluquería en su baño? No, porque no cabría ahí. ¿Estoy triste porque no tengo un papá que se hace manicura? No, porque no cabría en mi corazón. ¿Estoy triste porque Sarita tiene unas pestañotas y unos ojos verdes muy bonitos? Sí, porque los míos son café oscuro y mis pestañas chiquitas, aunque todas las noches me pongo aceite de ricino. Entonces, sí soy una envidiosa de pestañas largas, pero no de casas con frontón. Veo las manos del papá de Sari y me fijo en sus uñas. Se ven brillantes y como amarillitas, muy cortas. Seguro que le sudan, como las de mi primo Juan Antonio. Un día mi mamá, bromeando, le dijo que para que se le secaran le debería pegar a su mamá. «Ay, tía, pero ¿por qué dices esas cosas?», le preguntó mi primo muy nervioso. «Pues, porque no veo otra solución», le contestó. Desde ese día mi primo no la puede ver ni en pintura. Ahora, en la película aparece Sara montando su yegua que se llama *La Valentina* y es de color café chocolate. ¿Entonces *La Valentina* también es una yegua fina? Me la imagino con el uniforme del colegio, con un cuellote blanco, sus puñotes y su cinturonzote. Está preciosa. Sara dice que es de pura sangre, como nosotras, las yeguas finas. Después de ver a Sara saltar muchas bardas construidas con ladrillos, aparece soplando unas velitas de un pastel cubierto de merengue de chocolate. Sari disfrazada de Blanca Nieves y con un gorrito de papel rosa sobre la cabeza. Hay muchos globos y serpentinas por todos lados. Y cuando veo que en la fiesta estaban muchas de la clase menos Sofía, siento como si me hubieran dado una trompada en el corazón. «¿Por qué no me invitaste a esa fiesta?», le pregunto muy quedito para que no me escuchen ni su papá ni sus hermanitas. No me contesta. Se queda callada. «¿Te acuerdas, mi'jita, cómo nos hizo reír el payaso Firulais? ¡Qué señor tan simpático y educado! Me contó que era de Guadalajara y sus padres se oponían a que fuera payasito», comenta el papá. De repente veo aparecer a una señora con tipo muy elegante y distinguido. Se ve delgada. Es rubia y tiene el pelo largo con muchas ondas, parece como de anuncio de champú Breck. Viste un traje sastre gris. El saquito es como un bolerito y el cuello es de piqué blanco. Abraza y besa a Sarita. Las dos se ríen frente al lente de la cámara. ¡Son igualitas! Quiero preguntarle quién es, pero como estoy enojada no lo hago. «Es mi mamá», me dice de repente, como si hubiera adivinado lo que Sofía pensaba. Me quedo calladita. No me aguanto y le reclamo con un nudo en la garganta: «Ay, qué sangrona, Sari, ¿por qué no me invitaste a ese cumpleaños?» No me contesta. Veo que sus ojos se ponen más tristes.

que de costumbre. Veo que sus pestañotas brillan como si estuvieran húmedas. ¿También tendrá ganas de llorar? Me pongo seria. Cruzo los brazos. Siento feo. Tengo sueño. Algo me duele. No sé si son las anginas o el estómago. *Ay, papito, ya ven por mí. Ya me quiero ir a México. Ya no me gusta este rancho. ¿Qué tal si se aparecen los indios de Teotihuacán? Ya no quiero estar en esta casa tan grande y tan fría. Ya no quiero ver al papá de Sarita con sus uñas manicuradas y con su puro que mastica como si fuera chicloso.* El proyector con sus dos ruedotas continúa pasando la película. Srsrsrsrsrsr, hace la máquina. En la luz que proyecta hay muchas motitas que se mueven por todos lados. ¿De dónde vendrán? La pieza donde estamos está toda oscura. Las cortinas de tela escocesa están cerradas. La chimenea está encendida. Sobre la mesa, en una charolota de plata, hay torres de platos, vasos y refrescos. El mozo, con su saco blanco, nos pasa los platos, la servilleta y los cubiertos. Enseguida va a buscar los platones: «¿Taquitos, tostadas o tamales?», pregunta muy serio, poniéndose un brazo a la espalda. «No tengo hambre, gracias», le digo. ¡Mentiras! Lo que más se me antoja son los tamales de dulce con pasitas, pero como estoy enojada no pido nada. «No, gracias», dice también Sarita. Ella y Sofía están sentadas juntitas, por eso escucho su corazón que hace muy rápido bum bum bum. ¿Quién es la que está allí en la pantalla? La conozco, estoy segura de que la he visto en alguna parte. ¿A quién me recuerda ese león gordinflón? ¿Queeé? ¡Es Leonor! ¿También esa mensa fue a la fiesta? ¡Qué ridícula se ve! Comienzo a reírme. Ja ja ja, me río a carcajadas. Esta vez Sarita no me acompaña. «¿De qué te ríes?», pregunta el metiche del uñaspintadas. «Es que ese león más bien parece hipopótamo.» El papá se ríe. «Tienes razón, es un león un poco gordito, pero muy tierno», opina. «¿Tierno? Ja ja ja.» Beatriz está vestida de conejito y Ana María de china poblana. Tiene unas arracadas y sus moños son verde, blanco y rojo. A mí no me gusta decir 'colorado', así dicen las muchachas. En la falda llena de lentejuelas está dibujada un águila devorándose la serpiente. Las cuatas Vizcaya están de pastorcitas. Las dos tienen unos sombreritos de paja y unos chalequitos negros con agujeta muy bonitos. Las odio a todas porque se ven muy divertidas en una fiesta a la que no fui. Posan para la cámara. Le sonríen. Y Sofía no está allí. No sé qué hacer ni qué decir. No sé si reclamarle o de plano ponerme a llorar como una niña boba. Más que enojada, estoy triste. Prefiero hacerme la payasa. Eso me sale muy bien. «Ay, allí estoy yo. Allí, junto a la que está disfrazada del enanito Tontín. ¿Ya me vieron?», pregunto a gritos. «¿Dónde, dónde, Sofía?», quiere saber el papá uñaspintadas. Entonces me pongo de pie, voy a la pantalla y con mi dedo señalo a una niña irreconocible vestida de japonesa con una peluca negra y la cara toda talqueada, los labios de corazón y los ojos rasgados con un lápiz negro. «Aquí. Es que estoy tan bien disfrazada que ni yo me reconocía. ¿Verdad que me veo muy bonita de japonesa? Hasta parezco muñequita», digo con una voz temblorosa. «¿Ésa eres tú? De veras que no te reconoces para nada», comenta el menso del papá manicurado. «No es cierto», dice una de las hermanitas medio dormida. «Ésa es Tere, mi prima». Sara no abre la boca. Estoy segura de que está tan triste como Sofía. Me lo dicen sus pestañas que ya no se ven rizadas. Todas están para abajo. ¿Se sentirá culpable? *Híjole, Sari, ¡córtalas para siempre! ¿No que eras mi mejor amiga? A ti te he contado cosas que a nadie le he dicho. A ti te conté de mis polvos mágicos. Nada más a ti te he enseñado las cartas de mi hermana Inés. ¡Córtalas para siempre!* Tengo ganas de decirle todo esto, pero no me atrevo. Mi amiga respira fuerte, como si hubiera corrido mucho. Tiene la cara blanca y veo que sus ojos se hicieron

136

muy chiquitos. De pronto se para y dice: «Yo ya me voy». Le da un beso a su papá. «¿Te sientes mal, mi'jita?», le pregunta. «Es que ya tengo mucho sueño, papi.» Le da un beso y se va. ¿Qué hago? ¿La sigo? La sigo y con la mano le digo adiós al señor. Sus hermanitas ya están dormidas. A Rocío la carga el papá y a Paty, el mozo.

Después de caminar por un corredor muy largo que huele a sábana recién lavada, nos vamos a la recámara de Sara y sus hermanas. En la pared veo muchas fotografías de la familia montando a caballo. También hay unas en que se ven con trajes de nieve. El cuarto huele a Choco Milk. Me gustan las literas porque tienen una escalerita y están cubiertas con unas colchas con muchos patos Donald y muchos Mickey Mouse. La de la hermanitas está cerca de la pared y la de Sari cerca de una ventana que da al lado de las caballerizas. El viernes por la noche que llegamos al rancho y vi las literas, luego luego le dije: «Pido la de arriba.» De repente nos morimos de la risa al mismo tiempo: «Ya sabía que me ibas a decir eso. Ésta es mi litera, ¿por qué no nos dormimos juntas?», me propuso. Después nos fuimos al baño a desvestirnos. Su piyama es muy bonita, tiene muchas Campanitas, como la de Peter Pan, por todas partes. Se lo dije. «Me la compré en Disneylandia», me contó mientras nos cambiábamos. «¿A poco ya fuiste? ¿Y de veras es tan bonito? ¿Y fuiste al País de la Fantasía? ¿Y saludaste a Cenicienta? ¿Y viste a Dumbo? Cómo lloré con esa película», le platicaba mientras me abotonaba mi piyama de franela. El saquito es de una piyama que era de Amparo y el pantalón es de otra, de Paulina. Y en el momento que se quitó la camiseta vi que ya se le notaba un poquito el busto, pero no me quise fijar si ya tenía pelitos abajo porque me dio pena. En cambio Sofía es planísima. Tengo el cuerpo de Rosario, la novia de Popeye, flaco flaco. «A mí me gusta más tu piyama, porque está más calientita», me dijo, como si hubiera adivinado mis pensamientos. Luego nos fuimos a acostar. ¡Ah, cómo se mueve Sara en la noche! Parece batidora. ¡Hasta patadas da! Esa noche las dos tardamos mucho en dormirnos, entonces nos pusimos a platicar, pero muy quedito para que no se despertaran sus hermanas.

—Oye, Sofi, ¿sabes quién se va a ir de monja?

—¿Quién?

—La seño Paty.

—¿La seño Paty? ¿De veras? ¿Quién te dijo?

—Suzette, la hermana de *madame* María Goretti.

—Ay, pero si es la seño más joven, más guapa y más alegre de todas las seños del colegio.

—Pues sí, pero como es la consentida de la directora… ¿Te has fijado que siempre están juntas? Como que las dos se divierten mucho. ¿Te acuerdas que un día hasta las vimos jugando al hula-hula en el recreo? ¡Se veían chistosísimas! A lo mejor fue gracias a la directora que la seño descubrió su vocación.

—Mejor hubiera convencido a la seño Carmen, que es horrible. ¿Pero a la seño Paty, que se parece a Rebeca Iturbide?

—Dice Suzette que *madame* Marie Thérèse la convenció como convenció a su hermana, *madame* María Goretti.

—¿A *madame Pomme*?

—Eso dice la chica Suzette. Ella debe de saber, no ves que son hermanas.

—No te creo lo que me dices de la seño Paty. Un día le pregunté si tenía novio y me dijo que sí. No te creo porque es de lo más moderna, le encanta el cine y siempre ve películas sólo para adultos.

—Pues a lo mejor se peleó con su novio y por eso ahora prefiere casarse con Jesucristo.

—Y tú, Sari, ¿también te quieres casar con Él?

—¿Con quién?

—¡Con Jesús! Con Jesucristo.

—Sí, pero no se lo digas a nadie. Yo me voy a ir de monja no porque me hayan convencido las *madames*, sino porque me lo pidió el Niño Jesús y porque lo siento muy dentro de mí. Me quiero ir a las misiones.

—A mí nunca me lo ha pedido. Creo que yo no nací para monja. Yo nací para... para...

—Para maceta.

—¡Ay, qué mensa eres! No, yo nací... yo nací... yo nací... ¡para payasa!

De eso platicamos ayer en la noche, pero hoy no tengo ganas de platicar. Sigo enojada. Tomo la petaquita de Air France que me prestó mi hermana Aurora y sin decir una sola palabra me meto al baño. Primero me quito el vestido, luego el fondo, después la camiseta. Me dejo los calzones, me pongo la piyama y las pantuflas que me compró mi mamá en El Prototipo de la Moda. Son rojas y en el interior tienen como una piel de borreguito. ¡Qué calientitas! Me creo mucho con mis pantuflas. De una bolsita azul marino que dice KLM y que le regalaron a mis papás cuando se fueron en avión a Europa, saco mi cepillo y la pasta Forhan's. Me lavo los dientes. Me los lavo muy bien porque los tengo un poquititito amarillos, pero muy clarito. *Mamá, necesito frenos. Tengo los dientes demasiado separados. Mamá, tengo cuatro muelas picadas. Mamá, ya necesito ir con el dentista. Mamá, quiero tener la sonrisa de Esther Williams.* Hago un huequito con mis manos, lo lleno de agua y me lo echo en la cabeza. Me peino. Me veo en el espejo. *Estás triste, ¿verdad, Sofía? ¿Por qué dijiste esa mentira de que estabas en la película disfrazada de japonesita? ¿Quieres mucho a Sarita, verdad? Por eso no te enojes con ella.*

139

No te olvides que es tú única amiga del colegio. ¿Por qué mejor no le ofreces este sacrificio al Niño Jesús y la chocas con ella? ¿Qué más te da? Acuérdate que siempre ha sido muy buena contigo. Acuérdate que siempre te presta sus lápices Prismacolor. Acuérdate que siempre te da de su torta. ¿Qué te importa que no te haya invitado a su fiesta, si te invitó todo un fin de semana a su rancho? Tú eres la única de la clase que ha venido. Sal del baño, Sofía, y dile a Sari que quieres chocarlas. Anda, sécate esas lágrimas y busca a tu amiga, me dice la voz de mi conciencia. Ay, qué metiche. A veces me cae gorda, porque se cree muy sabia y muy juiciosa.

Me seco los ojos con la manga derecha del saquito de la piyama. Le sonrío a la Sofía del espejo. Tomo mi ropa. Salgo del baño. Lo primero que veo es a Sarita sentada a los pies de la cama de abajo. Se ve muy seria. Tiene los labios delgaditos, como dos ligas estiradas. Los tiene apretados. Las dos estamos serias. «¡Chócalas!», le digo. Casi no reconozco mi voz. ¿De dónde habrá salido ésta, que me pareció tan rara? ¿Del corazón? ¿Del estómago? Sari me mira con una sonrisa en los ojos, estira su dedo chiquito y Sofía el suyo. Los juntamos y la chocamos. Aunque ya no estamos enojadas, no se nos ha ido totalmente la tristeza. Sigue allí. Es redondita y tiene color humo. Me quito las pantuflas. Pongo mi ropa en una silla. Miro hacia la litera de las hermanitas. Las dos se chupan el dedo. En seguida subo por las escaleritas de la litera y me acuesto. Sari apaga la luz y me sigue para subir a la cama. Con el cuarto muy oscuro, nos tapamos. «Ay, tienes los pies helados», le digo a mi amiga. «Tú también», me contesta. Nos quedamos calladas. No tenemos sueño. Sari respira muy fuerte. Su cuerpo huele al caramelito que ponen sobre las campechanas. Su corazón hace bum bum bum. El mío también.

—¿Sabes que en mi fiesta me aburrí mucho? Te extrañé.

—¿A quién de tus dos hermanitas quieres más?

—Ése ha sido el cumpleaños más feo de toda mi vida.

—¿Y tú papá no extraña mucho a tu mamá?

—Sí, es cierto. Leonor se veía muy mal con ese traje de león.

—¿Te imaginas a la seño Paty de monjita? Híjole, qué lástima que se vaya a cortar ese pelo tan bonito que tiene.

—Sofía, quiero que sepas que tú eres mi mejor amiga.

—¿Por qué usa tu papá zapatos de dos colores?

—Quiero regalarte mi prendedor del colegio.

—¿Tú crees que se acabaron todos los tamales de dulce?

—Ya, Sofi, no te hagas la payasa. Ya nunca, nunca más hay que cortarlas.

—Tú la cortas, yo la corto, nosotras la cortamos, ustedes la cortan y vosotras la cortáis.

—Chica Sofía, te estoy hablando en serio. Nunca te olvides que eres mi mejor amiga. Las otras no me importan. ¿Quieres que te de un beso de mariposa? Dame tu mano y verás. Mira, si la pongo contra mis pestañas y cierro y abro los ojos muy rápido, es como si fuera el beso de una mariposa. ¿Te gusta?

—Mucho, se siente muy bonito. Oye, Sari, tengo ganas de hacer pipí.

—Yo también.

—Ay, pero me da mucha flojera bajar las escaleras.

—A mí también.

—Mejor nos aguantamos. A ver quién de las dos se aguanta más tiempo.

—Sí, mejor nos aguantamos.

—Oye, Sari, ¿te vas a ir al colegio del Pedregal?

—Claro que sí. Y tú también. Todas nos vamos a ir para allá. Dicen que está muy bonito. Que tiene unos jardines llenos de rocas volcánicas, con muchas flores salvajes.

—Yo sí quiero irme, pero voy a extrañar mucho San Cosme.

—También yo, pero es que ya no cabemos en el colegio. Somos demasiadas. Sofi, me estoy haciendo pipí.

—¿Y si las dos nos hacemos y decimos que fue la lluvia que mojó el colchón?

—¡Estás loca!

—¡Tengo una idea! Nos hacemos y luego cambiamos a tus hermanitas a esta cama y decimos que fueron ellas las que se hicieron pipí.

—¡Estás loca!

—¿Sabes lo que también podemos hacer? Abrir la ventana y hacernos afuera.

—¡Estás loca, está lloviendo muchísimo!

—*I'm singing in the rain…*

—Ya, Sofía, no te hagas la payasa. Voy a hacer pipí porque ya no me aguanto más.

—Voy contigo. Hagamos juntas pipí, como si fuéramos siamesas.

—Ay, Sofi, ¡estás loca!

Me gusta. Me gusta mucho la seño que nos tocó en quinto B. Tiene cara de buena persona y tipo de gente decente, como diría mi mamá. Sentada en la papelera que era de Patricia (dejó su olor a mandarina), la observo y la escucho: «Buenos días. Soy la seño Sol. Estoy muy contenta de ser su maestra. Como ustedes, yo también llevé ese mismo uniforme muchos años», dice con una sonrisa muy amable. Se pinta los labios con un rosa muy clarito. De repente se da la media vuelta y escribe su nombre en el pizarrón: Sol Cañedo. En seguida lo subraya y se para en medio de la clase. Tiene el pelo cortito, medio ondulado y pelirrojito; sus ojos son azules del mismo color que las flores que cortamos de la barda del patio para hacernos coronitas. Casi no tiene cejas, por eso se las pinta con un lápiz café claro. Si cierro un poquito los ojos para fijar mejor la mirada y verla con más claridad, observo que en la parte superior de su nariz respingada tiene pecas, unas grandes y otras chiquitas. Lleva puesto un suéter café oscuro, una blusa blanca camisera y una falda recta negra. En el cuello tiene una cadena dorada de la que cuelga una medallita. Sus zapatos negros, muy aseados, tienen tacón de *muñeca*. Mi nueva seño es muy joven y bonita, pero sobre todo muy dulce. *¡Qué raro que esta maestra se le haya escapado a* madame *Marie Thérèse, hubiera sido la perfecta monja!* Luego luego quiero llamarle la atención, pero no sé cómo. Toso dizque de una forma muy educada, pero ni caso ni cazuela. Bostezo delicadamente tapándome la boca, pero nada. No me ve. *Aquí estoy, seño Sol. Aquí, hasta atrás. Soy Sofía. Look at me. Regardez-moi.* Nada. No me tira ni un lazo. Junta sus manos blancas y nos dice que el quinto año de primaria tiene sus dificultades, pero "si estudian a conciencia saldrán adelante sin problema". Me encanta la esclava de oro que lleva en el brazo derecho. Seguro tiene escrito: Sol. ¡Qué raro nombre! ¿Se llamará Soledad, Marisol o Sol a secas? Si se llamara en inglés sería *Sun,* en francés, *Soleil.* ¿Y en chino? *Solecito.* Finalmente me echa una miradita y me sonríe. *¡Gracias, seño Solecita!* Por mi parte, le lanzo una sonrisa de oreja a oreja. Me ve como si me reconociera. A lo mejor está pensando: ah, ésa es la niña reprobada que me recomendaron. Me le quedo viendo como diciendo: sí, soy yo, pero le juro que con usted sí voy a estudiar. Volteo para todos lados; quiero descubrir o por lo menos reconocer a algunas de mis compañeras. ¡Todas están retefeas! Nada más conozco a la hermanita de Ofelia y a la de Mercedes. ¿Estoy con las hermanas chiquitas de mis compañeras? *Dejad que los niñas se acerquen a mí.* Extraño a las que es-

143

tuvieron conmigo el año pasado. *Leonooor, Leonorcita, ¿dónde estás? A mi mirada le hacen falta tus lonjas. Cuatitas, cuatitas Vizcaya, qué lejanas me parecen. En esta clase no hay ni gemelas, ni cuatas, ni siameses, ni triatas, todas son en singular. ¡Una por cada apellido! Beatriz, aunque no me soples, regresa y siéntate junto a mí porque ahora Sofía sí te va a soplar. Sara, Sari, Sarita, ¿por qué no viniste hoy al colegio? Sin ti me siento como una cojita. ¿Con quién me voy a carcajear? Patricia, te lo juro que ya nunca más te preguntaré sobre tu hermano malito. Socorro, Socorro, te quiero decir que mi mamá no tiene chofer, pero ahora te extraño tanto que estoy dispuesta ser tu chofera para llevarte a pasear a donde tú quieras. Rosita, ¿por qué pasaste de año y no reprobaste para acompañarme?* Me siento como abandonada, como fuera de lugar. De reojo, miro otra vez a las nuevas chicas, todas me parecen aburridas, chiquitas, aniñadas, pero sobre todo, desconocidas.

—Niñas, quiero que en una hoja blanca que les voy a repartir en seguida describan sus vacaciones. ¿Qué hicieron en estos dos meses? ¿A dónde fueron? ¿Qué lugares interesantes conocieron? Después quiero que me hagan un dibujo de lo que más les llamó la atención. Esto se los pido para conocerlas mejor y para que a partir de ahora juntas hagamos de esta clase todo un equipo. ¿De acuerdo? —nos dice la seño siempre con su sonrisa en los labios.

Sufro porque no salí de vacaciones. Me las pasé en mi casa arreglando cajones, roperos, clósets, andando en bici y patinando. Bueno, sí subí muchas mañanas a la azotea de mi casa para asolearme, pero eso no es muy interesante. ¿De qué escribo? *Sofía, ¿por qué no cuentas que fuiste a Cuernavaca con Chiqui? Podrías describir la alberca y los jardines del hotel y todo lo que hicieron juntas,* me dice la voz de mi conciencia. Abro mi cuaderno nuevo, *¡mmm, qué rico huele!* Si las hostias tuvieran olor, olerían a cuaderno nuevo. De mi estuche viejito saco la regla y mi lápiz bicolor que ya tiene sus dos puntas puntiagudísimas. Con la parte roja, con mucho cuidado trazo el margen. Me queda derechito. En seguida le quito el tapón a la pluma fuente Sheaffer que me regaló mi madrina y escribo despacito: "Vacaciones en Cuernavaca". Ah, qué bonita letra me salió. Me siento animada. Tranquila, porque estoy segura de que en muy pocos días la seño Sol y Sofía van a ser muy buenas amigas. Después de poner la fecha, empiezo a escribir:

En estas vaciones fui a Cuernavaca. Estuve en el hotel Casino de la Selva con mi amiga Chiqui y sus papás. En las mañanas nadábamos (Sofía en lo bajito) en la alberca, nos quemábamos con aceite de coco con yodo, nos columpiábamos y jugábamos con otros niños. En los jardines del hotel hay muchas flores de todos colores. Por la tarde, sus papis nos llevaban al centro a comer un raspado o a comprar dulces. También fuimos al mercado, donde me compré una pulsera de barrilitos y unos trastecitos de barro. En el zócalo hay una plaza con muchos árboles, bancas y niños boleros que tienen su cajita repleta de grasas para los zapatos. Allí también viven miles de pájaros negros que cantan muy fuerte. El sol en Cuernavaca brilla más fuerte que en México. Como que está más cerquita de la gente. El cielo es más azul. El domingo fuimos a misa de once a la catedral. Allí me confesé y después comulgué y pedí mucho por mis papás, mis hermanos y por la nueva seño que me tocaría en quinto. A la salida, el papá de mi amiga nos compró un globo de gas y un chicharrón. Al de Chiqui le pusieron chile y Sofía nada más lo pedió con limón. Entre todos los vendedores había un señor que tenía una jaulita con muchos canarios. Uno de estos pajaritos, después de ponerse su sombrero de charro y de hablar por un telefonito, de una caja sacó unos papelitos con nuestra suerte. El mío decía que me iba a casar y que iba a ser muy feliz. El de Chiqui decía que muy pronto recibiría una buena noticia. Luego fuimos a visitar unos jardines muy bonitos. El papá de mi amiga nos dijo que allí iban a pasear Maximiliano y Carlota, que eran como reyes que vinieron a gobernar a los mexicanos. Regresamos al hotel, nadamos, nos quemamos más y comimos unos taquitos de pollo. Más tarde jugamos pin pon, cartas y palillos chinos. Luego merendamos pan dulce y café con leche. Después mi amiga me leyó uno de sus libros que le traen de España. Vimos televisión y nos dormimos como a las diez de la noche. Cuernavaca es muy bonito. Creo que quiere decir cuerno de vaca. A lo mejor, en la época de los chichimecas las vacas nada más tenía un cuerno. Fin.

Un poquito más abajo de mi composición dibujé un sol gigante, con su carita haciendo una sonrisa. Le puse los ojos azules como los de la seño. También hice una alberca con niños jugando y muchas copas de árboles con los pájaros negros. El azul del cielo me quedó muy fuerte y desigual, porque no le pude pedir su azul Prismacolor a ninguna de las nuevas chicas. Me dio pena, además todas han de ser una bola de envidiosas. Pero como lo cubrí con un arco iris muy grande, no se veía mucho. *Ah, cómo extraño a Sari y sus colores, sobre todo el plateado, el dorado y el color carne 939. Los míos, Fantasía, no tienen este color, por eso mis caras, cuerpos, manos y piernas siempre me quedan demasiado anaranjados, como si mis personajes estuvieran enfermos o fueran indios piel roja.* El verde del pasto y las flores sí me quedaron bonitos.

Sí, ya sé que no conté toda la verdad, pero tampoco escribí puras mentiras. Porque Chiqui sí me invitó al Casino de la Selva, pero nada más un domingo. Si nos hubiéramos quedado más días, estoy segura de que hubiéramos hecho todo lo que escribí. Además, con mi letrota y el dibujo llené todo el espacio de la hoja. Como soy la primera en terminar, le llevo la hoja a mi nueva seño. «¿Ya acabaste?», me pregunta muy de buenas. «Es que me gusta mucho platicar por escrito», le digo también de buenas. «Pero por favor no se fije en mis faltas de ortografía.» Me mira y me dice: «Es en lo primero que me voy a fijar». La miro y le digo: «¡Híjole!» Se ríe. Me regreso a mi lugar. En seguida, saco el libro *Lecciones de historia patria* (a veces es bueno reprobar porque no se tiene que comprar libros nuevos, ni volver a forrarlos) y, como para lucirme con mi nueva maestra, lo abro haciendo un poquito de ruido. Me pongo a releer lo que subrayé el año pasado del primer viaje de Colón. "Consiguió también con muchos trabajos tres carabelas llamadas La Santa María, La Pinta y La Niña, en las que se embarcaron él y sus marinos." Cierro los ojos y repito muy quedito de memoria: salieron del puerto de Palos el día 12 de agosto de 1492. Luego releo y me doy cuenta de que me equivoqué. La fecha es 3 de agosto de 1492. *Qué bueno que reprobé, porque voy a volver a estudiar lo que ya se me olvidó,* pienso. De repente me doy cuenta de que la seño está leyendo mi hoja. Si miro con atención sus párpados sé muy bien en qué renglón de la composición va. Ahorita está leyendo lo que decía el papelito de mi amiga: que muy pronto recibiría una buena noticia. De vez en cuando sonríe, pero también de vez en cuando anota algo en el margen. Seguro sonríe por mis faltas gramaticales. *Ay, doña ortografía, ¿por qué no es usted mi amiga? ¿Por qué insiste en no juntarse conmigo?*

Chiqui es mi vecina, pero también mi amiga. Aunque no estamos en el mismo colegio (ella no va a uno de monjas, por eso siempre me está preguntando cómo son) nos hemos hecho muy buenas compañeras, porque a las dos nos fascina patinar en cuatro ruedas. Ella vive a una cuadra y media de mi casa, justo enfrente de la Librería de Cristal, en el primer piso de un edificio muy moderno. Su mamá es española y su papá es de Portugal. Los dos son muy guapos y muy buenas personas. Mi amiga tiene una hermana mayor que está estudiando en España. Es tan guapa que "para el tráfico de Madrid", así dice su papá. Chiqui se parece a su mamá, pero cuando junta sus cejas es igualita a su papá. Se peina con coletas, usa faldas escocesas muy rabonas y calcetines que le llegan a la rodilla. En la sala de su departamento, arriba de la chimenea, hay un cuadro de su mamá con mantilla y peineta. «Ay, señora, qué guapa se ve en esa pintura», le digo cada vez que paso por allí. Ella siempre está sentada en uno de los sofás color mostaza, zurciendo con un huevo de madera los calcetines de su hija o de su marido. ¿Será una gallina de madera la que pone estos huevos? Entonces se ríe y pregunta con su acento: «¿Te parece? Uy, y eso que fue hace muchos años». No sé por qué me dice eso, si todavía es muy joven. Por las tardes a veces la acompañamos al mercado de Polanco. Allí escoge con mucho cuidado las alcachofas, los ejotes, los betabeles, las toronjas y los melones. «En México todos son muy amables», dice después de que el marchante le pregunta cada cinco minutos: «¿Y hoy qué se va a llevar, reinita?» A lo mejor el señor cree que es la reina de España. Cuando regresamos, Chiqui y Sofía luego luego nos ponemos los patines (los míos son Remington, los de la tapita amarilla) y empezamos a dar vueltas a la manzana. Aunque la banqueta de Río Sena está retefea, patinamos muy rápido. A veces echamos carreras y nos vamos patinando hasta Río Nilo. «Ya hay que irnos, porque ya oscureció», dice mi amiga. Llegamos al departamento y veo a su mamá preparando la cena: «¿No te quieres quedar a cenar, Sofí?», me pregunta con su delantal puesto mientras mete los ejotes en una olla muy grande. «Sí, sí.

sí», digo. Me gustan más sus cenas que las que sirven en mi casa. (En la mía, además de sentir que no existo, siempre recalientan lo de la comida: sopa, arroz y cuete de res.) La mamá de Chiqui cocina rico. Hace tortillas españolas y canelones, o sopa de habas con pedacitos de tocino, o jitomates rellenos con ensalada rusa. En su despensa siempre hay pan Bimbo y medias noches para *hot-dogs*. Me gusta cómo le habla la señora a la única muchacha que tiene. Dice que es una "moza" muy lista. A mí me dice que soy "muy maja". En la mesa, mientras cenamos, los hago reír mucho cuando les cuento de las cartas de Inés y de las cosas que dice mi mamá. «A ver cuándo me la presentas», me dice la señora todo el tiempo, hasta que se conocieron. Aunque las dos se saludaron muy amables, me dio la impresión de que se vieron como con desconfianza. Al que creo que le cayó muy muy bien la señora fue a mi papito. Cuando la saludó, vi que la miró con mucha atención. Nunca le había cachado esa mirada. Hasta le brillaron sus ojos azules. «¿Qué tal les cayó?», le pregunté a los dos cuando se despidieron de ella. «Es guapísima», dijo mi papá. «Es una buena gachupina», dijo mi mamá.

En las vacaciones me invitaron a pasar un domingo en Cuernavaca. Sofi nunca había ido. Salimos muy temprano de México. Ese día traía el pelo suelto muy lacio y me puse un vestido marinero que me trajeron mis papás de Estados Unidos. En la parte de enfrente tiene seis botones grandes de concha nácar y es *chemisier*. La cintura me llega hasta mis pompis. (Mi mamá odia esta palabra, cada vez que la digo me regaña horrible y dice que soy una buena pelada.) Me quedaba muy bien, porque hasta el papá de mi amiga me dijo que me parecía a una actriz portuguesa. Chiqui se puso un vestido azul clarito con cuello y puños blancos. Me encanta su ropa. Toda se la compran en España en una tienda que se llama Galerías Preciado. Mi amiga se viste muy bien. Dice

Inés que todas las españolas tienen muy buen gusto para vestirse y que saben gastar el dinero porque han pasado muchas guerras. Chiqui tiene una falda que me encanta. Es gris oscura plisada, de una tela que se llama tergal y que no se arruga nada, nada. Se puede una sentar con ella más de veinte horas y no se arruga nadita. Su mamá le teje todos sus suéteres y en vez de botones les pone pompones de la misma lana. Pero lo que más me gusta de Chiqui es su colección de libros de una escritora que se llama Elena Fortún. Es la única niña de mi edad que conozco que lee libros y no historietas. Los tiene sobre una repisa que le da toda la vuelta a las paredes de su recámara. Muchos de ellos se tratan de cómo ve Celia, una niña de ocho años, el mundo de los adultos. Su gatito se llama Pirracas, y tiene otros personajes muy chistosos. Lástima que estos libros no se vendan en México, porque entonces Sofía sí leería. Un día llevé a la casa de Chiqui una historieta de la familia Burrón, les encantó. Su papá se moría de la risa y ahora, cada vez que me invitan a cenar, dicen: «Oye, Sofía, ¿no te quieres quedar a mover el bigote?» Y después se echan sus carcajadas a la europea.

Cuando íbamos por la carretera a Cuernavaca nos pusimos a cantar la canción de "Los elefantes". Después les canté una en inglés que me enseñó Inés y que dice: *Put another nickel in...* Luego, en un cuaderno que llevaba Chiqui jugamos al ahorcado, a las escaleras y al gato. Ella siempre me ganaba. El papá fuma pipa y tiene mucho acento al hablar español, pero se le entiende perfecto (habla como si tuviera una liga alrededor de la lengua): «Ya llegamos a Topilejo», nos decía muy orgulloso de su coche Opel. Después exclamaba: «Ya llegamos a Tres Marías. Dejen de jugar y siéntense muy derechitas porque en este tramo de la carretera hay muchas curvas». Su mamá no platicaba mucho. De vez en cuando nos preguntaba: «¿Seguro no se les olvidó su traje de baño?» «¿Trajeron su llanta?» «¿Traen una toalla?» «Chiqui, ¿te lavaste bien los dientes esta mañana?» «¿Hiciste tus gárgaras con Listerine?» «¿Te pusiste tu aceite de ricino en las pestañas?» «¿Te cepillaste el pelo cien veces?» «¿No tienen hambre?» «¿No se han mareado?» «¿Nadie quiere una pastillita de menta?» «¿No se les antoja una naranja o un plátano?»

Sofía no le dijo a la señora que se me había olvidado mi traje. Tampoco le dije que no llevaba llanta para la alberca, que no llevaba toalla ni sabía nadar. Ni que tenía hambre, ni que estaba mareada y quería una pastillita de menta. Aunque no se me note mucho, a veces la otra Sofía que también soy yo puede ser muy tímida.

Nos divertimos mucho en Cuernavaca. Ese domingo descubrí que me gusta mucho viajar. Me gusta ver por la ventana el campo, las montañas y los borregos o las vacas. Creo que si viviera en el campo sería una niña más feliz y libre. Allí no hay monjas ni maestras que reprueban, ni mamás que todo el día hablan por teléfono, ni coches, ni cláxones. En el camino hice una lista de resoluciones, como si fuera año nuevo.

«Qué quemadita», me dijo mi hermano cuando me vio por la noche. Mi mamá se separó un minutito la bocina de la oreja para decirme: «Te ves horrible». ¿Por qué odiará tanto todo lo que es moreno? En cambio mi papá me preguntó qué tal me había ido y también me preguntó por la mamá de Chiqui. «Niño Jesús, que no se me quite lo quemado. Quiero llegar al colegio toda bronceadita. Que no se me quite, porque tengo la impresión de que así me ven más en mi casa», recé antes de dormirme.

Tocan la campana para ir a recreo. Ya casi todas entregaron su composición. Las que faltan por hacerlo se apuran, suben los ojos al cielo, en seguida se agachan sobre su pupitre y escriben las últimas frases de su texto. Se escucha el ruido de las papeleras. Murmullos. Algunas se abotonan su nueva bata azul. A la mía le falta un botón, pero no se nota, porque es el último. Nos ponemos de pie y empezamos a hacer una fila larga. «Así como están formaditas, las que no han entregado su composición de las vacaciones déjenla sobre el escritorio y vayan tomando cada una su torta», nos ordena la seño con su voz almidonada. Poco a poco vamos pasando frente al cubo de las tortas. Allí es donde todas las mañanas las tenemos que dejar. *Ay, Sofía, si sabes que a esta hora te da mucha hambre, ¿por qué no trajiste torta?*, me empieza a decir la voz de mi intestino grueso. Por increíble que parezca, cada vez que estoy hambrienta escucho cómo platican mis dos intestinos, el grueso y el delgado. Esto nunca se lo he dicho a nadie, ni a Sari, pero juro por Dios que sí los oigo. (Qué raro que sí escuche a mis intestinos y que no haya oído lo que me dijo el Niño Jesús el día de mi primera comunión.) Mientras avanzo veo cómo cada una de las del salón estira un brazo, lo mete al cubo de madera pintado de rosa y saca un sándwich o una torta. *No la critiques, lo que sucede es que esta mañana Sofía no tuvo mucho tiempo para prepararse y tenía miedo de que la dejara el camión. Pobrecita, porque está hambrienta,* dice el intestino delgado. Me sé de memoria este diálogo, porque también lo escuchaba el año pasado que no llevaba torta. Una chica cachetona toma una bolsa de pan muy abultada, a lo mejor a ella le hacen dos. Tiene cara de comelona, seguro una de sus tortas es de tamal. ¡Qué asco! Una chica que se parece a otra agarra un paquetito envuelto en papel plateado, parece una pelotita de plata. La siguiente busca su lonchera de plástico azul entre muchas otras. ¿Qué llevará adentro? ¿Una torta de jamón con mostaza, o de paté? Quién sabe quién me contó que había una chica que llevaba su torta de pasta de dientes, porque antes de salir al colegio nunca le daba tiempo de lavárselos. A mí las que me gustan son las de pan Bimbo con leche Nestlé, o también como las que le preparan a Lupe Rodríguez, con frijoles negros molidos y pedacitos de chile jalapeño. A ella siempre se las envuelven muy bien con papel encerado, hasta parecen regalos de la tienda muy elegante que está en la calle de Niza. La dueña es amiga de mi mamá. *¿Estás sufriendo, verdad, Sofía? Por eso te estás distrayendo con tantas tonterías. Si ahorita tienes hambre es por tu culpa. Bien pudiste haberle pedido a Flavia que te preparara rápidamente una torta.* Tiene razón mi intestino grueso, qué me hubiera costado habérsela pedido, pero es que medio dormida como estaba en la mañana, y con las prisas para que me quedara muy bien mi trencita, de plano se me olvidó. *No es que no se te hubiera ocurrido, Sofía, es que las tortas de tu casa, confiésalo, no te gustan. Como generalmente te la hacen de bolillo con cajeta o de huevo revuelto, prefieres no llevar. Además, te molesta que no tengas lonchera. Odias las bolsas de la panadería, sobre todo cuando se llegan a manchar con el aceite del huevo.* También dice la verdad el intestino delgado, esas tortas no me gustan nada, por eso en recreo prefiero pedir, a las que se dejan, una mordidita de aquí y otra de allá. Sari es tan linda que el año pasado a veces me traía una especial nada más para mí. Un día me trajo una con crema de cacahuate marca Peter Pan que su papá le había traído de Estados Unidos. Mmm, estaba deliciosísima, tenía pedacitos de cacahuate. Me caen mal las que llevan loncheras, pero todavía me chocan más las que, aparte de su torta, llevan dinero para comprar en la tiendita del colegio. Allí también venden sándwiches, pero duros y secos. A mí nunca me dan dinero para gastar. Bueno, ni domingo me dan, salvo mi tío Jesús, pero a él casi nunca lo veo. La que siempre lleva su dinerito en una cartera roja es Isabel. A veces voy y le pido prestado. «Ay, no, chica Sofía, ya no te quiero prestar porque todavía me debes setenta centavos», me dijo el otro día. ¡Qué envidiosa!, ni que por esos centavitos se fuera a morir de hambre toda su familia. Una chica que tiene un chonguito horrible, parecido a un queso Oaxaca toma del cubo su lonchera escocesa. *Sofía, ¿por qué la criticas? ¿Nada más porque es dueña de una lonchera como las que te fascinan, sobre todo si llevan termo? Y todo por no haber traído torta. ¡Es tu culpa!* La verdad es que este diálogo ya me aburrió, pero si no como lo que sea, nunca lo voy a parar. Nada más faltamos cuatro para que se acabe la fila, dos que están adelante de mí y una altota que va a la cola. En el cubo solamente quedan tres tortas. Me muero de hambre. *Tranquilízate. No le hagas caso al intestino grueso. Entiendo que te sientas hambrienta. Pero yo todavía puedo aguantar hasta que llegues a tu casa. Eso sí, mañana que no se te olvide traerla.* ¡Qué lindo es mi intestino delgado! Le hago caso. Llega mi turno. Paso frente al cubo con cara de a mí en realidad ni me gusta comer en recreo, eso es para niñitas, además estoy a dieta, ¿ya se fijaron en mi cinturita? Giro la cabeza y veo que la niña más alta de la clase se lleva la última torta. Sale corriendo al patio. *¡Muertas de hambre!* Debería haber un club de niñas que no traen torta para que a la hora del recreo le quitemos las suyas a las que sí llevan. A lo lejos veo a mis compañeras, casi todas están comiendo. De repente se me acerca Beatriz con una de las cuatas y me dice con la boca llena: «¿Ya sabes que tu amiga la chica Sara está muy enferma?» En ese momento se me quita el hambre y mis dos intestinos se quedan mudos. «¿Quién te dijo?», le pregunto. «Nos lo vino a decir a la clase la directora. Dice que está muy muy mala.» De repente quiero ponerme mis polvos mágicos y desaparecer. Más bien se los quiero echar a la idiota de Beatriz y a la cuata y que desaparezcan para siempre. No les digo nada. Me doy la media vuelta. Voy corriendo a la dirección. Y a través del vidrio de la puerta, que está cerrada, veo a *madame* Marie Thérèse hablando por teléfono. Me ve y dice un momentito con dos dedos de su mano. La espero. Tiene cara de preocupada. Más que hablar, escucha y mueve la cabeza de un lado a otro. ¿Con quién estará hablando? Que ya cuelgue. Desde el lugar en que me encuentro veo que varias de mis ex compañeras están en grupitos de cuatro o cinco. Entre mordida y mordida voltean a verme. ¡Qué desaparezcan! ¡Bola de metiches! ¡Mironas! *Jesús mío, haz que cuelgue el teléfono la directora. Está peor que mi mamá. Pero, ¿con quién habla? ¿Con el inspector de la* SEP*? ¿Con la seño Paty? ¿Con el arquitecto del nuevo colegio del Pedregal? ¿Con Ruiz Cortines? ¿Con Dios? ¡Que ya cuelgue!* Por fin cuelga. Pasa, me indica con la mano.

—*Madame*, ¿es cierto que Sari está enferma?

La monja me ve con sus anteojos nuevos, tiene unas pestañas chiquitas. Parece asustada. Se agacha a mi altura.

—Sí, Sofía, está muy malita. Tienes que rezar mucho por ella a la Virgen María.

Por el tono de su voz y su mirada triste me doy cuenta de que lo de Sarita es de verdad muy grave. Pero, ¿qué tanto? ¿Qué enfermedad tendrá? ¿La misma que su mamá? ¿Desde cuándo está en cama? ¿Por qué nadie me habló durante las vacaciones para avisarme que estaba enferma? ¿Por qué no le hablé yo? ¿Por qué ninguna de las dos nos hablamos?

—¿Está en el hospital, *madame*?

—No, ya salió. Está en su casa.

—¿No sabe si su mamá ya se regresó de San Diego?

—Sí, su mamá y su abuelita están en México.

—Ay, *madame*, ¿verdad que Sarita no se va a morir?

—No digas tonterías, Dios no lo quiera, Sofía, no.

—¿Pero si lo quiere? ¿Qué pasa si sí lo quiere, *madame*?

—Sofía, no pienses en esas cosas. Lo mejor es que todos recemos por ella y por sus papás.

—Dígame que no se va a morir. Se lo suplico, *madame*.

—No, Sofía, no se va a morir. Pero no te pongas así.

—Es que siento que Sari se va a morir. Es tan buena y tan linda.

—Sí, es una alumna excepcional. Pero no llores, Sofía. Tranquilízate. Ofrécele estos momentos a Dios Nuestro Señor para que te ilumine y te haga fuerte.

—*Madame*, ¿por qué me habla así? Entonces sí es muy grave lo que tiene Sari. Dígamelo, por favor.

—Es una enfermedad complicada. Difícil de curar. Hay que tener mucha fe.

—Es que yo no la tengo, *madame*. No sé qué pensar, porque a veces ellos no escuchan mis oraciones. Ya me ha pasado. Les pedí que no reprobara y ya ve, *madame*.

—No, Sofía. No mezcles las cosas. No te pongas así.

Voy en el camión. Recargo mi cabeza contra la ventana. Bum bum bum. Cierro los ojos. Empiezo a rezar un rosario. Llevo la cuenta con mis dedos: *Dios te salve, María…* Me distraigo. Pienso en Sarita. Me acuerdo de nuestras carcajadas y me dan ganas de llorar. ¿Por qué se tuvo que enfermar Sara y no Leonor? ¿Por qué en su lugar no se enfermó *madame Moustache*? ¿Por qué se tuvo que enfermar Sara y no Sofía? No entiendo. ¿Por qué, si ella es tan buena alumna, tan buena amiga, tan buena hija, tan buena hermana y tan buena cristiana, se tuvo que enfermar? No entiendo. ¿Por qué no mejor el señor que le hace pasar corajes a mi papá en la oficina? ¿Por qué Sarita? No entiendo. Mis intestinos ya no se pelean, están tristes.

Llego a la casa. «No me siento muy bien. Me voy a ir a acostar un poquito», le digo a mi mamá. Se da cuenta de algo, me ve con sus ojos café oscuro y sus cejotas todas despeinadas. «¿Quién te metió un coraje?» La miro, despacito. La miro como si estuviera detrás de un cristal. La miro y no la miro. «Nadie, me duele el estómago.» ¿Por qué mejor no le digo la verdad, que me duele el corazón? ¿Se dará cuenta de la diferencia? Sofía sí sabe cuando mi mamá está triste. Ese día no se pinta la boca, no se arregla, se queda en bata sentada en un sillón de la sala y pone sus discos en francés. Después toma un mechoncito de su pelo y con sus dedos comienza a jugar con él, horas y horas, al mismo tiempo que canta cualquier canción de Charles Trenet. Sobre todo ésa que dice: *La mer au ciel d'eté...* «¿Qué te dijeron de tu mochila nueva?», me pregunta con las manos llenas de harina. «Nada», contesto. «¡Bola de envidiosas!», dice al meterse a la cocina. La casa huele a chile relleno, a jitomate, a aceite caliente. Comienzo a subir las escaleras. Uno, dos, tres, nueve, doce… Aunque nada más son veintiún escalones, me parecen dos mil: ochocientos doce, novecientos veinte, mil setecientos… Ya estoy arriba. Camino por un corredor muy flaquito. Doy la vuelta a la derecha y veo a Flavia de rodillas trapeando el baño. Me da lástima. Y ella, ¿hace cuánto fue una niña de doce años? Entro a mi cuarto. En una silla pongo la mochila que me compró mi mamá de barata en una tienda de curiosidades mexicanas en la calle de 5 de Mayo. No me gusta, está muy fea, parece de cobrador. En una parte tiene grabado el calendario azteca y en la otra, el águila devorando la serpiente. «¿Te das cuenta de que es de pura piel y está baratísima? Vas a ver cómo todo el mundo te va a preguntar dónde la compraste.» Me acuesto en la cama. Lloro contra el cojín. Lo muerdo. Sofía está muy sola. Y Sari está enferma.

Estamos todos sentados alrededor de la mesa del comedor. Veo a Flavia ir y venir con la charola en la mano. Antonio, mi hermano, se está haciendo un taco de aguacate. Se cree mucho porque su maestro lo felicitó frente a todos sus compañeros, porque fue el único que sabía quién era Victor Hugo. Sofía tampoco sabía que era un gran escritor que escribió una novela que se llama *Los mi-serables,* que ha de ser algo como la película *Nosotros los po-bres.* Emilia todavía no se acaba su sopa de fideo. Con la cuchara juega con todos los fideítos de su plato. Mi papá, sentado a la cabecera, está terminando su arroz blanco con plátano macho. Él es muy educado, se limpia los labios con la servilleta cada dos minutos, nunca habla con la boca llena, corta los pedazos de la carne muy chiquitos y nunca come el pollo con las manos. «¿Por qué no te lo acabaste?», me pregunta mi mamá en el mo-mento en que Flavia me retira el plato. «Es que el chile estaba muy picoso», le contesto. «¿Por qué no te cambiaste el uniforme?», pregunta mi papá. De pronto me doy cuenta de que sigo uniforme-mada. Como me dormí (¿me dormí?) llegando del colegio, está todo arrugado. Las puntas del cuello blanco están paradas.

—¿Qué te pasa? ¿No te gustó tu nueva maestra? —pregunta mi papá.

—Sí me gustó… Es que Sari está muy enferma.

—A lo mejor no es grave.

—¿Cómo dices que se apellida tu amiga? —pregunta mi mamá.

—Hernández.

—¿Hernández qué?

—Ay, mamá, te lo he dicho como un millón de veces. Mariscal.

—¿No será nieta del que fue secretario de Relaciones Exte-riores?

—No creo, porque don Ignacio fue ministro no me acuerdo si con Porfirio Díaz o con Manuel González. Pásame la sal —dice mi papá.

—¿No quieres otro chile, mi'jito? ¿Y entonces nadie en tu clase sabía quién era Victor Hugo? —le pregunta mi mamá.

—No. Yo fui el único. Hasta conté que le había escrito una carta a don Benito Juárez para que no mataran a Maximiliano.

—Lo fusilaran, mi hijo, lo fusilaran, "no lo mataran" —corrige mi papá.

A partir de ese momento no existo para nadie de la familia. No me importa. Estoy acostumbrada. Pero lo que más me duele es que tampoco exista Sari. Para mi mamá no existe porque se apellida Hernández. Si hubiera tenido un apellido doble, como los que le gustan, sí se hubiera interesado por mi amiga, pero ¿Hernández? Para ella no existen los Gutiérrez, los Pérez, los Martínez, los González, los Gómez y los Hernández. ¿Y si de verdad Sarita dejara de existir por completo? No, no, Dios mío. Estoy loca. *Se va a curar, se va a curar, se va a curar.* Mi hermano sigue platicando. Dice de memoria los apellidos de algunos compañeros de su nueva clase y mi mamá dice a cada ratito: "Ha de ser hijo de…" Antonio tiene una memoria como los que van al premio de los sesenta y cuatro mil pesos. Se acuerda de todo. Por ejemplo, se sabe de memoria el nombre de todos los presidentes de México, Estados Unidos y Francia; de los artistas y de todos los reyes aztecas, y todas las canciones de moda. Si le preguntan cuál es el *hit parade* en estos momentos, juro por Dios que empieza a cantar las canciones. Dice mi mamá que heredó la memoria de su familia. Y Sofía, ¿de quién? ¿De Tontín? ¿De Jerry Lewis? O de… Ya no me acuerdo. ¡Qué difícil ha de ser tercero de secundaria! Seguro mi hermano se va a sacar puros dieces. Me gustaría estar ya en ese año para usar medias y salir con muchachos. Cuando esté en sexto en el colegio Francés del Pedregal, Sari ya va a estar en la secundaria. A lo mejor ese año ya no nos vamos a poder ver mucho, porque voy a ser de las chicas, aunque sea más grande que ella. Y cuando pase a primero, Sari estará en segundo, y entonces, como las dos estaremos en secundaria, nos vamos a ver mucho más y vamos a salir con muchachos y vamos a ir al club Vanguardias y a las kermeses del colegio

Patria. Y vamos a ver películas de adolescentes y adultos. ¿Y si le digo que repruebe sexto o haga séptimo para entrar juntas a secundaria? Ni de chiste va a querer. Es tan aplicada que aunque quisiera sacar un cero se sacaría un diez.

Ahorita mi hermano le está preguntando a mi papá si Maximiliano y Carlota tuvieron hijos. «No, mi'jito.» En todos los desayunos, comidas y cenas, Antonio siempre le pregunta cosas de historia a mi papito. Es como si fuera su maestro. A veces también Sofía quiere preguntarle, pero no sabe qué. *Oye, papito, ¿por qué hay días en que te siento tan lejano? ¿Por qué nunca hablas? ¿Por qué estás siempre tan cansado?* Flavia me pregunta si quiero postre, pero digo que no con la cabeza. Ahorita no tengo ganas de nada. Como quiero hacer sacrificios para que se cure Sari, le digo a Flavia que me traiga las guayabas, que las odio. Me las como con todo y sus huesitos. *Que me ahogue, que me ahogue, que me ahogue...*

—Que vayas con la seño —me viene a decir Fátima corriendo. Esa chica se cree mucho porque es una de las del club de periodistas que publica en la revista del colegio que se llama *Azulitas*. Quién sabe cómo me encontró. Hoy también me robé... perdón, tomé prestada una torta, por eso vine a sentarme hasta la última banca del patio de recreo. «¿Dónde está?», le pregunto. «En la clase», me contesta. Corro al patio principal y a lo lejos veo a la seño Sol sentada en su escritorio. Tiene la cara cubierta con las manos. Está dormida o rezando. Entro al salón. Camino hacia ella. «Ah, Sofía, qué bueno que ya llegaste.» Toma mis dos manos. Siempre que las monjas o las maestras toman las manos de sus alumnas es porque les van a decir cosas muy importantes. Todavía no abre la boca la seño y ya siento lo que me va a anunciar. *No quiero oír, no quiero oír...* Cierro los ojos, los oídos y el corazón. No veo. No oigo. No siento. La seño sigue hablando. Sorda como estoy, nada más veo cómo mueve los labios despacito. Quién sabe qué tanto dice, que si así fue mejor, que si fue una niña escogida por Dios, que si la grandeza de su alma, que si siempre vivirá en nuestros corazones... *No oigo, no oigo, no oigo...* Que si en el cielo los ángeles del Señor, que si había tenido una enfermedad muy rara que se llama algo como lusamia o leucemia, que si en el cielo estaban alistando su nueva morada, que si sus atribulados padres, que si emprendió el viaje eterno... *No oigo, no oigo, no oigo...* La seño saca el pañuelo que tiene metido debajo de la manga de su suéter y me seca las lágrimas de la cara. ¿Por qué estoy llorando? Sólo Dios sabe. ¿Por qué estoy tan triste? Sólo Dios sabe. ¿Por qué se quiere morir también Sofía? Sólo Dios sabe. La seño me abraza. Me da un beso. «Sé lo que estás sufriendo», me dice muy quedito al oído. No sé. Sólo Dios sabe. ¿Lo sabe? Entonces, ¿por qué me quitó a mi amiga? ¿Por qué se la llevó? ¿Quién le dio permiso? No entiendo. Estoy enojada.

Siento, siento, siento...

¿A dónde se fue Sarita? Ya nunca, nunca, nunca la voy a volver a ver. ¿En verdad existe el cielo? ¿Nuestras almas se van realmente al cielo? ¿Dónde está el cielo? Si sus papás la querían tanto, tanto, ¿por qué la dejaron ir? ¿Para qué sirve tanto amor? Nadie me va a poder dar una respuesta que me haga aceptar esto. Me acuerdo de la poesía que mi papá siempre nos recita, la de "Margarita, está linda la mar". La princesita que se robó una estrella del cielo y su papá el rey la regañó y en ese momento apareció sonriendo el Buen Jesús y le dijo: "En mis campiñas esa rosa le ofrecí: son mis flores de las niñas que al soñar piensan en mí". Imagino a Sari en las campiñas del Señor, entre las rosas. Lo más seguro es que, como después de rezar se dormía pensando en el Buen Jesús, ahora está en sus campiñas. Pienso que puede verme desde donde está. Su verdadera patria es el cielo, allí es a donde pertenece. A lo mejor se convirtió en un pájaro precioso. Tal vez se va a poder echar del arco iris como en una resbaladilla y va a jugar con las estrellas y comer pedazos de nube y la Virgen María le va a contar cuentos. De lo que sí estoy segura es de que nunca la voy a olvidar y cuando sea grande cada vez que me acuerde de ella voy a volver a tener doce años, aunque sea viejita. Sari nunca se va a hacer ancianita, siempre va a ser niña. Sofía viejita arrugadita y mi amiga con la misma cara que tenía cuando nos echábamos nuestras carcajadas. En lugar de llorar pienso en las cosas bonitas, en el beso de mariposa que una vez me dio en la mano, en su sonrisa, en sus ojos pestañudos, en todos los colores que me prestaba y en todas las veces que me divertí con ella. ¡Cuántas cosas me dejó! ¿Para qué lloro? Es tonto llorar.

—Ave María Purísima.

—Sin pecado concebida.

—¿Hace cuánto que te confesaste?

—Hace como quince días, padre.

—¿Cuáles son tus pecados?

—Padre, todos los días me robo una torta en el colegio.

—¿No sabes que el cuarto mandamiento de Dios dice "no robarás"? Cuando sientas hambre, ofrécele ese sacrificio al Señor. Rézale a la Virgen María. Pero, ¿por qué no llevas tu propia torta?

—Es que en mi casa nunca compran pan Bimbo y no me gustan las de bolillo. ¿Qué puedo hacer, padre, para no dejarme tentar por el diablo? No lo puedo evitar, ya me acostumbré. Además, hasta ahora no ha habido una chica que me reclame.

—Por lo pronto desayúnate mejor y reza un Vía Crucis... La que sigue.

Pero aparte de robarme, perdón, de tomar prestada una torta todos los días, este año he sido buena alumna. Todas las tardes hago mi tarea y estudio mucho para no reprobar, otra vez, quinto año. Además, adoro a la seño Sol. De todas, es la primera maestra que cree en mí. «Tú puedes», me dice cada vez que se acercan los exámenes. De alguna manera, esta confianza me hace sufrir, me hace sentir profundamente culpable. *Ella cree en mí, cuando en realidad soy una ladrona de tortas. El día que se entere la voy a decepcionar mucho*, pienso triste.

Llega el día de los premios de fin de año. Ya sé que, gracias a Dios, pasé de año. Lo que no sabía es lo que pasaría durante la entrega de premios. Me veo con mi uniforme azul marino recién salido de la tintorería. Estoy nerviosa porque no sé qué medallas voy a sacar. Aunque tengo muy buenas calificaciones en aprovechamiento y en conducta, me siento insegura. Poco a poco dicen los nombres de las medallas de aplicación: María Cristina, Enriqueta y Ofelia. Las hermanas Cortés me hacen ojos como diciendo híjole, chica Sofía, a lo mejor reprobaste de nuevo. Las miro como diciéndoles no sean estúpidas, brutas e imbéciles: esta vez no será así, porque mi seño Sol creyó en mí. Laura se ve muy pálida, mientras que Victoria me hace bizcos. De pronto, escucho mi nombre: «*Médaille de politesse pour...*» No lo puedo creer, ¿me están dando la medalla de buena conducta? ¿Cómo es posible, si nada más se la dan a una alumna de primaria, una de secundaria y una de preparatoria? ¿Cómo es posible, si para merecerla hay que tener una conducta ex-ce-len-te los 365 días del año? ¿Cómo es posible, si para decidir qué alumna la merece le preguntan a todas las seños y las *madames* del colegio, al jardinero y a los choferes de todos los camiones? ¡No, no lo puedo creer! Frente a todo el colegio, *madame* Marie Thérèse coloca sobre mi cuello blanco la medalla. Estoy feliz, pero a la vez, me siento muy infeliz por algo que siento que está gritando la voz de mi conciencia. Le urge hablar con la seño Sol.

Al salir del salón de actos, la busco. No la encuentro por ningún sitio. «¿No ha visto a la seño Sol?», le pregunto a *madame* St. Louis. «*Je crois qu'elle est dans sa classe*», me dice. Corro hacia el salón. Atravieso el patio y me encuentro con *madame* Leticia. «Felicidades», me dice. Hoy el día está tan soleado que el colegio me parece más bonito que nunca. Estoy feliz, pero triste, porque es el último día de clases y el año próximo las alumnas nos iremos al colegio del Pedregal. Finalmente llego a la clase. Allí está la seño sacando unas cosas de su escritorio. Allí está con su pelo cortito. Allí está muy sentadita ordenando unos papeles. «Seño, necesito hablar con usted», le digo con voz temblorosa.

—No merezco esta medalla.

—Ay, Sofía, ¿por qué dices eso?

—Porque todos los días me robaba una torta. ¿Se da cuenta, seño, que todos los días dejaba sin torta a una de mis compañeras? Soy de lo peor. No merezco esta medalla. Tómela. Aquí está. Soy una ladrona de tortas.

—No te preocupes. No te pongas así. Escúchame bien lo que te voy a decir. No tienes que sentirte culpable de nada. Créeme que si alguien de la clase merece esa medalla, eres tú.

—No, seño. Le estoy diciendo la verdad, diario me robaba una torta.

—Esa torta que te llevabas todos los días, no te la robabas, te la traían.

No lo puedo creer. ¿Quién me la traía si nunca me hice amiga íntima de nadie de quinto B? ¿La seño Sol? ¿A poco Sari me la mandaba desde el cielo? No sé qué pensar. La seño Sol se me queda viendo y me sonríe. Le doy un beso. Salgo corriendo de la clase. Me meto en uno de los baños. Me siento sobre la tapa del excusado y con las manos sobre la cara me echo a llorar. Lloro porque mi mamá nunca llegó a los premios. Lloro porque es el último día de clases. Lloro porque ya nunca más volveré a San Cosme 33. Lloro porque soy la más vieja de la clase. Lloro porque la seño Paty se metió de monja. Lloro por ser una hambrienta de tortas de pan Bimbo. Lloro porque no reprobé. Lloro porque me saqué la medalla de *politesse* cuando ni soy educada. Y lloro porque soy una idiota, bruta, imbécil. Estoy tan triste, que sin darme cuenta empiezo a hablar solita. Le platico a mi colegio todo lo que lo voy a extrañar. Se lo digo bajito como si fuera un secreto. Tengo la cabeza metida entre mis dos manos y le digo muchas cosas a San Cosme. Cosas que nunca le había confesado: «¿Sabes qué, mi querido colegio? Voy a extrañar tus patios donde jugaba quemados con mi amiga; el patio de tus arcos donde muchas veces hicimos gimnasia; tus baños donde lloré tanto y me comí, a escondidas, 275 tortas robadas en el año de 1957. Voy a extrañar tus papeleras llenas de rayones y manchones de tinta, en especial en la que se sentaba Sari. Voy a extrañar el escritorio de la seño Sol, tus pizarrones verdes en donde pintamos tantos dibujos con gises de colores por el Día del Maestro, tus basureros a los que echaban los exámenes rotos de las niñas que copiaban. Voy a extrañar cada uno de tus veintinueve escalones que subí y bajé tantas veces; tus pasillos largos largos que recorrí con lágrimas pero también muy divertida. Voy a extrañar a Chuchito, el portero y a la viejita que se pone a la salida con sus ramitos de pensamientos que siempre me fiaba cuando se los compraba a la seño sol. Voy a extrañar el señor que vende las charamuscas de todos colores y al del carrito de paletas heladas. Voy a extrañar tu olor a viejito y a cebolla. Voy a extrañar el dinosaurio que está en el museo de Chopo y que veíamos desde el patio del recreo. Voy a extrañar las florecitas azules con las que nos hacíamos las coronitas y crecían entre la hiedra de los muros. Voy a extrañar tus bancas despintadas, el salón de actos con su piano y la dirección donde tantas veces me regañaron. Voy a extrañar los caracoles de tus patios, las catarinas y los ciempiés. Voy a extrañar tus espiros, tus columpios, balones y reatas y la fuente tan bonita con todas sus macetas que estaban alrededor. Voy a extrañar tus arbolitos que siempre estaban medio secos y sin hojas y el "preau" donde esperé tantas veces a mi mamá. Voy a extrañar tus puertas con sus ventanitas que cada vez que se abrían hacian un ruido horrible. Voy a extrañar la capilla, tu viejo portal y el reloj de la entrada que siempre estaba avanzado de dos minutos. Voy a extrañar tu campana (te apuesto lo que quieras que en el otro colegio va a ver un timbre), la de la hora de la entrada, la de la salida, pero sobre todo, la del ¡¡¡recreo!!!»

Mi muy querida Sofi:
Antes que nada, permíteme felicitarte por tan bonito premio. ¡La medalla de *politesse*! Es decir, el premio de buena educación, de cortesía, de respeto a los demás! ¡Te felicito, Sofi! ¿Qué te dijo mi mamá? ¿Que es gracias al ejemplo de mi papá, el hombre más educado, considerado y cortés del mundo? En verdad que te felicito porque es más difícil aprender a ser *poli* que muchas otras cosas. Presumí de ti con una de mis maestras y mis amigas Claudine y Claudie. La profe dice que la *politesse française* es lo primero que se le enseña a los niños en Francia y que, precisamente, el país es famoso universalmente por la excelencia

de su cocina y el refinamiento de su *politesse,* que se considera la única manera de *savoir vivre* entre seres civilizados. ¿Qué tal de presumida? Para que te sientas más orgullosa de haber obtenido esa medalla, permíteme decirte que *la politesse* se convirtió en tema de discusión sobre el significado y la necesidad real de ser educado, tener buenas maneras, conocer las reglas de la etiqueta y ser cortés. Se habló de que en tiempo de Luis XIV, por ejemplo, para pertenecer a la corte en el castillo de Versalles tenías que ser muy bien educada, lo cual quería decir que tenías que saber todas las reglas de *la politesse*, que incluye las de etiqueta, la elegancia en el buen vestir, el refinamiento y el uso del lenguaje apropiado, pero muchos cortesanos habían llegado a tales extremos que caían en la total ridiculez por lo afectados, poco auténticos y cursis. También había los que muy educadamente eran unos malvados e hipócritas que se escondían detrás de sus buenas maneras para hacer de las suyas. Por eso llegamos a la conclusión de que lo más importante es la *politesse du coeur,* que consiste en parecer que te olvidas de ti misma por los otros. No nada más debe uno aprender buenos modales, a comportarse bien, saber comer, escuchar, no interrumpir, etcétera, etcétera, sino a tener consideración por los demás. Entonces, mi querida Sofi, así como mi papá nos dice que lo cortés no quita lo valiente, en tu caso particular lo traviesa no quita lo cortés, y ya que fuiste merecedora de ese premio, ojalá que lo cortés te quite lo traviesa. Tú eres una traviesa muy bien educada. ¿Qué te dijo mi papá? Te apuesto que se puso muy contento porque ya ves cómo insiste en que no gritemos ni nos peleemos, y no nos queramos lucir, y seamos discretas y bien portadas. Tal vez lo logró contigo. (¡!¿?¡!)

Me contaron una anécdota muy bonita. La emperatriz Eugenia de Montijo estaba arreglándose frente al espejo de su tocador y su marido, el emperador Napoleón III, le preguntó si sabía cuál era la diferencia entre ella y su espejo. Ante la respuesta negativa de su esposa, declaró: «*Vôtre miroir réflechit et vous, vous ne réflechissez pas*». La emperatriz, muy ofendida, le preguntó a su vez cuál era la diferencia entre su espejo y él. El emperador no supo qué contestar y ella le dijo: «*Mon miroir est poli et vous, vous ne l'êtes pas*». Con lo cual el emperador se sintió muy mal. Ya te diste cuenta de que *poli* también quiere decir pulido. No fue muy cortés el emperador. Por algo Victor Hugo le decía *le petit Napoléon*.

Ya me imagino cómo se quedaron tus amigas con tu premio tan especial, sobre todo esa Leonor. Por cierto, ¿sabías que en Francia es de mala educación ser gorda? Por lo tanto, si viviera aquí sería una niña muy mal educada. Vas a tener que dar muy buen ejemplo, pero no te vayas a tomar muy en serio eso de que eres muy educadita y dejes de ser como eres, espontánea y natural. Te felicito de todo corazón y me da mucho gusto que tu profesora haya sabido ver en ti tan bonita virtud. Amparo y Paulina dicen que la que es bien educada y te hizo una cortesía es tu maestra, por haberte dado un premio a pesar de lo traviesa y floja que eres. Qué poco *polies* son, ¿verdad? Parte de ser tan bien educada también implica la educación escolar y académica, así es que de ahora en adelante le tienes que poner más atención a tus estudios para que seas completamente bien educada y seas de una *politesse* absoluta.

Tú que eres tan curiosa y tan inquieta, en cuanto empieces a interesarte en los libros te vas a fascinar de todo lo que vas a aprender. Pon de tu parte, Sofi. Trata de convertirte en lo que realmente eres. Una chica formal.

No dejes de escribirme, ¡todo!

Tu hermana que te quiere y extraña, Inés.

Capítulo 4

𝒫ara dar las gracias a la Virgen de Guadalupe porque los
exámenes de sangre de mamá grande salieron bien y
porque Sofía pasó de año, ella y su tía Guillermina van a pie a
la Villa. Es sábado muy temprano, hace calor y el cielo está gris.
Mina lleva su mantilla sobre los hombros y en sus manos trae
un rosario, mientras que Sofía sostiene una bolsita de cacahuates garapiñados rojos. El camión Peralvillo-Cozumel las llevó
a la glorieta de Peralvillo para empezar allí su peregrinación por
la calzada de los Misterios. Las dos caminamos muy cerca una
de la otra. Veo los zapatos viejos y empolvados de mi tía, en seguida miro los míos y me doy cuenta de que están igual de sucios.
Mina tiene la costumbre de cortar un poco el cuero de sus zapatos
en cada esquinita, porque dice que con el empeine tan levantado
que Dios le dio, le aprietan mucho. Siempre se le ven sus medias
color carne Prismacolor 939 muy aguaditas, sobre todo en la
parte de los tobillos. No usa liguero, se pone una gran liga en

cada pierna. En mi libro de ciencias físicas y naturales dice que no hay que entorpecer la circulación, si no la sangre no llega al corazón. ¿Cómo hará la de mi tía para llegar al suyo? Un día le pregunté si no tenía miedo de que se le gangrenaran las piernas. «Ay, Sofía, qué cosas se te ocurren, con razón exasperas tanto a tu mamá», me dijo furiosa. Le tuve que pedir diez veces perdón diciéndole que como tenía una sobrina muy sangrona, era normal que saliera con ese tipo de puntadas.

Mi tía camina dando brinquitos, por eso a cada paso que da se le mueven sus anteojos de aros de metal que tienen mucho aumento y se le abre un poquito la blusa y se asoma una cadena de oro que nunca se quita. De la cadena cuelgan muchas medallitas. La que más me gusta, porque brilla muy bonito, es la de la Virgen de Lourdes, que es azul turquesa y se compró en un viaje que hizo con muchos sacrificios a Francia. Hasta acá me llega el olor de su agua de colonia Sanborns. Antes de salir de su casa se pone litros de colonia porque dice que la fragancia de las flores de naranjo la refresca todo el día y le recuerda las noches de Guadalajara.

Mina, como también la llamo, siempre se viste igual: una falda oscura, una blusa blanca de algodón y un suéter que ella misma se teje. Hoy se puso el lila palidito con botones de concha nácar. De todos los que tiene, es mi preferido. En la parte de enfrente tiene como unos rombos hechos con el mismo tejido, dice que lo sacó de una revista italiana porque los tejidos de allá son los mejores del mundo. (Esa revista la guarda como si fuera oro, porque en ella aparece una fotografía de un actor de cine italiano del que estoy segura está enamorada secretamente, Marcello Mastroianni.) Guillermina es la hermana más joven de mi mamá. Es igual de platicadora, a ella también le encanta hablar horas por teléfono, le encanta la música francesa, le encantan los dulces cubiertos y está obsesionada con el tiempo pasado. Siempre habla en ese tiempo, casi nunca conjuga el presente y menos el futuro. A Sofía le gusta güirigüirear mucho con ella, en primer lugar porque le contesta todas sus preguntas indiscretas como si fuera una persona adulta; en segundo, porque le cuenta muchas historias que tienen que ver con el México de antes; y en tercero, porque se sabe los chismes de todo el mundo, incluyendo a los presidentes y a los artistas de cine de Hollywood, pero sobre todo de las familias bien. «Que no te impresione tu amiga, yo conocí a la mamá y era una pobretona que vivía en una vecindad de Peralvillo. Tenía una tía que era mesera en el café Tacuba, y su abuelo, un bueno para nada, se la vivió toda su vida sentado en un equipal.» Mina no está casada, pero estoy segura de que es la novia o la hermana o la prima o la amiga o lo que sea con-sen-ti-da, de Jesucristo. Lo adora. Habla de él como si fuera su novio, su esposo, su hermano, su papá o lo que sea. Todos, toditos los días va a la iglesia de la Votiva, que está juntito a su casa. Todos, todos los días se confiesa y comulga.

—Padre, no quise que me diera la comunión el padre Martínez, porque me impresiona su mano tan prieta.

Todos los días reza el Vía Crucis y el rosario. Es tan devota que se puede quedar horas hincada y sus rodillas nunca se cansan, pero sí se quejan, porque el otro día escuché cómo hacían sus huesitos algo como clic clic. Siempre que voy a su casa (pobrecita, parece que en cualquier minuto se va a derrumbar) nos encerramos en su recámara, que huele a los arrayanes que tiene escondidos entre sus camisones de franela en el ropero, y me pone su colección de discos antiguos. El que más escucha es uno que se llama *Lisboa antigua*. Dice que con esa música se acuerda de un novio que tuvo hace muchos años, con el que por tantito se casa, si no es porque mamá grande se cayó de ese camión Juárez-Loreto que le rompió los huesos de la pierna.

No sé cómo le hará mi tía Guillermina, pero puede platicar y rezar al mismo tiempo. Le pregunto cómo le hace. «Ya me acostumbré. Rezo mientras me baño, cuando me visto, cuando me desvisto, cuando veo la tele, cuando voy en el camión y hasta dormida. Recé mucho para que no reprobaras y ya ves qué bien funcionó. Cuando tu amiga Sari estuvo muy enferma también recé por su alma», dice a la mitad de un Padre Nuestro. A veces mi tía me da lástima. De todos sus hermanos, ella es la única, con su hermano que es médico, que cuida a mi mamá grande. Como no tiene criada, porque siempre la exasperan y no las aguanta ni dos minutos y medio, ella es la que va al mercado Juárez, hace la comida, paga el teléfono y la luz y además le cocina a mi abuelita, la baña, le da sus medicinas, la inyecta «Ahora, mamá, voltéate del lado izquierdo porque ayer te tocó en el derecho»; le lee el periódico «¿Quién crees que nació ayer en el hospital Francés? Una tataranieta de don Porfirio»; le comenta los programas de la televisión «Mamá, te voy a poner el estudio de Pedro Vargas»; le pone 30 veces el "patito" para que no se haga pipí en la cama siempre cubierta con muchos hules; y le platica de toda la gente que se encuentra en misa de una en la Votiva «Ay, mamá, si vieras qué feas se han puesto las cuatas Hernández, parecen león de tapete». Mi abuelita está mala de los huesos y no puede caminar. Desde que soy chiquita la he visto acostada en la cama en medio de muchas almohadas. Cuando de vez en cuando la sientan frente a la ventana que da a un taller de coches, le ponen una llanta cafecita como para ir a la playa, pero que nada más se compra en la farmacia, y en una mesita cubierta con un mantelito blanco le acomodan todas las cosas que necesita para arreglarse por las mañanas: una cajita de polvo, sus horquillas, algunos pasadores, su espejo de mano, su red, sus rellenos para el chongo, muchas bolitas de algodón, la lima para las uñas y un cepillo en el que siempre hay muchos pelos blancos enredados. Casi no habla y siempre tiene la mirada como perdida. Tiene un ojo azul y otro café oscuro. ¡Qué raro que Dios hubiera dudado qué color de ojos ponerle! A lo mejor nació un domingo y estaba cansado. Un día le pregunté a mi mamá grande si por cada ojo veía las cosas distintas y si sus lágrimas eran bicolores. No me contestó. «¿En qué tanto pensará?», le pregunto a mi tía. «Pobrecita de mi mamá, se ha de acordar de muchas cosas, quizá de cuando era joven, de la Reina de Noche, la flor más bonita de Guadalajara, de los balcones que tenía en su casa frente a la catedral, del carácter tan difícil de mi papá, y de su mamá, que murió cuando ella era muy chiquita. Siento que a la pobrecita se le está yendo la vida sin darse cuenta. Oye, por cierto, no hay que regresar muy tarde porque si no se exaspera Concha Villa y es capaz de dejarla sola. Dame otro garapiñado», me ordena. Se lo doy con los dedos todos enmielados. Lo mastica con fuerza con sus dientes muy sanos, blancos y parejitos. Dice que los tiene así porque come mucha caña y porque cuando era jovencita se los lavaba con tortilla quemada. A mi tía le encanta comer; aunque no es gorda, su estómago sí lo tiene muy gordito. «Te deberías fajar. No hay nada como una buena faja», le aconseja todo el tiempo mi mamá. «Así me gusta, así me gusta», repite una y otra vez cuando alguno de sus hermanos le dice que está muy gorda o muy fachosa. También a mí, así me gusta, porque estoy segura que no hay dos tías como Mina en todo el mundo.

Qué raro, nos quedamos sin conversación. Caminamos como sonámbulas. Escucho su respiración. Se oye agitada. ¿Le estarán apretando mucho las ligas de sus medias? Bum bum bum, hace su corazón. ¿Qué haría si en estos momentos se desmayara? Llamaría a la Cruz Verde. No, mejor me la llevaría cargando hasta la Villa. Entraría con ella en los brazos y le pediría a la Virgencita que me hiciera el milagro de curarla. Ay no, mejor que no se desmaye porque ha de estar bien pesadita.

—Oye, tía, ¿por qué no me platicas de mi mamá cuando era chiquita? —le pregunto como para empezar una conversación.

—¡Era trrremenda!

Siempre me contesta lo mismo y con muchas rrr. Pero no lo dice feo, más bien como si la admirara. Veo que sus ojos medio saltones se iluminan. A lo mejor en estos momentos se acaba de acordar de una de tantas travesuras que hacía su hermana mayor. Seguimos caminando. Tengo la boca llena de los últimos garapiñados, y mi tía la tiene llena de oraciones. «Te voy a contar algo de Inés que nunca te he contado», dice y después se queda callada. ¿Qué será? Me muero de ganas de saber lo que nunca me ha contado. *¿Qué será, será…?,* como dice la canción que canta Doris Day. ¿Será un secreto? ¿Podrán las mamás católicas tener secretos? ¿Cuántos? ¿Cuáles? «No, mejor no te cuento nada.» Se queda callada. No sé si insistir, al fin que falta mucho para llegar a la Villa. Apenas vamos por el tercer misterio de los catorce. (¡Qué horror!, faltan ooonce para llegar. Nada más de pensarlo, ya estoy cansada.) Pero si se entera mi mamá, es capaz de matar a su hermana. Que mejor no me cuente nada. Además, ¿qué tal si un día me enojo con ella y le grito en su cara lo que me dijo mi tía? ¿Enojarme con mi mamá? ¡Ja ja ja! Sofía primero se enojaría con la madre superiora, con *madame Diable,* con el papá de Sari, con el presidente de la república y hasta con el Papa antes que enojarse con su mamá. ¿Cómo podría enojarme si para ella no existo? Por eso mi tía me puede contar con toda confianza todo lo que se le dé la gana. ¿Quién más sabrá lo que de seguro Mina se muere de ganas de contarme? Porque eso sí, te conozco, mosco.

—Tooodo México se enteró, ella misma se lo contaba a todo el mundo —me dice como si acabara de leer mi pensamiento.

Ah, qué tía tan adivina. Entonces, cuéntamelo por favor, tiíta linda, quiero saber todo acerca de esa señora que siempre está hablando de los demás. Me encantan los secretos: los de las monjas (hoy vi mi cuerpo completamente desnudo en el espejo), los de los sacerdotes (estoy enamorado de una *madame* del colegio Francés, pero ¿cómo se lo digo a la monjita del colegio Tepeyac?), los de las señas (le puse diez a Patricia porque su mamá me regaló un perfume Chanel número 5), los del chofer de mi camión (me gusta quedarme con los cambios de la gasolina), los del papá de Sari (sí, sí, sí, hice muchos negocios chuecos cuando Miguel Alemán era presidente), los de la gorda de Leonor (todos los bolillos que me encuentro en la casa los escondo detrás de mi cama), los de *madame Perruque* (por las noches me pongo una peluca igualita a la melena de María Felix). ¿Y los de Sofía? Ésos no los conozco. No es cierto, no es cierto, digo dos veces como hace el Loco Valdez, sí los conozco, lo que pasa es que son tan secretos que, después de contármelos, me juro por todos los santos del cielo no repetírmelos nunca más, para no traicionarme.

Creo que a mi tía ya se le olvidó lo que me iba a contar, porque sigue camina y camina, reza y reza, y come y come garapiñados. Tiene los dientes rojos. «Tía, ¿ya te diste cuenta de que nos está siguiendo un perro amarillo?, ¿no tendrá rabia?», le pregunto con un poquito de miedo, pero ni me oye. Ay, pobre perrito, ¡qué flaco, hasta se le ven las costillas! Parece marimba. A lo mejor él también le prometió a la Virgen de Guadalupe ir a pie a la Villa. ¿Qué milagro le habrá hecho? ¡Cuántos perros callejeros pobres tiene esta colonia tan pobre con casas tan pobres bajo un cielo pintado de gris pobre! Un día a mi hermano lo mordió un perro que siempre estaba en la calle de Guadiana. Para que a Antonio no le diera rabia tuvieron que ponerle quién sabe cuántas inyecciones en el estómago, ¡auuuch! Alguien me contó que a los rabiosos les sale espuma por la boca, se les pone mirada de perro y si uno de ellos te muerde, en un dos por tres te da rabia y hasta te puedes morir.

—¿No que me ibas a contar algo, tía?

—Ay, qué terca eres. Es que no sé si contártelo o no. Le tengo pavor a Inés. Me da miedo que luego vayas de chismosa.

—Te lo juro por Dios Santo que no se lo voy a decir.

También se lo juro por la Virgen de Guadalupe, por el Santo Niño de Atocha, por el señor de Chalma, por San José, por la Virgen de Lourdes, por fray Martín de Porres, por Sarita, por todas las monjas del colegio, por mi papá, por mis hermanos, por mi mamá grande, por la seño Sol y hasta por ella, mi tía consentida. Mi tía que sabe tantas cosas, mi tía experta en cine, mi tía que habla tan bien francés, mi tía tan buena y generosa, mi tía tan sacrificada, mi tía tan chistosa, mi tía que sabe tejer tan bonito, mi tía…

—Ya, ya. Está bien. Ya cállate porque me atarantas. Mira, en la misma época en que tu mamá te estaba esperando, este… bueno… pues descubrió que Antonio, tu papá, andaba de travieso.

—¿Y qué tiene eso de malo, tía? Yo también soy muy traviesa.

—Qué tonta eres, descubrió que se había metido con alguien.

—¿Con quién? ¿Con otra señora?

—Ay, qué idiota eres. Pues claro, con otra señora. Bueno, no era precisamente una señora, era una buena lagartona. Creo que era una secretaria. No sé cómo se enteró tu mamá, el caso es que le armó un escándalo trrremendo. Ya sabes cómo es.

—¡Híjole! Se ha de haber puesto requetenojada. Pobrecito de mi papá.

—Anda tú, idiota. ¿Cómo que pobrecito de tu papá? Pobre de tu mamá. No comía, no dormía y todo el santo día insultaba a quien se le paraba enfrente, ya ves que no le tiene miedo a nadie.

—¿Y luego qué pasó?

176

—Pues tu mamá se lo contaba a todo el mundo. Todavía me acuerdo de ella, con su bata azul pavo sentada en el sillón de la sala y escuchando sus discos franceses y hable y hable por teléfono.

—¿Su bata azul que tenía ribetes blancos en el cuello y las mangas y era como de franelita muy fina? Yo creo que ya se la robaron, porque hace mucho que no se la veo… Oye, tía, ¿y a mi mamá no le daba pena contarle a sus amigas que su marido andaba de travieso?

—A tu mamá no le da pena nada.

—Sí, es cierto, no es nada penosa. Siempre dice lo que piensa y lo que siente.

—Entiende, es que nosotros en la casa nunca vimos esas cosas. Mi papá nunca engañó a mi mamá.

—¿Estás segura de que mi papá grande nunca anduvo de travieso con una mamá joven?

—Anda tú, idiota. Él siempre fue un hombre impecable que nos educó con valores muy sólidos. Y yo creo que por eso Inés reaccionó de ese modo tan violento, porque no entendía. Nunca entendió por qué tu papá se había metido con esa pelada.

—¿Entonces no era una yegua fina, tía?

—Ay, pero qué necia eres. ¿No te estoy diciendo que era una secretaria de quinta? Pobre de Inés, cómo sufrió y luego con tantos hijos y sin dinero.

—Bueno, pero eso pasó hace mucho tiempo.

—Justo cuando tú naciste. Por eso yo creo que es así contigo. Le traes demasiados malos recuerdos.

—¡Qué raro que después de doce años le siga trayendo tan malos recuerdos! ¿Por qué no puede olvidarlos?

—Porque es muy rencorosa, pero sobre todo soberbia.

—¿Y cuando nació Emilia, también mi papá hizo travesuras?

—No, no. Después de lo que sucedió, gracias a Dios ya no se volvió a meter con ninguna pelafustana. Tu papá es un hombre muy correcto y muy decente. Muy buen hombre, inteligente, culto y, eso sí, muy educado. Además, adora a tu mamá. Lo que pasa es que se encontró una buena vivales que lo enredó.

—¿Entonces no fue su culpa, tía? Por eso mi mamá lo debería perdonar.

—Pues sí. Un día hasta le dije: "Ay, Inés, ya perdónalo. Todos los hombres engañan a su mujer". ¿Y sabes qué me dijo? "Anda tú, no seas imbécil. Entiende, no es porque me haya sido infiel, sino más bien por un problema de deslealtad". Es que para tu mamá la lealtad es mucho más importante que la fidelidad. Tiene razón, porque una deslealtad se tarda más en curar.

—¿Y de veras todos los hombres hacen travesuras, tía? ¿Tú crees que San José se las hacía a la Virgen María?

—Ay, Sofía, no seas estúpida. Estamos hablando de otro tipo de hombres, de los mexicanos. Éstos siempre engañan a su mujer. Hazte el ánimo, Sofía, cuando te cases a ti también te van a engañar y te vas a tener que aguantar. Yo por eso, a Dios gracias, no estoy casada.

—Ay, tía, ¿no dices que mi papá grande nunca le hizo travesuras a mi mamá grande?

—Bueno, porque él era una excepción. Pero todos los hombres engañan a su mujer. Ya ves Federico mi hermano la lata que le da a la pobre de Julieta. El otro día me contaron que lo habían visto bailando en el Jacarandas con una mujerzuela. Y Julieta nunca dice nada, se aguanta. ¿Qué quieres que haga? ¿Que se divorcie? Ni modo, las mujeres se tienen que aguantar.

—Híjole, pues qué feo. ¿Y los hombres no se tienen que aguantar nada tía?

—No, porque son hombres.

—¡Ay, pues qué lástima que no fui hombre! ¡Qué suertudo mi hermano! ¿Entonces yo me voy a tener que aguantar todo toda mi vida?

—Claro, porque eres mujer.

—Oye, tía, ¿qué será mejor: ser solterona, monja, misionera, divorciada, casada o viuda?

—Seas lo que seas, de toda maneras venimos al mundo para sufrir.

—Entonces me quiero casar diez veces para que sufra en la tierra diez veces más con diez maridos traviesos y cuando me muera me vaya derechito al cielo.

—Ay, Sofía, ya cállate, déjame terminar mi misterio.

Así es mi tía de cortona. Puede estar muy animada plátique y plátique y de repente, cuando menos te lo esperas, se pone de mal humor y te lanza un tapón. A mí no me importa, pero a Inés la exaspera, dice que es así de histérica porque nunca se ha casado. Pero si Mina se hubiera casado, su marido le hubiera hecho muchas travesuras y entonces a lo mejor hubiera sido veinte veces más histérica, así como muchas mamás que conozco... Ay no, pobres de sus hijos. ¿Cómo hubiera sido mi mamá si no se hubiera casado? ¿Igual de trrremenda? ¿O peor? ¿Cómo sería Sofi de mamá de su mamá? En primer lugar, todo el tiempo la estaría regañando; en segundo, ya la hubiera mandado a un internado a Guadalajara; y en tercero, le hubiera dicho a su novio Antonio: «Oye, muchacho, mira, tú me caes muy bien, por eso te quiero decir que no te conviene mi hija como esposa, porque se la va a pasar todo el tiempo en el teléfono y va a insultar horrible a tus hijos, y luego tú vas a andar de travieso».

Después de que mi tía me contó lo que me contó, pienso que cada vez me gustan menos los adultos. Se hacen más bolas que los niños. Se engañan, se enojan, se tienen envidia, se mienten, se insultan, se emborrachan, hacen travesuras feas, se divorcian y luego ni se perdonan. Ya me cansé de tanto caminar. Me duelen los pies, el estómago, la espalda y las orejas. Creo que apenas vamos en el sexto misterio. ¿Y si tomáramos un libre para llegar a la Villa? Se lo propongo a Mina y se molesta conmigo. Se enoja igualito que mi mamá: «Anda tú, no seas floja. ¿No le prometiste a la Virgen que si pasabas de año irías a pie a la Villa? Entonces sigue caminando y no te quejes. ¿Por qué mejor no rezas el rosario conmigo y así pides por tus papás?» Tengo ganas de decirle que por qué mejor ellos no rezan el rosario para que los perdone Dios, pero mejor ya no digo nada. Me como el último garapiñado que queda en la bolsita de celofán. Mmm, qué rico me sabe. Volteo y me doy cuenta de que allí sigue el perro amarillo camina y camina detrás de nosotras. Le han de gustar los chismes.

Estoy frente al altar de la basílica. Como hay una multitud, me meto entre una bolita de gente que huele a rayos y de lejitos veo la imagen de la Virgen de Guadalupe. Allí está en su cuadro, con su marco dorado, en medio de muchos candelabros y flores y con la bandera mexicana. Allí está escuchando las peticiones de todos sus hijos. Pobrecita, cómo le piden y le piden milagros. ¿Cómo le hará para no hacerse bolas con tantos favores que le solicitan? ¿Le pedirá ayuda a Jesucristo? «Mi'jito, hazme por favor este milagro. Mira, es muy importante. Es una pobre señora que tiene a su hijo con polio. ¿Ya te ocupaste del pobre señor de la enfermedad incurable, el que está en el hospital militar cuarto 205?» ¡Qué horror, no me gustaría estar en su lugar! Perdón, perdón, sí me gustaría ser la madre del Niño Jesús, pero no la Santa María de Guadalupe, Emperatriz de América y Reina de México, porque en mi país hay demasiados pobres que necesitan recibir ayuda. La Virgen Sofía no se daría abasto con tantos milagros. Creo que estoy pensando muchas tonterías. Siempre que estoy

180

nerviosa se me ocurren puras estupideces. A veces no puedo controlar tantos pensamientos, me llegan en bola y después no sé cómo acomodarlos en el interior de mi cabeza.

Mina está arrodillada mero adelante de la basílica. En las manos tiene una vela y un rosario. Cierra los ojos y mueve los labios rapidísimo. A lo mejor está rezando dos rosarios al mismo tiempo. Seguro está pidiendo por mi mamá grande y por ese novio que tuvo hace muchos años y, a Dios gracias, nunca se casó con él. Junto a ella está una señora de rebozo con un niño en los brazos. Pobrecita, se ve muy triste. ¿Andará su marido también de travieso? *Ay, Virgencita, haz que el señor de esa pobre señora deje de hacer travesuras. Haz que todos los hombres del mundo que tienen una amiguita traviesa regresen con su esposa. Y haz de mí lo que quieras, porque ya no sé qué quiero ser de grande, monja, misionera, maestra, solterona, casada-engañada, novia-engañada, viuda-engañada o mejor amante-engañada. También te quiero agradecer por haberme hecho pasar quinto año y por mi medalla de* politesse.

Al salir de la Villa tomamos un Estrella-La Villa en la calzada de Guadalupe, porque Mina ya no tiene dinero para el libre pues compró su vela y tres veladoras. Estamos sentadas al fondo del camión. Mi tía comienza a dormirse, pero sigue rezando el rosario. Se ve muy cansada y medio despeinadita. Ella ha de soñar nada más con los ángeles. Me hubiera gustado haberla conocido de muy joven. Dice mi papá que no era muy bonita, pero eso sí, muy simpática y platicadora, y por eso siempre le aconsejaba que se pusiera a escribir un libro. Sofía mira por la ventana y en lugar de ver el paisaje piensa qué se va a poner para ir a la sexta posada de Vanguardias. *Ya me puse mi falda plisada azul marino, ya llevé el* jumper *de lana con la blusa blanca, el vestido rosa que era de Paulina, el saquito rojo y mi falda gris con la blusa de cuadritos.* Cuando no estoy pensando en nada, me gusta imaginar diferentes conjuntos para combinar mi ropa. Entonces me acuerdo de todos mis vestidos, faldas, blusas, suéteres y mentalmente los combino de muchas maneras distintas. Es como si en esos momentos en mi imaginación apareciera una muñequita de cartón con la cara de Sofía y muchos vestidos de papel, de ésos que se atoran a las muñecas de cartón con unas cejitas blancas. *Ah, ya sé qué me voy a poner para la posada de hoy, mi falda escocesa con el suéter verde botella. Como ayer fui de coletas, hoy me voy a hacer dos trencitas como las de Debbie Reynolds en la película Tammy.* Me olvido del problema de mi vestimenta y de repente del lado izquierdo del camión descubro a los "peluqueros de paisaje". Así me dijo mi papá que les dicen a estos señores que peluquean al aire libre. En un árbol cuelgan un espejo todo feo, luego enfrente ponen una silla vieja y esperan al cliente. Cuando llega, le preguntan: «Buenas tardes, joven, ¿con paisaje o sin paisaje?» Con vista cuesta un peso, y cincuenta centavos viendo hacia el tronco. Si Sofía fuera la peluquera, le diría a su clientela: «Aparte del paisaje, ¿con o sin conversación?» La tarifa con plática sería de cinco pesos. «Ah, qué caro.» «No, señor, no es caro porque le voy a platicar las travesuras de Juan Diego. Le voy a hablar de muchos milagros que ha hecho y que nadie sabe de ellos.» Si quiere sin el güirigüiri, le cobraría nada más un peso.

El camión sube el puente de Nonoalco. Del lado izquierdo veo toda la ciudad bajo un cielo muy azul. Allí están la torre Latinoamericana y la Catedral. «¿Ya viste a los aprendices de torero?», me pregunta de repente mi tía con los ojos cerrados. Es cierto, del lado derecho hay unos muchachos que hacen como que torean. Pero ella, ¿cómo supo que estábamos pasando justo enfrente de ellos, si viene bien dormidota? «Porque me sé el camino de memoria», me contesta, adivinando siempre mis preguntas. Veo a uno de los jóvenes empujando una carretilla con cuernos. Otro tiene un trapo rojo en las manos y hace como que lo torea. Parece un torero de verdad. Se mueve muy bonito de un lado al otro. *Ole, ole.* Mi abuelo, el papá de mi papá, adora los toros. Todos los domingos va a la plaza de toros. Siempre que voy a comer a su casa en Santa María la Ribera está hablando de toros. Su programa predilecto en la tele es el de Pepe Alameda. Un día le dije que los toros me daban lástima. «¿Por qué?», me preguntó muy serio con la misma mirada que tiene mi papito. «Pues porque ha de ser horrible que desde chiquito te estén diciendo tienes que comer muy bien para cuando llegue tu gran fiesta. Debes desarrollarte lo mejor posible y ser muy fuerte para que todos te puedan admirar en tu gran fiesta. Luego viene la famosa gran fiesta, le tocan música, mucha gente le aplaude, le gritan que es una maravilla de toro, que está precioso, que es de pura sangre, que está bien pesadote. ¿Y todo para qué? Para que después lo mate el torero. ¡Es muy injusto, porque desde que nace nunca le dicen la verdad!», le dije. «Pobre de ti, no has entendido nada», me contestó muy seco.

Mi tía sigue zzz zzz. Sigo mirando por la ventana. Del lado izquierdo veo una iglesia que no conozco. «Es la de San Miguel.» Juro por Dios que, justo en el momento en que estamos pasando frente a la iglesita, Mina me dice cómo se llama. Juro por Dios que ni siquiera se lo pregunté. A lo mejor es una elegida del Señor y nadie se ha dado cuenta. A lo mejor va a ser santa. *Santa Minita.* Me le quedo viendo con admiración. «Allí va a rezar gente de a tiro muy amolada. Los pobres de los pobres. Este barrio se llama Atlampa y hay puros borrachos y delincuentes», sigue diciéndome con los ojos bien cerrados. Tiene razón. Hay muchos señores muy feos entre las vías del tren, cerca de la estación de Buenavista y se ven pobrísimos. ¡Ay, pobres! No lo puedo creer.

Entonces la observo más de cerquita para ver si de verdad está dormida o nada más se está haciendo. Hasta le soplo poquito en la cara y no se mueve. ¡Juro por Dios que está dormida! Me acerco más, huelo su colonia, escucho los latidos de su corazón y veo que la nariz la tiene llena de puntos negros. ¡Cuántos! A mí también me están saliendo unos barritos en la frente. Dice mi papá que porque ya voy a ser señorita. Sofía no quiere convertirse en *Srita.*, como escriben en los sobres. Ella quiere seguir siendo niña para toda la vida. ¿Para qué querría crecer? ¿Para casarme, tener muchos hijos y después descubrir que mi marido anda haciendo travesuras con puras peladas? Ay no, qué horror. ¿Y si con el tiempo me convierto en una mamá fea y hago sufrir a la pobre de Sofiíta? Ay no, qué horror. Mejor me quedo de niña para siempre.

Cuando estamos llegando a San Cosme, nos ponemos de pie para decirle al chofer que vamos a bajar dos cuadras después, en Insurgentes y Gómez Farías. Parecemos borrachitas. Nos vamos de un lado a otro. «Señor, señor, por favor déjenos en esta esquina», le grita Mina mientras se agarra de los tubos de todos los asientos. Bajamos y allí tomamos el tranvía Obregón-Insurgentes que nos deja a tres cuadras de donde vive mi tía. Nos despedimos. «Ay de ti si le cuentas a tu mamá lo que te dije», me advierte con sus ojos oscuros mientras abre la puerta de su casa con tres llaves distintas. (Su llavero es como el de San Pedro, tiene como mil llaves.)

—Coooncha, ya llegué —le grita desde la entrada a Concha Villa. Esa señorita (nunca conoció varón, así dice mi papá) dizque es nuestra tía lejana. No me gusta. Tiene la cara arrugada arrugada y los ojos como de gato de estanquillo, chiquitos y grises. Para no saludarla le doy un beso a mi tía y me voy corriendo. Atravieso Reforma y al mismo tiempo toreo algunos coches. «Ole, ole», digo mientras pasan cerquitita de mí.

Qué bueno que cuando llegué a la casa no estaba mi mamá ni mi papá ni tampoco mis hermanos. «Todos se fueron al centro. Te llamó tu amiga Silvia, dijo que le llames», me dice Flavia. Subo a mi recámara. Me siento en la cama todavía deshecha, me quito los zapatos y empiezo a acariciarme los pies. Pobrecitos, están todos rojos y muy hinchados. Me recuesto y me quedo dormida. Tengo una pesadilla.

Me veo con la boca llena de espuma. «Tiene rabia, tiene rabia», me gritan todas en el colegio. Entonces Sofía las corretea por el patio con mirada de perro rabioso. Quiero morderlas a todas para que se mueran de rabia. De pronto aparece mi mamá y le hago grrr grrr. «Por tu culpa mi papá empezó a hacer tantas travesuras tan feas.»

—Anda tú, idiota, ¿por qué dices que por mi culpa?

—Porque si mi papá fuera rico y muy importante, ya lo hubieras perdonado. Porque en lugar de platicar con él, hablas demasiado por teléfono. Porque hace mucho tiempo dejaste de ser su novia del colegio Francés, de la que se enamoró con todo su corazón. Porque por tu culpa él siempre llega tarde a todos los lugares donde los invitan. Porque siempre te espera horas y horas y nunca dice nada. Porque cuando te va a buscar a la tienda de antigüedades del señor Moreno tiene que dar mil vueltas a la manzana hasta que por fin sales. Porque nunca lo dejas hablar. Porque siempre quieres poner tus discos franceses y nunca dejas que él ponga su música clásica o su jazz. Porque gritas. Porque te pasas el día criticando a toda su familia. Porque cuando llega cansado de la oficina nunca está lista la comida. Porque siempre le estás diciendo que no tiene carácter. Porque siempre te estás quejando de la falta de dinero. Porque ya no te arreglas tan bonito como antes. Porque no le celebras el día de San Valentín. Porque nunca, nunca, nunca sabes cuando está triste. Y porque está harto. Sí, tan harto como Sofía. Si pudiera también te engañaría con otra mamá…

De repente en mi pesadilla aparece mi amiga Sara, que trata de calmarme. «Ya, Sofi, ya. Tranquila, tranquila», me dice como se le dice a los perros en furia. «Tengo rabia, mucha rabia, y no sé que hacer», le digo llorando.

Cuando despierto veo que mi cojín está todo mojado, no sé si es por la baba, por la espuma de la rabia o por mis lágrimas. Como mis papás todavía no han llegado a la casa y falta mucho para que esté lista la comida, decido irme a confesar al Perpetuo Socorro, que está a dos cuadras de mi casa.

—Ave María Purísima.

—Sin pecado concebida.

—¿Cuándo fue la última vez que te confesaste?

—Hace como una semana, padre.

—¿Cuáles son tus pecados?

—Más que pecados, tuve un sueño muy raro.

—Antes de tenerlo, ¿te tocaste tus partes nobles? ¿Te gustó? ¿Qué sentías? ¿En qué pensabas? ¿En tus compañeras o en tus pretendientes? ¿Te has acariciado con tus amigas? Siendo una adolescente como eres es normal que a veces peques contra la pureza. Por eso quiero que me cuentes, ¿qué sentías mientras soñabas? Después de soñar, ¿estabas húmeda? Aunque te dé vergüenza, niña, puedes contarme todo, si te acaricias el busto y la parte de abajo, si al hacerlo piensas en muchachos o ¿en qué? ¿Cuántas veces lo has hecho? ¿Seguido? Cuando te lavas por ahí, ¿te gusta? A mí sí me puedes contar todo. Gracias a la confesión soy el único que te puede salvar del infierno. Mira, niña, los malos sueños casi siempre conducen a las malas acciones, por eso hay que evitarlos. Cada vez que tengas un mal sueño, tienes que rezar varias jaculatorias. ¿Tenías la luz apagada o estaba encendida?

¿Te quitaste la pantaleta o te acariciabas por encimita? Bueno, como penitencia reza cinco Aves Marías, tres Padres Nuestros y doce jaculatorias. Dile a tu mamá que te ponga a hacer más trabajos manuales. Ahora, para que Dios Nuestro Señor te perdone tus pecados, reza un acto de contrición.

—Pero, padre, es que no me ha dejado hablar. Todavía no soy adolescente, tengo doce años y mi sueño no era contra la pureza, tenía que ver con algo que me contó mi tía. Pero ya no importa, padre. Mejor me voy y vengo otro día. Muchas gracias.

Regreso a la casa. Subo las escaleras muy despacio. De pronto tengo la impresión de ya no ser una niña. Me aprietan los zapatos y siento que mi saco de cuadritos me queda chico. Me siento culpable, como si de verdad hubiera pecado contra la pureza. Quiero pensar en otras cosas. El corredor de arriba huele a Old Spice, la colonia que usa mi hermano. Siempre que se pone un *blazer* cruzado de botones dorados y su corbata a rayas, se pone agua de colonia y entonces se cree mucho. Creo que está enamorado de una niña que se llama Pilar, hermana de uno de la pandilla de la calle de Guadiana. Un día la conocí y sí se me hizo bonita. No tanto, pero sí un poquito. Se peina con una cola de caballo muy estirada y es muy risueña. Cuando Antonio sea grande, ¿también le va a hacer travesuras a su esposa? Seguro, porque como dice Mina, todos son iguales de traviesos. Ay, pobre de mi futura cuñada, voy a rezar mucho por ella para que se vaya fortaleciendo espiritualmente.

Llego a mi cuarto y veo que las camas siguen sin hacer. «Es que no me doy abasto», dice siempre Flavia. El otro día casi se nos muere. Bueno, más bien casi se nos ahoga, pero en seco. Lo que pasó es que fue a regar las plantas de la terracita de mis papás y, como la manguera estaba conectada a la llave de la azotea, se le hizo muy fácil chupar la manguera para que el agua

187

bajara. Aspiró tanto la manguera que se le vino un chorro tan grande que se ahogó. Fue Emilia la que me avisó. Cuando llegué a la terraza encontré a Flavia tirada en el suelo. Muy cerquita de ella, en el suelo, estaban sus anteojos todos rotos y la manguera chorreando. Me asusté y en un dos por tres bajé las escaleras y fui a buscar a mi hermano. «Hay que llamar a la Cruz Roja», me dijo muy nervioso mientras bajaba para hablar por teléfono. Dos minutos después volvió a subir y a gritos me dijo: «Para que no se muera, mientras llega la ambulancia hay que hacerle de boca a boca». Sofi no tenía la menor idea de lo que hablaba su hermano. «¿Qué es eso?», le pregunté. Entonces me explicó que había que abrirle la boca y luego tratar de aspirar el agua que Flavia había tragado. «¿Pero con qué se la aspiramos? ¿Con el Electrolux?», le pregunté nerviosísima. «Pues con tu boca, idiota, ¿no ves que la tienes igual de grande?» Sofía se quedó de a cuatro. «¿Qué te pasa?» «Mejor hazlo tú, porque después de mi papá eres el hombre de la casa.» Antonio se me quedó viendo también de a cuatro con su nuevo corte de pelo a la *brush*: «Pero tú eres mujer y te llevas muy bien con ella. ¿No quieres salvarla? ¿Quieres que se muera?» Emilia empezó a llorar y Sofía a gritar. «Es que si le aspiro el agua muy fuerte, también me puedo ahogar. No sé cómo hacerle. ¡Que lo haga Emilia! Como ella tiene la boca muy chiquita la puede meter hasta adentro de la de Flavia y a lo mejor así es más fácil.» Entonces mi hermanita empezó a llorar todavía más fuerte. «No me quiero ahogar, no me quiero ahogar», decía con sus trenzas largas largas. De repente Sofía tuvo una idea padrísima: «Mejor voy a buscar a un padre, no se vaya a morir sin confesarse y se vaya al infierno». En ese momento mi hermano se puso furioso. «No seas idiota, lo que hay que hacer ahorita es salvarla. ¿No que querías ser monja o misionera? ¿No que eras tan generosa? ¿No qué siempre pensabas en los demás?», me gritaba. Mientras tanto, la pobre de Flavia seguía blanca como una hoja de papel. Como que le habían aparecido más agujeritos en su piel cacariza. De sus ojos chiquititos nada más se veía lo blanco. Parecía cieguita. Además, tenía las piernas abiertas de par en par y bien duras. Estaba como paralizada. De su boca abierta le salía un hilito de saliva que llegaba hasta el suelo. Me daba lástima, pero también mucho asco. «¿Qué tal si me vomito en su boca y la ahogo más?» Juro por Dios que Sofía sí hubiera estado dispuesta a hacerle de boca a boca, pero esa mañana había despertado con un poquito de anginas. «¿Qué tal si se las pego y se muere de pulmonía?» «¿Por qué no te imaginas que Flavia es Pilar y le haces de boca a boca?» «Hay que esperar unos segundos, a lo mejor la Virgencita nos hace el milagro.» «¿Ya te fijaste si tiene calentura?» «Cuando fuiste *boy scout*, ¿qué no aprendiste primeros auxilios?» «¿Por qué no llamamos al señor de las bicicletas y le pedimos que le saque el agua con lo que infla las llantas?» Y mientras más ideas le daba a Antonio, más se enojaba y caminaba de un lado a otro. Emilia lloraba con unos ojos bien tristes. ¿Y Sofía? Ella seguía pensando en otras ideas para salvar a la única muchacha que se había quedado en la casa más de un año. Por fin escuchamos la sirena de la ambulancia. De pronto comenzamos a oír unos pasotes por la escalera. Era el doctor y un enfermero. Lo primero que nos preguntó el médico fue si le habíamos hecho de boca a boca. «Es que los estábamos esperando a ustedes», dijo de repente Sofía sintiéndose una verdadera idiota. Antonio le explicó muy serio, como si fuera un adulto, que los tres estábamos muy asustados y no sabíamos cómo hacerlo. Y en esos momentos vi cómo el doctor se agachó, tomó la cabeza de Flavia en sus manos y después puso su boca contra la suya. En seguida empezó a aspirar con fuerza, una vez, otra, y cuando aspiró por tercera vez fue entonces cuando salió el primer chorrito de agua. Luego vinieron los demás. Aunque no estaba totalmente recuperada, ya no estaba ahogada. Pobrecita, porque no tenía ni el pelo mojado… Después, con otro enfermero, la bajaron en camilla. Mi hermano se fue en la ambulancia y nosotras nos quedamos en la casa. Después llegó mi mamá, y cuando se lo platicamos dijo que Flavia era una idiota, una bruta y una imbécil. Al otro día llegó a la casa con un ramo de gladiolas. «Toma Sofí, para ti, porque me salvaste la vida.» ¡Me sentí muy culpable! «Muchas gracias», le dije con cara de hipócrita. No quería decepcionarla. Era mejor que creyera que sí la había salvado. Lo qué sí le salvé fue su alma, pues en esos momentos recé mucho por ella. Después de este accidente le pedí a mi mamá que por favor le subiera el sueldo, pero no quiso. «Nada más las empiezas a tratar bien, comen más y luego se largan. Todas son una bola de malagradecidas.»

Aunque está toda deshecha, me siento en mi cama. A lejos, sobre una silla, veo mi piyama de franela y la ropa que me puse ayer. De pronto me vuelvo a acordar de lo que me contó mi tía Guillermina. Cierro los ojos y muevo la cabeza de un lado a otro, como para sacudirme los pensamientos. Busco mi cuaderno azul y escribo una carta de despedida.

Diciembre 20 de 1957.

Querido San Cosme:
Este es el último año que estamos juntos. Tu colegio ya no se va a llamar así. Ahora tu apellido será "del Pedregal". (Lástima que no te puedas llamar Colegio San Cosme del Pedregal.) Lo que pasa es que como éramos muchas alumnas, profesoras y monjas, no cabíamos. Bueno, eso nos dicen las *madames*. Sofía cree que en realidad lo que sucede es que como las monjas averigua-

ron que en esa nueva colonia vivían muchas familias millonarias, pues deben haberse dicho que iban a tener como alumnas a las chicas más ricas de toda América Latina. Dice mi amiga Silvia que en el Pedregal todos son nuevos ricos y muy creídos, que allí viven muchos artistas como Carlos Amador y María Elena Márquez, muchos toreros, políticos y dueños de fábricas. ¿Tú crees, San Cosme, que el año que viene subirán las colegiaturas? ¿Qué nos va a pasar a las chicas que no somos tan ricas y no somos becadas? ¿Le harán a mi mamá las mismas rebajas que le hacían contigo? Todo va a ser tan diferente. Ahora sí que ya no voy a poder llevar al Pedregal mi mochila con el calendario azteca. ¿Tú crees que las chicas de allá lleven mochilas de cocodrilo o de charol? ¿Cómo voy a tener que forrar mis libros de texto? ¿Con terciopelo? No es broma, San Cosme, es que allá es como otro mundo. Haz de cuenta que las que fuimos contigo somos como de la película *Ustedes los pobres* y las del Pedregal serían de *Nosotros los ricos*. Ahora sí que a fuerzas van a tener que comprarme una lonchera con todo y su termo. Allá no podré llevar mi torta en bolsa de panadería. Y menos podré robármela, porque imagino que las profesoras de allá no son tan lindas como la seño Sol. Y claro, en lugar de torta, tendré que llevar un *hot-dog* o una hamburguesa con queso amarillo. Y todo eso sale muy caro. Además, ahora sí tengo que tener colores Prismacolor con su caja de terciopelo.

¿Sabías que esa colonia del Pedregal tiene muchas rocas, víboras y plantas carnívoras? ¿Sabías que es una zona volcánica porque creo que hubo un volcán que explotó y derramó su lava por ahí? Te imaginas si un día vuelve a explotar y todas las monjas y las chicas nos convertimos en piedra. ¿Para qué modernizarte a fuerzas? A lo mejor, en lugar de llamarlas *madame*, ahora vamos a tener que llamarlas *sister*. *Sister* St. Philippe. *Sis-*

ter Marie Thérèse, *sister* St. Louis y *sister* María Goretti. Ay, no, qué feo. Y ¿cómo serán los padres de por allá? Van a encontrar nuestros pecados aburridísimos. Bobos. Sonsos y mensos. Han de estar acostumbrados a pecados mucho más atrevidos de colegios que no son de monjas y más modernos. Padre, el otro día fui a una piyamada y todas estábamos en *baby-doll* y bailamos *rock and roll*... Padre, mi novio me da besos a la francesa y me encantan... Padre, me gusta bailar de cachetito... Padre, me gustan las películas de rumberas... Padre, quiero que mis papás se divorcien porque se pelean todo el día... Padre, la otra noche soñé con James Dean...

¿Tú crees que nos quedemos con el mismo uniforme o también lo cambiarán por uno con pantalones pescadores o unos *shorts*? Ay, San Cosme, ¿te das cuenta lo lejos que nos va a quedar a mi hermana y a Sofía? ¿Qué va a pasar cuando nos deje el camión? ¿Cuánto dinero se necesitará para llenar el tanque de gasolina del Opel de mi papá? Y cuando a mi mamá se le haga tarde, ¿a qué horas va a venir por mí? ¿Hasta el otro día por la noche? ¿Por qué las monjas no pensaron en todo esto? Ellas creen que todas somos millonarias y tenemos camionetas con choferes, ¿o qué? Emilia y Sofía van a tener que levantarse a las cinco de la mañana.

¿Qué le va a pasar a las monjas viejitas francesas que han estado tantos años contigo? Se van a sentir rarísimas en esa colonia tan nueva. ¿Tú crees que les guste? Pobrecitas, porque cuando salgan a pasear seguro se van a perder. Allá los nombres de las calles son horribles. Trueno, Niebla, Nieve, Relámpago, Cráter, Lava... ¿Quién le va a llevar a las *madames* sus tortillas, los tanques de gas y las naranjas? No creo que haya tortilleras que lleguen hasta allá con sus canastotas en los brazos. ¿Habrá mercados?

Seguro nada más hay súpers donde venden puras latas Campbell y Coca-Colas. Las monjas nunca van a encontrar un plomero, ni tampoco un mecánico. Por las noches ya no van a oír el carrito de los camotes. Ya no van a escuchar el grito del ropavejero, ni el de los tamales, ni la campana de la basura. Y si una de ellas se enferma, ¿te imaginas cuánto tiempo tardará la ambulancia de la Cruz Roja en llegar? Pobres monjas francesas, porque han de pensar que, de yeguas finas, sus alumnas ahora se convertirán en potras ricas.

Te juro que si me ganara el premio mayor de la lotería, le haría una mejor oferta de compra a las monjas y me haría dueña de tu colegio. Entonces lo convertiría en uno mixto, para niñas y niños reprobados. Todas las alumnas y alumnos que reprobaran en la república mexicana se podrían inscribir. Como siempre son los pobres los que reprueban, entonces la inscripción sería muy barata, casi casi regalada. Además, las alumnas y los alumnos utilizarían sus mismos libros, así que sus papás no tendrían que gastar en útiles nuevos. No sería un colegio de monjas, habría tres recreos, se regalarían sándwiches envueltos en papel plateado, no se harían exámenes, no habría distribución de billetes, se podría copiar, siempre y cuando se le pidiera permiso a la seño, los viernes se daría una matiné de tres películas, no habría ejercicios espirituales ni sacerdotes para confesar. Por cada año reprobado se daría un diploma de reconocimiento. Mientras más repruebe, más oportunidad tendrá la alumna o el alumno de obtener un buen promedio. Sin embargo no se podría reprobar más de tres veces el mismo año. Por ejemplo, si ya se reprobó tres veces cuarto año, cuando la alumna o alumno pase a quinto podrá repetir ese mismo año otras tres veces nada más. Hay que pensar en dar espacio a otras niñas y niños mexicanos reprobados. Cada fin de mes se organizará una kermés a la que se podrá invitar a los papás que alguna vez reprobaron en su vida. La escuela se podría llamar colegio del Santo Reprobado.

¿Te confieso algo, San Cosme? Aquí entre nos, también me hiciste sufrir mucho. Me hacías sentir culpable sin saber por qué. ¿Porque era distinta a las otras chicas? ¿Porque era pobre y no pagaba a tiempo las colegiaturas? ¿Porque era una niña un poquito floja y no muy disciplinada? ¿O porque no era exactamente como tú querías que fuera? Además, no te olvides que me reprobaste en quinto año de primaria cuando de por sí ya iba muy atrasada. De todo todo todo, lo único que te agradezco es haber conocido a Sari y a la seño Sol. Te apuesto lo que quieras que ninguna de tus monjas me hubiera dado la medalla de *politesse*. A ellas no las voy a extrañar nada, nadita, naditita. Lástima que me las tenga que volver a encontrar en el Pedregal. Grrr. Ni modo. Cuídate mucho y no permitas que en lo que fue tu terreno se vayan a vivir puros borrachos y perros callejeros. Sofía, la de San Cosme y del Pedregal.

En estas vacaciones me he hecho de una nueva amiga que conocí en la primera posada del club Vanguardias. Se llama Silvia, tiene catorce años y once meses, es la última de cuatro hermanas y mi mamá conoce a sus papás. «¿Cómo dices que se apellida?… Ah sí, claro, debe de ser hija de una de las Mestre, que también fue yegua fina.» Silvia está en primero de secundaria en el colegio Asunción. La metieron allí porque vive en las Águilas, muy cerquita de su colegio. Dice que sus monjas son mucho peor que las *madames* del Francés. De plano las odia. Las odia por estrictas, pero sobre todo por hipócritas. Me contó que un día la directora les estaba dando clases de catecismo y de repente llegó una monja y le dijo: «Ahí viene el inspector de la SEP». Entonces todas guardaron de inmediato sus velos y sus libros de catecismo, la monja bajó el cuadro de la Virgen de Guadalupe que estaba arriba del pizarrón, cambió el tema de su clase y se puso a hablarles de biología. Además estas monjas, como las del Francés, siempre están haciendo demasiada diferencia entre las ricas y las pobres. «Hay una niña que se apellida Espinosa Iglesias, la tratan como si fuera una reina. ¿Sabes por qué?, porque en su casa, además de boliche y cine, en su despensa gigantesca tiene un carrito del súper para que la cocinera pueda escoger lo que necesita para hacer la comida.» También me contó que no hace mucho llegó al colegio y cuando la monja vio que su uniforme estaba un poquito arriba de la rodilla le preguntó:

—¿Conoces las reglas?

—Sí, madre —contestó Silvia.

—¿Dónde tienes que llevar el uniforme?

—No más de dos centímetros al inicio de la rodilla, madre.

—¿Y dónde lo traes?

—Ay, madre, es que ya crecí y se me subió un centímetro. ¿Qué tiene eso de malo?

—Que te estás pasando de las reglas. Y no debes andar así de rabona. Le voy a hablar a tu mamá para que venga por ti, por no cumplir con el reglamento del Asunción.

Dice mi amiga Silvia que el año que viene su mamá la va a inscribir en el Francés del Pedregal, porque además de que queda muy cerca de su casa, siente que se asfixia en el Asunción. Me contó que todas sus compañeras son una bola de envidiosas y en el recreo nada más se la pasan criticando a las otras niñas. «El Asunción es el mundo de la envidia y los siete pecados capitales», me dijo ayer mientras esperábamos que pasaran a buscarnos. Silvia es muy sincerota. A ella también le choca su mamá, dice que está menopáusica. Cuando le pregunté qué quería decir eso, me dijo que así le dicen a las señoras que siempre están muy enojadas y ya no tienen la regla. «A mí ya me bajó», me dijo mi amiga señorita.

A Silvia le fascina un cantante que se peina con un copetote y se llama Elvis Presley. A Sofía le gusta más Pat Boone, porque parece niño bien. Cada vez que mi amiga llega a Vanguardias, va al baño, se quita los calcetines y se pone medias. Después se pinta la boca, se pone chapas y rímel. Ella no se hace anchoas, se hace tubos con cerveza y se peina con mucho crepé. Para verse más güera se pone agua oxigenada, y para que se le vea más busto le mete algodón a su portabusto, después se abotona el suéter por la espalda y se lo aprieta con un cinturón muy ancho. La verdad es que es un poquito cursi. De todas mis amigas, Silvia es la única que ya tiene novio. Lo conoció en Vanguardias, se llama Edmundo Jiménez y va en primero de preparatoria en el colegio Tepeyac. No sé por qué se hizo su novia si él tiene la cara cubierta de barros y los dientes salidos. «Me encantan sus patillas, sus chamarras y que ande en moto. Además, besa rico», me dijo. Cuando le pregunté cómo eran sus besos, me dijo que "alafrancesa". ¿Cómo serán? ¿A qué sabrán? ¿A chocolate francés bien espumoso? Mmm, ¡qué rico! Sofía quiere que la besen nada más alafrancesa. ¿Cómo serán los besos alamexicana? ¿Picositos? Seguro que los besos alachina saben a arroz; los besos alaitaliana, a pizza; alaalemana, a salchicha; y alaJerusalén, a hostia. Como Silvia es rubia oxigenada, con ojos azules y muy bonita, ya ha salido tres veces de Virgen María en los cuadros plásticos que cada año organiza el padre Pérez del Valle para las posadas de Vanguardias. No sé por qué el padre siempre la escoge a ella, si en el cine siempre se sienta en las últimas butacas con su novio, se la pasa masticando chicle bomba *Bubble gum* que le trae su papá de Estados Unidos y le cuenta muchas mentiras a su mamá. (El otro día le dijo que pasara por ella a las once de la noche dizque porque tenía que ayudar al padre a recoger todo el tiradero de las piñatas, cuando la verdad es que fue a una fiesta a casa de un amigo de su novio que vive en una colonia llamada Lindavista.) Por más que Sofía hace todo lo posible para que a ella también la escojan para el cuadro plástico, nunca lo ha logrado. «Aunque salga vestida de roca del pesebre, pero quiero salir», le supliqué el otro día a Silvia. Me prometió que iba a hablar con el padre, pero creo que no lo ha hecho porque ya estamos en la sexta posada y la señorita que se ocupa de disfrazar a las niñas no me ha mandado llamar. «Te lo juro que ya le dije, pero no sé por qué no te han avisado nada», me dijo. Estoy segura de que no le ha dicho nada y ésta es otra de sus mentiras. Para la edad que tiene Silvia, es demasiado agrandada, por eso se cree la divina garza. Dice que porque estuvo internada en el Marymount de Estados Unidos y allá todas las niñas son igual de agrandadas, que porque ya son *teenagers*. Un día que la acompañé al baño para que se pusiera sus medias y se maquillara, me contó un secreto: «Fíjate que mis papis me regresaron a mitad de primero de *high school* porque una de las monjas, que se llama *mother* St. York, se enamoró de mí. Todas las noches me ponía un chocolatito en el escritorio de mi cuarto y me dejaba estampas con recaditos muy raros». No lo podía creer. Le dije que ahora sí estaba loca de remate, y que las monjas nada más se podían enamorar de Jesucristo. «Mejor cuéntame una de vaqueros. Las monjas son como las *maids* de Jesucristo, y hay unas que son muy pillinas…», me dijo mientras hacía una bombota con su chicle.

No sé por qué nos hemos vuelto tan amigas, si a Sofía todavía no le baja, es muy plana de enfrente, tiene las piernas flaquitas (me dicen "Popotitos"), usa camiseta, los domingos ve en la tele Teatro Fantástico de Enrique Alonso y nunca va a tardeadas donde se baila *rock and roll* y de cachetito. «Me caes a todo dar porque en el fondo a ti también te encanta el relajo, tampoco te llevas con tu mamá y todo el día criticas a las monjitas», me dijo el otro día que le pregunté por qué si era más grande se había hecho mi amiga. Creo que tiene razón, sin embargo la voz de mi conciencia me dice que tenga mucho cuidadito con esa amiguita porque puede ser muy mala influencia. Como diría *madame* Goretti: «Niñas, tengan cuidado de las malas compañías, son como manzanas podridas que muy rápidamente pueden pudrir a las que están sanas». ¡Qué chistoso!, porque como es dizque de muy buena familia, mis papás ni se imaginan cómo es de verdad Silvia. Ellos y el padre Pérez del Valle están convencidos de que es una niña muy bien portadita y muy bien educada. Seguro no saben que ve todas las películas sólo para adultos de rumberas y las de James Dean y nada más lee *La familia Burrón*. Me pregunto si su papá ya engañó a su mamá y si su novio Edmundo, su "Mundito", como le dice, tiene otra novia al mismo tiempo que Silvia.

Le hablo por teléfono. «¿Vas a ir a la posada de hoy?», me pregunta con una voz rara, porque siempre tiene una bolota de chicle en la boca. Le digo que sí. A ella no le cuento que acabo de llegar de la Villa, porque de seguro se burlaría de mí. «Entonces nos vemos a las cuatro en la entrada. No llegues tarde y dile a tu papá que te dé más dinero para gastar. ¿Quieres que lleve un par de medias para ti?» Le digo que está loca. «Sí, es cierto, se me olvidaba que tienes las piernas como Rosario, la novia de Popeye. Ja ja ja», se ríe como boba. Tengo ganas de decirle que ella se ve horrible con sus frenos y que cuando come un sándwich todo el pan se le atora entre los fierros, pero no me atrevo. ¿Por qué no me puedo defender cómo me defiendo de la gorda de Leonor o de la mensa de Beatriz? No sé. Hay algo en Silvia que me apantalla. Me cae bien, pero también mal. ¡Qué bueno que en el Pedregal no vamos a estar en el mismo salón! Sofía va a pasar a sexto y Silvia a segundo de secundaria.

Estoy sentada en el coche al lado de mi papá. Lo veo manejar de perfil. Veo su nariz aguileña, sus canitas en la sien y trato de imaginarlo con la pelada esa. *Dios te salve, María, llena eres de gracia,* rezo en silencio para ahuyentar los malos pensamientos. ¿En qué pensará cuando maneja tan despacio? Daría cualquier cosa para saber en qué piensa. Ojalá que no se esté acordando de las travesuras que hacía con la pelada esa. *Padre nuestro, que estás en el cielo, santificado sea tu nombre.* Cambia las velocidades y frena. Aunque es sábado por la tarde, hay mucho tráfico en la calle de Mississippi. Los ojos azules de mi papá casi no parpadean, están fijos en el coche de adelante. No hablamos. Hace un poquito de frío y las palmeras se ven tristonas. En el radio, en 6.20, están tocando "*April love*", una de mis canciones preferidas. La película me encantó.

—¿Qué horas son, papá?

—Cinco y cuarto.

—Ya es muy tarde. Le prometí a Silvia que estaría a las cuatro en la puerta de Vanguardias.

—A esas horas estábamos comiendo.

—Es que llegaron muy tarde del centro.

Silencio.

—Hoy recé mucho por toda la familia en la Villa.

Silencio.

—Oye, papá, este... No, nada. Ya se me olvidó lo que te iba a preguntar.

Silencio.

—¿Te gusta esa canción?

—No.

—Es Pat Boone.

Silencio.

—El otro día te mandó saludar el padre Pérez del Valle.

Silencio.

—Oye, papá, ¿me podrías dar un poquito más de dinero? Es que con lo que me das no me alcanza para mucho.

—No sé si tenga.

—Con cinco pesos más es suficiente. Es que una señora vende unos churros muy ricos y el otro día se me antojaron y no me los pude comprar.

Silencio.

—Ayer estuvo muy padre la posada. Me divertí mucho. No sabes qué bonito está el nacimiento este año. Tiene cascadas, puentes, ríos y mucho más pelo de ángel que el año pasado.

Silencio y bostezo.

—Tienes sueño, ¿verdad, papá? Ahorita que regreses a la casa ¿vas a dormir tu siesta?

—Sí.

—¿Qué horas son?

—Cinco veinticinco.

—Seguro ya se está acabando la película. Creo que era una con Esther Williams que se llamaba algo como *Escuela de sirenas*. ¿La viste?

—No.

—Ayer dieron *Mujercitas*, me gustó mucho porque me acordé de mis hermanas. ¡Qué raro que no haya escrito Inés, ¿verdad, papá?!

—¡Qué raro!

—Mañana sin falta le escribo.

Silencio.

Por fin llegamos a la calle de Frontera. En la entrada de Vanguardias está el novio de Silvia con una chamarra roja, platicando con sus amigotes. Me saluda de lejos, pero no le contesto, me da pena con mi papá. Veo que Edmundo se fija mucho en su Opel y luego le dice algo a sus amigos y se ríen. Es que ya es un modelo antiguo. El otro día un amigo le dijo a mi hermano: «Tu papá maneja un Basuratti en vez de un Maseratti… ¡Qué día!»

—¿A qué horas vengo por ti?

—Como a las diez.

—¿Por qué tan tarde?

—Es que de aquí a que cantamos la posada, rompemos las piñatas y vemos el castillo, van a ser como las diez. Además, a lo mejor hay mariachis.

—Bueno.

—Adiós, papito lindo, gracias. ¿Me das por favor dinero?

—¿Para qué?

—Pues para la posada.

—Toma veinte pesos.

—Gracias por haberme dejado escuchar 6.20. Ya le puedes cambiar a Radio Universidad.

No sé por qué siempre que me despido de mi papá de beso se me hace un nudo en la garganta. De mi mamá nunca me despido así. Nada más le digo adiós y ya. ¿Cuándo fue la última vez que me besó? No me acuerdo. ¿Cuándo fue la última vez que Sofía la besó? Sepa la bola.

Silvia ha de estar furiosa conmigo. Qué raro que su novio no esté con ella en el cine. ¿Se habrán enojado? Seguro que hoy también va a salir de Virgen en el cuadro plástico y se está cambiando.

—*Quiubo*, Sofi —me dice Edmundo con su copete lleno de goma verde Ossart.

—*Quiubo* —le digo sintiéndome la muy grande con mi falda escocesa, mi suéter verde (abotonado por atrás) y mis trencitas. Los chamarrudos, como le digo a sus amigos, me ven y se ríen.

Entro al club. Camino por el patio. El aire huele a pólvora de cohetes. Veo que junto a las mesas de pin pon hay muchos niños que pisan unas bolitas plateadas. Bum bum bum, hacen a cada pisada. Ya están listos los puestos de comida (medias noches, pambazos, churros y tamales) y los de las aguas frescas (jamaica, horchata y tamarindo). Veo una mesa larga de madera y una manta que dice "Registro civil". Allí me he casado, desde que empezaron las posadas, tres veces. El señor de los algodones platica con el del carrito de *hot-dogs*. Allí está el padre Pérez del Valle vestido todo de negro con su cuellito blanco. Está güirireando con una señora que tiene un abrigo de pieles. Que Dios me perdone, pero este padre es retebarbero con las encopetadas, como dice doña Borola Tacuche. Al padre le encanta casar a sus hijos nada más para ir al banquete. Una vez acompañé a mi mamá a una boda de la hija de una de sus amigas y el padre Pérez del Valle dijo la misa. «A los novios los conocí desde que jugaban en el patio del Club Vanguardias. Y ahora Jesucristo Nuestro Señor ha querido unir sus vidas para toda la vida», dijo muy serio en el sermón. A la salida lo vi saludar a todo el mundo, como si fuera íntimo de cada uno de los invitados. ¿Cómo les puede estrechar la mano como si nada sabiéndoles tantos pecados? Estoy segura de que a los más elegantes les deja poquita penitencia y a la gente pobre le pide que rece hasta dos rosarios. ¿Por qué no se habrá casado el padre Pérez del Valle? A lo mejor lo plantó una niña bien y, como jamás se casaría con una humilde, prefirió meterse de padre. Aunque sea pecado lo que voy a decir, creo que haría muy bonita pareja con *madame* Goretti. Pero lo que más le gusta hacer al padre Pérez del Valle es tapar con su mano la pantalla cada vez que la pareja de la película se da un beso en la boca. ¿A qué sabrán los besos de Hollywood? ¿A dólares? Los muchachos que se sientan hasta atrás siempre gritan: ¡cácaro! Pero él no les hace ni caso ni cazuela. Y cuando viene el segundo beso, vuelve a hacer lo mismo. Si supiera los besotes que se dan Silvia y Edmundo, seguro los excomulgaría.

Antes de entrar a ver lo que queda de la película, paso a la dulcería y compro una sartén. Esta paleta de chocolate, en forma de sartencita, nada más la venden en la tienda de Vanguardias. Me encanta por su sabor y su envoltura con platita. Antes hacía colección de platitas. Las ponía entre las hojas de mi libro de geografía y se la presumía a todas las chicas. Tenía la de cerecitas, la escocesa, la de lunares, la de margaritas y otras más. Terminé por cambiárselas todas a Ana María por el color carne y el plateado de sus colores Prisma. Para que no se me acabe tan rápido mi paleta le doy mordidas poco a poquito, así la disfruto más. Después me voy por un corredor todo oscuro, empujo dos cortinas guindas oscuras de terciopelo y me meto al cine. ¡Qué padre!, todavía no se acaba la película. Allí está Esther Williams con su pelo pelirrojo, sus dientes perfectos, su boca roja roja y su traje de baño drapeado en color amarillo. Desde un trampolín altísimo la veo tirarse un clavado. Cae al agua y desaparece. ¿Dónde está? Ah, de pronto aparece convertida en una sirena de carne y hueso que puede abrir los ojos dentro del agua y salir de la alberca igual de bien peinada y maquillada que cuando entró. ¡Qué bonita! Cuando sea grande quiero ser como ella. ¡Qué daria la pobre de Flavia por nadar como ella, sin ahogarse!

Estoy sentada hasta adelante. Busco a Silvia. Primero volteo a la izquierda, luego a la derecha, hasta atrás de la sala, pero no aparece por ninguna parte. A los que sí veo sentados a cada lado de su nana gorda es a los gemelos. Son los gemelos más raros que he conocido en toda mi vida, tienen la cabeza chiquitita, como una aceituna, y el cuerpo normal de un niño de doce años. Además de flaquitos, sc ven muy pálidos y ojerosos. Creo que están enfermos. Siempre llevan puesto un abrigo gris. No hablan ni juegan con nadie. Nada más caminan por todo el patio de la mano de su nana. Un día me acerqué a uno de ellos y le pregunté cómo se llamaba. Me vio tan feo con sus ojos oscuros y saltones que me fui antes de que me contestara. Justo atrás de donde estoy sentada está mi ex marido. Y está con otra. ¡Claro!, haciendo travesuras, ¿verdad? Es una trenzuda más alta que él. Ni me importa. ¡Guácala!, se está metiendo un dedo en la nariz. ¿No le dará pena con su nueva esposa? ¡Qué bueno que nos divorciamos! Se llama Lorenzo y es un niño muy rico. Aunque ya tiene trece años, usa pantalones cortos y todo el tiempo está jugando con un yoyo. Se cree mucho porque sabe hacer el columpio, el perrito y el salto mortal. Siempre lo viene a dejar y a buscar un Cadillac negro con un chofer que usa lentes oscuros. Me contó que su papá era gobernador, pero ya no me acuerdo de dónde. Vive muy cerca de aquí, en casa de sus abuelitos. Nos divorciamos porque no me quiso comprar un elote y le dije que era un codo con ce mayúscula. ¡Ah, ya me acordé, su papá es gobernador de Monterrey! Lorenzo se puso furioso y me regresó el anillo. «Ya terminamos», me dijo viéndome con sus ojos amarillos con puntitos negros. «Ay sí, qué miedo, mira, estoy temblando», le decía muerta de la risa. ¿Dónde estará mi otro ex marido? Se llama Pepe. Va al Instituto Patria, está en segundo de secundaria y de grande quiere ser arquitecto. Nos divorciamos porque mientras estábamos esperando nuestro *hot-dog* me invitó a fumar a los baños. «Si son cigarros de chocolate, sí», le dije. Él se echó una carcajadota y me dijo que sus cigarros eran marca Camel. «Te voy a acusar con el padre», le grité. Y en ese momento me echó el anillo al suelo, todo oxidado, hasta verde se me había puesto el dedo. No me importó, porque además de sangrón tiene mal aliento. Nunca, ni hoy ni mañana, pienso casarme con nadie. Así me pida la mano Rock Hudson nunca me pienso casar. (Que me oyera decir esto mi mamá, seguro me mata.)

The end, leo en la pantalla. Me gustó la película, lástima que la vi ya comenzada. Se prenden las luces. Le sonrío a los gemelitos. Tiro a lucas a mis ex maridos y salgo al patio a buscar a Silvia. «Se está cambiando porque va a volver a salir de Virgen… ¿Todavía no te han escogido ni siquiera de pastor?», me pregunta una de sus amigas que me cae como patada al estómago y que también va al Asunción. «Ni que fuera Benito Juárez», le digo y me voy corriendo a comprar un algodón. ¿A quién me encuentro justo frente al carrito? A Edmundo. «Te ves muy bien con ese peinado», me dice mirándome con ojos de lobo. «Gracias», le contesto con cara de Tammy. Y cuando el señor de los algodones me da el mío, veo que el novio de Silvia lo paga. «Ay no, qué pena», le digo, pero dejo que me lo invite, para que me sobre más dinero. Se ríe. Nos reímos. «Voy a ver el nacimiento, ahorita vengo», le digo. «*Okey*», me dice con sus cachetes llenos de barros.

Es la tercera vez que visito el nacimiento. Me gusta verlo porque es como si viajara hasta Belén. Primero se entra por una gruta formada de puro cartón café y gris oscuro y poco a poco se va descubriendo un cielo azul marino lleno de estrellas muy brillantes. Entonces, con la imaginación, me hago chiquita como Alicia en el País de las Maravillas y paseo por las montañas de heno, me meto en las casitas de cartón, me subo por las palmeras y platico con todos los personajes que van por distintos caminos que llegan al pesebre. También me asomo a los lagos hechos con espejos, me baño en las cascadas formadas con tiritas de papel plateado. ¿Por qué cobrará el padre Pérez del Valle un peso por la entrada, si todos los años es el mismo nacimiento? Lo único que cambia es el color del pelo de ángel. Ahora tocó azul turquesa. Creo que es un poquito cursi, pero se ve bonito. Por fin llego a donde están las figuras de San José, que va a pie por un camino cubierto de piedritas, y la Virgen. Ella está sentada en el burro. Se ven tan reales que hasta los oigo platicar.

—Ay, María, mira nada más en qué líos me has metido. No sé por qué me elegiste como marido, teniendo tantos pretendientes.

—Ay, José, yo no tengo la culpa. A mí nada más me vino a ver el arcángel Gabriel para anunciarme el nacimiento del Niño Jesús, nuestro Salvador, y tuve que obedecer.

—Mejor nos hubiéramos quedado en Nazaret, yo tenía que entregarle a Isaac una mesa y cuatro sillas. ¡Qué ocurrencias las tuyas de venir hasta Belén!

—Así está dicho en las Santas Escrituras.

—¡Qué dicho ni qué ocho cuartos!

—Por favor no peleen y sigan adelante. Ya quiero llegar a ese pesebre. Aunque soy un burro, estoy cansadísimo y quiero dormir.

Ya no los quiero escuchar, porque qué tal si de veras están diciendo lo que imagino que dicen. Cierro los ojos y vuelvo a ser una niña grande de doce años. Salgo de la cuevita. Ya es de noche. Veo cómo todos se dirigen a la sala de cine porque ya va a empezar la posada. Los únicos que se quedan en el patio son los gemelitos con su nana y los chamarrudos. Los muchachos más grandes que vienen de provincia y viven en el club Vanguardias son los que llevan en sus hombros el pesebre con la Sagrada Familia. El otro grupo, formado por parejas de novios y señoras popoff que se ocupan de los puestos para ayudar al padre, están en el interior del cine. Los que nos quedamos afuera tenemos nuestro cuadernito donde leemos la letanía y nuestra velita prendida: *Eeen el nombre del cieeelo ooos pido posadaaa, pues no pueeede andar mi eeesposa amaaaaada,* cantamos un poquito desafinados. Los de adentro responden. Aunque bajito, se escucha que dicen: *Aaaaquí no es mesooón, siiigan adelaaante, yooo no pueeedo abriiir, no sea aaalgún tunaaaaaante...*

Después de cantar quién sabe cuaaántas estrofas, por fin llega el momento en que todos entramos y entonamos eso que me gusta tanto: *Echen confites y canelones a los muchachos que son muy tragones.* Después todos vamos entrando poco a poco al cine y nos sentamos en nuestros lugares. Los muchachos que llevan el pesebre se lo entregan al padre Pérez del Valle. Se apagan las luces y se abren las cortinas con el cuadro plástico.

¡Qué bonito está! Como todavía faltan dos días para que nazca el Niño Dios, el cuadro de esta noche es el de la Anunciación. Allí está Silvia vestida de Virgen María. Su vestido es azul clarito, de tafetán, su cinturón es un cordón plateado y grueso y tiene la cabeza cubierta por un manto blanco con un ribete dorado. Está arrodillada en un reclinatorio forrado de terciopelo guinda y en las manos sostiene una azucena. Sus ojos no parpadean ni un milímetro. Parece estatua. Qué hipócrita es Silvia, porque dice que le gusta salir de Virgen nada más porque la maquillan y para que todo el mundo la admire. El arcángel, que no reconozco quién es, tiene unas alotas que parece que va a volar. Está detrás de una nube pintada de rosa, de madera, y él sí se mueve. Creo que este ángel está muy nervioso. A lo lejos, como si viniera del cielo, se escucha un coro. Todo el mundo aplaude. Se cierran las cortinas. Tres segundos después se reabren, pero la Virgen no se da cuenta y está haciendo una bomba de chicle. El

207

público se ríe y aplaude. Me da envidia. A Sofía le hubiera gustado estar allí, aunque hubiera sido de mesa. Se cierran las cortinas. Nos ponemos de pie. Todo el mundo comenta lo bonito que estuvo el cuadro. Empezamos a salir. «Recuerden que esta noche habrá un castillo y un torito», dice una voz que sale de una de las bocinas.

Mientras sale Silvia, me voy a donde está la rocola. *Rock del angelito, soy feliz, soy feliz…* Siempre nos citamos en ese lugar. Es donde se reúnen todos los muchachos y las chamacas, como dice Edmundo. Aunque me veo la más chica de todas las niñas, no me importa. Casi todas usan brasier, llevan medias, zapatos bajos, faldas amponas y cinturones de charol anchos y muy apretados. Reconozco a una de ellas porque va al colegio. «Y tu hermana Amparo, ¿sigue en Francia?» Le digo que sí. «Es vaciada. Cuando le escribas, salúdamela», me dice. Clarito se ve que no quiere platicar mucho conmigo. Se da la media vuelta y sigue güirireando con sus amigas. «¿Sabes quién me invitó a la tardeada del Jockey? ¡Luis Chico!» «¿Y qué le dijiste?» «Pues que sí.» «Ay, qué bárbara, ¿y ya saben tus papis?» «Ay, claro. Si lo conocen perfecto. Ay, es monísimo, me recuerda a Anthony Perkins.» De repente, entre la bolita aparece el novio de Silvia. «*Quiubo.* ¿Y hoy con quién te casaste, Sofi?» Ay, qué pregunta tan mensa. Y a él qué le importa con quién me caso o me dejo de casar. «¿Te gustaría casarte conmigo?» «Primero muerta», le contesto. Mientras los chamarrudos se ríen, él me cierra el ojo. Odio que me trate como si fuera una bebita.

—Ya no te enojes, Sofi. Te invito una canción, ¿cuál quieres?

—No sé, cualquiera. Una de Pat Boone o de Perry Como.

—¿No te gusta el *rock* mexicano?

—Regular. Dice mi hermano que es horrible, porque la letra de las canciones es muy idiota.

—Hay una muy bonita. A ver qué te parece.

Pone una moneda en la rocola y mientras Los Locos del Ritmo cantan "Siluetas", el idiota de Edmundo se me queda mira y mira. *Ya, que no me vea así porque me pone nerviosa. Que ya venga Silvia. ¿Por qué se tardará tanto? ¿Me estará coqueteando el novio de mi amiga? ¿O Sofía le estará coqueteando al novio de su amiga? ¿Qué hago? Siento que el estómago me sube y me baja. Creo que todo mi cuerpo es como una regadera, porque sudo de los pies a la cabeza. ¿Qué tal si me da un beso ala-francesa? Me voy a tener que confesar y decirle al padre que ahora sí tuve malos pensamientos y contra la pureza.*

—Ahorita vengo —le digo y me voy corriendo. Como no sé a dónde ir, voy a donde están rompiendo las piñatas. Me siento rara, como si hubiera hecho algo malo. «Ahora me toca a mí», le grito a la señora que está formando a los niños para romper una muy bonita, dorada, en forma de estrella. «Antes que tú, hay tres esperando», me dice. ¿A quién me recuerda? Ah sí, a la seño Carmen. Ha de ser su hermana o su prima. Como no quiero esperar, me acerco a uno de los niños formados. «¿Me dejas pasar? Es que ya van a venir por mí. Ándale, no seas malito.» Se hace a un lado y me instalo frente a él. Todos protestan. «¿Verdad que me estabas cuidando el lugar?» Pobre niño, dice que sí con la cabeza. Por fin me toca. La señora me venda los ojos con un pañuelo que huele a Fab. Me da vueltas y más vueltas y de repente me deja solita. *Dale, dale, dale, no pierdas el tino, porque si lo pierdes, pierdes el camino,* gritan todos en mi derredor. Por más que le quiero pegar a la piñata, no puedo. Un palazo por aquí, otro por allá y nada. Parece que una mano invisible la mueve y la sube todo el tiempo. Luego la baja y la vuelve a subir. Siento que me la pone enfrente y luego me la quita. «Allí, allí,

allí está», escucho que gritan los demás niños. Estoy como borrachita. Todo me da vueltas. No sé dónde estoy. En esos momentos siento que la piñata está cerca de mí. Cerquita. Casi la tengo enfrente. Y ¡puuum!, le doy durísimo con el palo. Se rompe y cae toda la fruta. Me echo al suelo con todo y pañuelo en la mano, extiendo mis brazos y agarro todos los cacahuates regados por todos lados, cañas, tejocotes, mandarinas, dulces de colación, limas y muchos chiclosos Toficos. En ese momento siento a todos los niños encima de mí. «Mi espalda, me están aplastando. Oye tú, niño, esas mandarinas son mías. ¿Qué te pasa?» «Oye, niña, ¿por qué te estás llevando mis jícamas? Yo me las gané.» Tomo el pico de una estrella que está tirado por allá y lo lleno con todo lo que me gané de la piñata. Lo que me sobra lo pongo en el pañuelo y hago un bultito como ésos que llevan los vagabundos en la punta de un palo. Como agarré mucha fruta, lleno mi falda escocesa y me echo la carrera hasta la dulcería. «Allí le dejo la punta de mi estrella con todo lo que gané de la piñata. Si quiere le regalo un limón real», le digo a la señorita que es mi amiga, porque siempre me fía. Salgo a la carrera y busco a Silvia por todos lados. No la encuentro. Pregunto por ella a la del registro civil, a la de los churros y a la de la lotería, pero nadie la ha visto más que en el cuadro plástico. Corro al edificio donde está el nacimiento. Para entrar pago otro peso. Aunque la Virgen María sigue montada en el burrito, me fijo bien y veo que no es Silvia. Salgo y la busco en los baños, pero no está. En el salón de la rocola, no está. En la dulcería, no está. En el cine, no está. En el puesto de las aguas frescas, no está. En la entrada del club, no está. Tampoco veo a Edmundo ni a los chamarrudos. ¿Dónde estarán? ¿A poco ya se fueron? No puede ser.

—En cinco minutos vamos a empezar —dice la voz del padre Pérez del Valle. Corro hasta el frontón. Por fin encuentro a

Silvia y a su novio. Están en una esquina hablando muy cerquita. Edmundo la abraza. Silvia se ve muy maquillada, ya no tiene esa carita de Virgen que tenía en el cuadro plástico. Así como está ahorita, más bien se parece a María Magdalena. Me da pena acercarme. Apagan las luces del frontón y empieza el castillo. En una torrecita de madera hay tres círculos hechos con varas y con cohetes, parecen hélices de avión. Comienzan a dar vueltas y más vueltas. Primero se enciende uno, luego el otro, hasta llegar al tercero. Giran mucho y por arte de magia se disparan hasta el cielo. ¡Ah, cómo brillan! ¡Cuánta luz! Ilumina todo el cielo y de pronto desaparece. Todos aplauden. Hace frío y todo huele a pólvora. Volteo a donde están Silvia y su novio y veo que se están dando besos alafrancesa. ¿La Virgen María dando besos a la francesa? Por fin aparece el torito. Un señor empuja una carretilla de madera que parece un toro, sus cuernos están formados por cohetes. Igual que hacían los aprendices de torero bajo el puente de Nonoalco esta mañana, también el señor corre por todos lados empujando la carretilla y lanzándola contra la gente. ¡Qué divertido! Todo el mundo pega de brincos para que el torito no los vaya a quemar. Sofía quiere torearlo. Me acerco y extiendo el pañuelo con el que me quedé de la piñata. Empiezo a torearlo. «Ole, ole», gritan los chamarrudos. «Ole, ole», gritan Silvia y Edmundo. Me siento muy importante. Todo el mundo me hace bolita y aplaude. «*Órale* Sofi, embístelo como tú sabes», me dice Edmundo creyéndose experto en toros. Me encanta el olor a pólvora que despide el torito. *Pólvora le dicen y con mucha razón*... El torito va y viene. Se agacha y se levanta y con él veo muchas luces de bengala que se dirigen hacia todos lados. Estoy feliz, divertidísima. Quiero que todo el mundo me vea y me siga diciendo ole y ole. De repente descubro que mi falda escocesa se llena de lucecitas. Estoy toda iluminada. Parezco una Virgen a punto de elevarse. «Ay, niña, tu falda se está quemando», grita una señora. No sé qué hacer. Me la sacudo una y otra vez. Pero las lucecitas no se van. Huelo a quemado. Corro de un lado a otro, pero no se apagan las luces. Se ven bonitas las luces. El torito deja de caminar. Veo que todo el mundo me observa con la mano en la boca. «Traigan agua… Que mejor se quite la falda… Se va a quemar…» ¡Ay, algo cayó en mi pierna! Me duele. Siento como si mi rodilla derecha hubiera explotado. ¿Qué pasó? Me duele horrible la pierna. Estoy sentada en el suelo. Veo mi rodilla y parece una de esas granadas abiertas que a mi mamá le gustan tanto y que tienen puras bolitas rojas. Está abierta y llena de sangre. Comienzo a llorar. Estoy asustada. Grito. Lloro. Silvia y Edmundo corren hacia a mí. Me levantan. Todo el mundo se me acerca. «¿Qué le pasó?» «Le explotó la pierna.» «Que vayan a buscar al padre.» «Que alguien hable a su casa.» «Que llamen a la Cruz Roja.» «Está muy pálida, se va a desmayar.» «Ay, pobre niña, ve cómo le chorrea la sangre.» «Que venga un doctor.» «¿Ya llegó la ambulancia?» «¿Quién se va con ella?» «El padre está llamando a su casa.» «Se la tienen que llevar rápido, está sangrando demasiado.» «Ya llegó la ambulancia.» «Yo te acompaño, Sofi.» «Ay, Edmundo, pobrecita, le ha de estar doliendo mucho, mira cómo la tiene hinchada.»

Por fin llega la Cruz Roja. Me suben a una camilla. Me acuestan. Me acomodan. Me traen de un lado a otro. Me duele, me arde, me quema. ¿Qué le pasó? ¿Quién le dio un balazo? ¿Quién quiso matar a mi pobre rodilla? «Sí, padre yo me voy con Sofía. No se preocupe, soy su amiga y mis papis conocen a sus papás… ¿Me acompañas, Edmundo?… No se preocupe, padre, yo la cuido… Sí, creo que fue una imprudencia por parte de Sofi. Tiene razón… Pobrecita, se ve que le está doliendo mucho.»

Escucho la sirena de la ambulancia. Creo que estoy metida en una película o en un programa de tele. Tengo ganas de vomitar. *Virgencita de Guadalupe, haz que no me quede coja.* ¿Estoy sola en la ambulancia? No. Allí está Silvia. Allí está Edmundo con su chamarra roja. ¿Dónde está la Virgen María? ¿Dónde está San José? ¿Ya va a nacer el Niño Jesús? ¿Dónde está el torito? ¿Ya lo mataron? ¿Por qué no siento mi pierna? ¿Dónde estoy?

Estoy acostada en una cama que no es mi cama. Veo a un doctor con anteojos que nunca había visto en mi vida. ¿Quién me desvistió? ¿Dónde está mi falda escocesa toda iluminada? ¿Dónde está su alfilerzote? ¿Por qué tengo puesta esta bata blanca y tantas gasitas en todo el cuerpo? Tengo ganas de vomitar. Huele horrible a alcohol. Todos los muebles se ven muy pobrecitos. Allí está la enfermera. Me duele la pierna, no la puedo mover. «¿Cómo estás? ¿Te duele mucho? Tranquila. Aquí te vamos a curar», dice el doctor más joven. Veo que llega una enfermera y entre nubes escucho que dice: «Estamos insistiendo para que venga alguien de su familia, pero el único número que nos dio su amiga Silvia sigue ocupado y ocupado, doctor». Cierro los ojos. Trago una bola caliente que parece de fuego y me sube y me baja por la garganta. Me salen unas lágrimas tan gordas, que creo que me voy a ahogar con ellas. Me duele la pierna. *Inés, ¿dónde estás? ¡Ven, por favor!*

—Señorita, tráigame unas pincitas. Tenemos que limpiar muy bien la rodilla. Está llena de pólvora, por eso le duele tanto a la niña.

Veo cómo se agacha el doctor. Me toma la pierna derecha y empieza a sacar los granitos de pólvora con un algodón húmedo. Ay, ay, ay, mi rodilla. Me duele, me duele, me duele. Me arde, me arde, me arde. Quiero desaparecer. ¿Dónde están mis polvos mágicos? No quiero sufrir. Tengo miedo. ¡Ineeés! ¿Dónde estás?

—Señorita, hágame el favor de insistir al teléfono de su casa. Tiene que venir un familiar a acompañarla porque creo que la voy a tener que anestesiar. Está muy nerviosa.

—Créame, doctor, he insistido mucho, pero el teléfono sigue ocupado…

Fin de la primera parte.
Segunda parte:
Las yeguas desbocadas.

Índice

Capítulo 1 11
Capítulo 2 57
Capítulo 3 109
Capítulo 4 169